Karl Theodor Gaedertz

Aus Fritz Reuters jungen und alten Tagen

Karl Theodor Gaedertz

Aus Fritz Reuters jungen und alten Tagen

ISBN/EAN: 9783741130496

Hergestellt in Europa, USA, Kanada, Australien, Japan

Cover: Foto ©Andreas Hilbeck / pixelio.de

Manufactured and distributed by brebook publishing software
(www.brebook.com)

Karl Theodor Gaedertz

Aus Fritz Reuters jungen und alten Tagen

Aus
Fritz Reuters
jungen und alten Tagen.

Neues über des Dichters Leben und Werden

an der Hand ungedruckter Briefe und kleiner Dichtungen
mitgetheilt von

Karl Theodor Gaedertz.

Mit Reuters Selbstportrait aus seiner Haft in der Berliner Hausvoglei,
sowie zahlreichen Bildnissen und Ansichten, zum Theil nach Originalzeichnungen
von
Ludwig Pietsch und Fritz Reuter.

Wismar.
Hinstorff'sche Hofbuchhandlung Verlagsconto.
1896.

Selbstportrait Fritz Reuters.
Bleistiftzeichnung, ausgeführt während Reuters Haft in der Hausvoigtei in Berlin.
(Aus den Untersuchungsakten.)

Nach der alten Väter Gewohnheit eine
Garbe des Getreides dem dankbar darge-
bracht, der meines Akers Fruchtbarkeit vor-
nehmste Ursach' ist:

Meinem lieben Vater

Dr. jur. Theodor Gaedertz

erstem Oberbeamten a. D. des Stadt- und Landamtes in Lübeck

zur Feier seines achtzigsten Geburtstages

am 6. Dezember 1895.

Was vergangen, kehrt nicht wieder;
Aber, ging es leuchtend nieder,
Leuchtet's lange noch zurück.

Goethe.

Das gilt auch von Fritz Reuter. Seine Schriften zählen zu den schönsten Schätzen unserer Nationalliteratur und bleiben bis in ferne Zeiten ein erquickender Born fürs Menschenherz. Sie sind ein Spiegel der Volksseele.

Aber auch ein Spiegel seiner eigenen Seele. „Franzosentid", „Festungstid", „Stromtid", ja manche der „Läuschen un Rimels" schildern ihn selbst, den treuesten Sohn und Freund des Deutschen Volkes.

Sein Leben, seine harte, fast hoffnungslose Jugend, seine redlich bekämpften Leidensjahre, seine langsame, aber desto überraschendere Entwickelung, sein herrliches Wachsthum — wie lehr= und gewinnreich, gleichsam vorbildlich für Jedermann! Eine praktische und dabei poetische Persönlichkeit, die das arbeitende Volk ganz verstanden hat in allen seinen Empfindungen, in den zartesten Regungen seines Gemüths, eine Frohnatur, Gesundheit athmend, begnadet mit jenem Humor, der noch unter Thränen lächelt: das war Fritz Reuter.

Darum werden gewiß neue Erinnerungen aus seinen jungen und alten Tagen allgemeiner Theilnahme begegnen, zumal sie auf den Berichten von Verwandten und Freunden beruhen und neben einer Fülle ungedruckter Briefe seine kleinen, bisher unbekannten Dichtungen bieten.

Als im Sommer 1894 seine geliebte Lebensgefährtin, Luising, gestorben war, hatte sie die Schiller=Stiftung zur Erbin der Villa

und des Mobiliars eingesetzt; darunter befand sich ein Koffer mit
Manuskripten.

Dem Vorstand der Schiller-Stiftung, speciell ihrem General-
sekretair Herrn Professor Julius Grosse in Weimar, und dem
Testamentsvollstrecker Herrn Curt Walther in Eisenach verdankt mein
Buch die erste Veröffentlichung der hervorragendsten Stücke aus
diesem literarischen Nachlaß. Wesentlich erleichterte meine mit weiser
Beschränkung getroffene Auswahl der durch Vermittelung des Goethe-
Schiller-Archivs mir anvertraute, von Dr. Franz Sandvoß sorgfältig
redigirte Katalog.

Ueber die Briefe Reuters als Bräutigam wurde von der Schiller-
Stiftung anderweitig verfügt; leider konnte ich auch aus einer zweiten
Quelle, den Briefen Reuters an seinen Vater, nicht schöpfen.

Grund genug, um meine seit mehr denn einem Jahrzehnt be-
gonnene Biographie des großen plattdeutschen Dichters einstweilen
wieder zurückzulegen und vor der Hand mich zu begnügen mit einer
Darstellung besonders interessanter und noch unbekannter Episoden.

Nicht nur den berühmten Schriftsteller lernen wir hier aus
neuen, tief empfundenen, zum Theil humoristischen Gelegenheitspoesien näher kennen, sondern auch den schlichten, wahrhaft edlen
Menschen aus vielen anmuthigen und liebenswürdigen Charakter-
zügen, heiteren und herzerfrischenden Episteln.

Wie weh ihm auch gethan die Welt, er mußte mit ihr sich zu
versöhnen, vorwärts zu schauen, vorwärts zu schreiten; so ward der
Schmerz ihm eine Saat der Freuden, so lernte er Gutes aus böser
Zeit. Ein spätes Glück gleicht schönem Herbstwetter, man genießt
es doppelt: — das lehren diese Gedenkblätter, gepflückt auf dem
Lebenswege Fritz Reuters.

Dazwischen gestreut finden sich zahlreiche Abbildungen. Wer
möchte Fritz und Luising nicht gern betrachten, wie sie aussahen in
Jugend und Alter? ihre nächsten und besten Freunde, ihre verschie-
denen Wohnungen, ihr gemeinsames Grabmal?

Zu einzelnen dieser Illustrationen bedarf es eines kurzen Kommentars. Das Titelbild giebt Reuters Selbstportrait wieder, mit
Bleistift gezeichnet während seiner Haft in der Berliner Hausvogtei

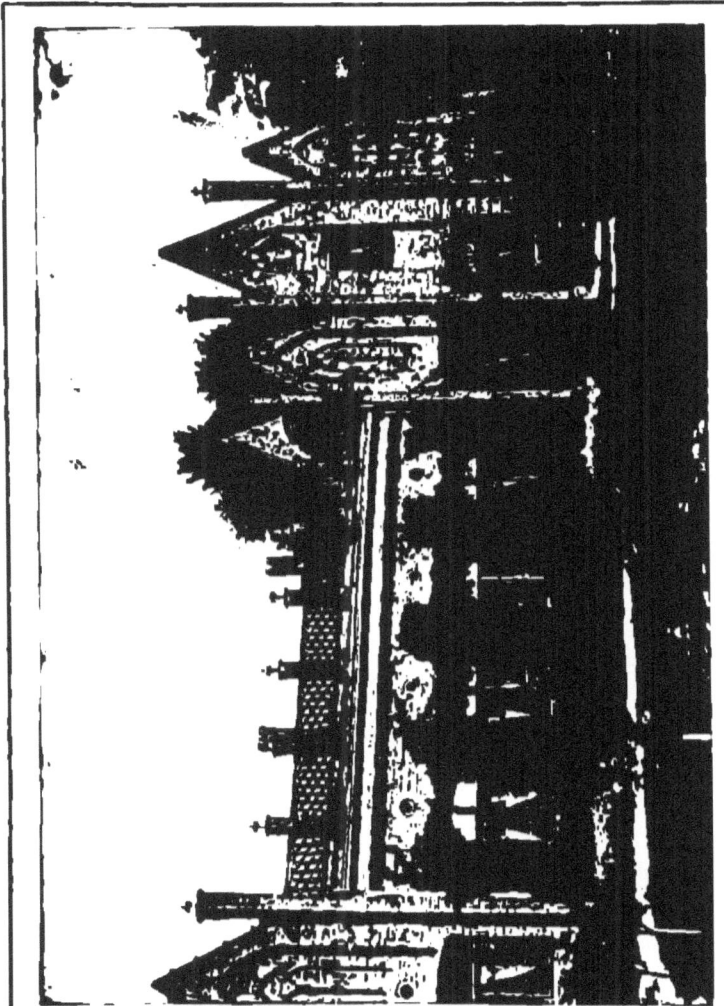

Thalberg (Wohnhaus).

1834, aus den Untersuchungsakten herausgenommen und der Wittwe übersandt von dem Preußischen Justizminister Dr. Friedberg.

Von den drei Doppelbildern vergegenwärtigt das erste, nach einem Oelgemälde, die Dorfkirche und Pfarre zu Roggenstorf, wo am 16. Juni 1851 Trauung und Hochzeit von Fritz Reuter mit Luise Kuntze stattgefunden hat. In der Hausthüre des lindenbeschatteten Pastorates steht die Schwester Karoline, vor der Thüre auf einer Bank sitzt der alte Pastor Kuntze, Luisens Vater; Fritz Reuter im Stromeranzuge geht über den Hof auf seinen Schwiegervater zu: eine hübsche Illustrirung des auf S. 30 mitgetheilten Gedichtes.

Das zweite Doppelbild gewährt Einblick ins Innere der Villa Reuter zu Eisenach: in die Studierstube mit Schreibtisch und Zubehör und durch die geöffnete Flügelthür in den Salon. Das dritte endlich zeigt die WartburgSeite der Villa mit einem Theil der Gartenterrasse, Reuters eigenster Schöpfung; rechts Gärtner Möller, den Verfasser dieses Buches auf den Lieblingsplatz seines verstorbenen Herrn hinweisend. Beide Aufnahmen wurden im Sommer 1884 von der Wittwe veranlaßt.

Später überreichte Frau Dr. Luise Reuter mir auch ihre letzte Photographie. Andere, frühere hatte ich gesammelt, war indeß hocherfreut, im zweiten Bande der „Erinnerungen" von Ludwig Pietsch („Wie ich Schriftsteller wurde") von einem Bleistiftportrait zu lesen, welches derselbe bei seinem Eisenacher Besuche 1864 ins Skizzenbuch gezeichnet hatte. Der Kopf ist sprechend ähnlich. Gleiches Lob verdient die Skizze des Justizraths Schröder, den Pietsch bald darauf, bei seiner Rundreise durch Mecklenburg und Pommern zum Zwecke der Illustration von „Ut mine Stromtid", zu Papier brachte. Eine dritte Zeichnung „Reuter und sein Verleger Hinstorff im Gespräch" war bedauerlicherweise in den Mappen nicht mehr zu entdecken, wohl aber zwei Photographien, die Pietsch 1865 als Vorlagen dienen sollten. Reuter, Hinstorff zuhörend und schelmisch anblickend, glückte bei jener photographischen Aufnahme, Hinstorff nicht. Des Letzteren Contrefei mußte vielmehr später noch einmal aufgenommen werden, und damit er nun ebenfalls eine ungezwungene Haltung annähme, setzte Reuter sich ihm gegenüber, ohne sich jedoch noch einmal mit photographiren zu lassen; so kam es, daß auf dem Bilde Hinstorffs von Reuter nur eine Stiefelspitze zu sehen ist.

Die übrigen Jllustrationen sind durch die Unterschriften ver=
ständlich.

Möchte das reichgeschmückte Buch den vielen Verehrern des unsterblichen Dichters ein Wohlgefallen erwecken und es mir gelungen sein, Reuters durchaus liebenswerthe, tüchtige Persönlichkeit, sein inniges Verhältniß zur Gattin, seine Freundestreue, seine echt vater=
ländische Gesinnung, sein in der Jugend tragisch bewegtes, im Alter harmonisch gestaltetes Leben anschaulich vor Augen geführt zu haben.

Wenn wir den Blick senken auf Fritz Reuters im Tode verklärte Züge, so müssen wir gestehen, auf diesen Mann paßt ganz das Wort:

> Beglückt, wer in der Welt so seine Rolle spielet,
> Daß, wenn der Vorhang fällt, er keine Reue fühlet.

Ja, als Mensch wie als Poet hat Reuter seine Mission mit Ernst aufgefaßt. Der Reichthum, die Tiefe, die Güte seiner Seele, seines Charakters bleibt ein unveräußerliches Eigenthum des Deutschen Volkes. Möge es Fritz Reuters Werke in Ehren halten für und für; denn, wie Jakob Grimm sagt, „alle verdienen gelesen zu werden".

Dr. Gaedertz.

Inhalt.

Verzeichniß der Bilder.

Aus Fritz Reuters jungen und alten Tagen.

Thalberg Wohnhaus, Giebelseite.

Den schönsten Abschnitt seiner Jugendzeit hat Fritz Reuter in Parchim, wo Moltkes Wiege stand, verlebt; hier war er von Ostern 1828 bis Herbst 1831 „up de Schaul". Das dortige Friedrich= Franz=Gymnasium ertheilte ihm das Zeugniß der Reise zum Besuch der Universität.

Als Primaner hatte er das Glück und die Ehre, ein höfliches Begleitschreiben bei der Ueberreichung einer Flagge Seitens seines Vaters, die blau, roth, gelb mit auf Stavenhagener Feldmark gebauten Farbekräutern gefärbt war, an den Großherzog zu verfassen.

Schon in seiner Vaterstadt Stavenhagen hat der junge Reuter einmal den Pegasus geritten, angespornt durch die „einzige" heimathliche Dichterin Frau Tiedten. In Parchim huldigte er einer Dame, deren Namen ähnlich klingt, einer Frau von Ditten, zum Geburts= tage. Sein erstes Carmen ging leider unter; „es war sehr be= deutend," sagte er selbst launig, „hatte nur einen kleinen Fehler, es litt an Ueberschwänglichkeiten." Ein gleiches gilt auch vom zweiten; aber dasselbe ist aufbewahrt und somit als älteste Probe seiner Poesie von Interesse. Es hebt humoristisch in Hexametern an:

> Vater, oh freue dich, rief mit jubelndem Tone die Hebamm',
> Denn es ward dir am heutigen Tag eine Tochter geboren!

Die Himmlischen hören das Jauchzen und steigen herab vom Olymp, dem Kinde ihre Gaben und Segenswünsche im Wechsel= gespräch darzubringen, Pallas Athene

> Klugheit und ordnenden Sinn, mit häuslichem Fleiße gepaaret.

Hygiea verleiht Gesundheit, Here unschuldigen Frohsinn, Phöbus Apoll eine liebliche Stimme, Zeus glückliche Tage, Venus schmückende Schönheit.

Es kamen die Götter, sie brachten dir Gaben.
Was kann dir ein Sterblicher geben?
Geschenke der Götter allein sind erhaben!
Sie scheuchen die Sorge vom Leben,
Sie geben die Freude, sie geben die Lust;
Trauernd greifet der Mensch an die Brust.

Doch eins blieb ja dem Menschen zurück,
Was selbst den Göttern genommen,
Es ist der Wunsch für Menschenglück
Der Tiefe des Herzens entronnen.

So sei denn von Allen geehrt und geliebt,
Und doch von Niemandes Neide betrübt!

Dieser Wunsch des jugendlichen Sängers, das Glück der Mensch=
heit befördern, ist bezeichnend für seinen wahrhaft edlen Charakter.
Noch auf dem Sterbebette hauchte, aus der Tiefe des Herzens, Fritz
Reuter: „Alle Menschen glücklich wissen, alle Menschen glücklich machen!"
Er hatte ja selbst früh viel Unglück erlebt, und das läutert
große Naturen.

Ach, schon in jungen Jahren
Bin ich getäuscht so oft;
Ob Täuschung ich erfahren,
Ich habe stets gehofft,

schrieb Reuter auf ein Blättchen in der Festung, wohin ihn, den
Jenenser Studiosus, bekanntlich in der Zeit burschenschaftlicher Jugend=
schwärmereien und ihrer wahnsinnigen Verfolgungen ein grausames
Urtheil gebracht hatte. Im Kerker kritzelte er, mit der aus einem
Spahn geschnitzten Feder, als ihm noch Schreibutensilien versagt
waren, ein Gedicht*):

Die Tochter Jephthas.

Da die Heimath, oh Vater, da Gott
Von der Tochter verlanget den Tod,
Dein Gelübde den Feinden gab Schmerz,
Hier — entblößt ist's — durchbohre mein
Herz!

Und die Stimme der Klagen ist stumm,
Und mein Werk auf den Bergen ist um.
Wird die Hand, die ich liebte, mich weih'n,
Kann der Tod ja nicht schmerzlich mir sein.

---

*) Auf der Rückseite des grauen Papieres sind die aus eigener Tasche be=
strittenen Ausgaben für Lebensmittel notirt: täglich zwei Flaschen Bier für drei
Silbergroschen, außerdem etwas Thee, doch weder Wein noch Spirituosen.

Und das schwör' ich dir treulich und gut,
Daß so rein ist mein kindliches Blut,
Als der Segen, den strömend es fleht,
Als hinieden mein letztes Gebet.

Ob die Jungfrau Jerusalems klagt,
Daß der Richter, der Held nicht verzagt,
Der Triumph kam durch mich euch herbei,
Und mein Vater, die Heimath sind frei.

Wenn mein Blut ist in Strömen entwallt,
Die du liebtest, die Stimme, verhallt,
Sei gedenk mein, die Ruhm dir erwarb,
Und vergiß nicht, daß lächelnd ich starb!

Zu diesem Blatt aus dem trostlosen Anfang seiner langjährigen Festungszeit gesellt sich eine Niederschrift aus der minder harten Haft in Dömitz, vom Juli 1840. Der Gefangene verfaßte zum Geburtstage seines um ihn trauernden Vaters und seiner seligen Mutter, dem „St. Jakobitag", eine diesen Titel tragende Dichtung, die, interessant durch die Schilderung der Ernte und der gedrückten Lage der Tagelöhner in Mecklenburg, eine Vorstudie gleichsam zu „Mein Hüsung", ausklingt in einer Huldigung für den wackeren Vater und in der Hoffnung auf endliche Freiheit.

Uebers Jahr, tönt's in mir wieder,
Uebers Jahr bin ich dabei.

Der Same keimt, der Same sprießt,
Die Erd' ist frisch und grün,
Der Regen träuft, die Aehre schießt,
Die bunten Blumen blühn.

Die Sonne strahlt, die Sonne glüht,
Die goldene Aehre schwillt,
Der Sommer reift, die Wolke flieht,
Und Segen strömend quillt.

Wohl schöne Zeit ist Frühlingszeit,
Doch schöner Jakobitag,
Wo Alles reifet weit und breit,
Was sonst noch keimend lag.

Der Frühling ist der Bräutigam,
Die Erde seine Braut,
Der Sommer ist der Ehemann,
Dem sie ist angetraut.

Den Frühling Mancher loben mag
Als Knaben wohlgesinnt,
Doch Vater ist St. Jakobitag,
Im sichern Arm sein Kind.

Stolz sich bläht das Band am Hute,
Bunte Sträuße sind gepflückt,
Schnitter lustig ist zu Muthe
Und die Bäuerin geschmückt.

Nicht mit trägem Pfluggespanne
Zieht der Pflüger Schaar hinau,
Heut regieret Jungfer Anne,
Und ihr Ritter ist Johann.

Roland nicht in alten Tagen,
Auch nicht Parcival der Held
Hat gesäubert ohn' Verzagen
So wie er vom Feind das Feld.

Trocknet seine nasse Stirne,
Bindet ihn mit goldnem Korn,
Er bekränzt die schlanke Dirne
Mit Cyan und Rittersporn.

Nicht mit hochgeschraubten Worten
Spendet Anne Ritterdank,
Keine Schärp mit goldnen Borten
Stickte sie die Nächte lang;

Keinen Becher goldgetrieben
Reicht erröthend sie ihm hin,
Was im Becher drin geblieben
Reichet ihm die Binderin.

Du rufst Natur! und darum Schlummer
Verkünden laue Lüfte nur,
Versenkt ist Gram, verschwunden Kummer,
Nur Freude folgt der Tages Spur.

Vom fernen Dorfe tönt der Reigen,
Das Mondlicht zittert auf dem See,
Es wiegt sich auf der Linde Zweigen,
Es wiegt sich auf des Busens Schnee.

Es weilt auf diesem Bette lange,
Dann sucht es schöneren Gewinn,
Es küßt die hocherglühte Wange,
Es flammt im Aug' der Binderin.

Und dieses Flammen hat entbronnen
Ein ander glücklich Augenpaar,
Der Schnitter hat den Kuß gewonnen,
Bevor er noch geboten war.

Er zählt nicht mehr zu Herrenknechten,
Sie ist nicht mehr die Dienerin,
Er ist ein König! Ihm zur Rechten
Sitzt sie als junge Königin.

Sein Auge flammt in kühnen Blitzen,
Er fühlt sich heut erst Mensch und frei.
Weh Euch auf Euren Herrschersitzen!
Weh dir, hohläu'ge Tyrannei!

Doch sanft umflicht ihn milde Sitte,
Er schaut ein flehend Augenpaar,
Gehorchet willig ihrer Bitte;
Sie flüstert dankend: „Uebers Jahr!"

Für Jeden ward der St. Jakobstag
Zu Friede und Freude erkoren.
Zu uns das Schicksal noch gütiger sprach,
An ihm ward der Vater geboren.

Er ist sein rechtes echtes Kind,
Sein Leben ihm gleicht allewege,
Viel Perlen des Schweißes entfallen ihm sind,
Doch blieben die Arme ihm rege.

Und Segen verbreitet er ringsumher,
Wohin er sich wendet und neiget,
Und wärst du in Sorgen auch noch so sehr,
Er sich als ein Helfer dir zeiget.

Der Schweiß von der Stirn ist getrocknet jetzt,
Die Sonne zur Rüste gegangen,
Wie Alles am seligen Abend sich letzt,
Am sternenklaren, am langen.

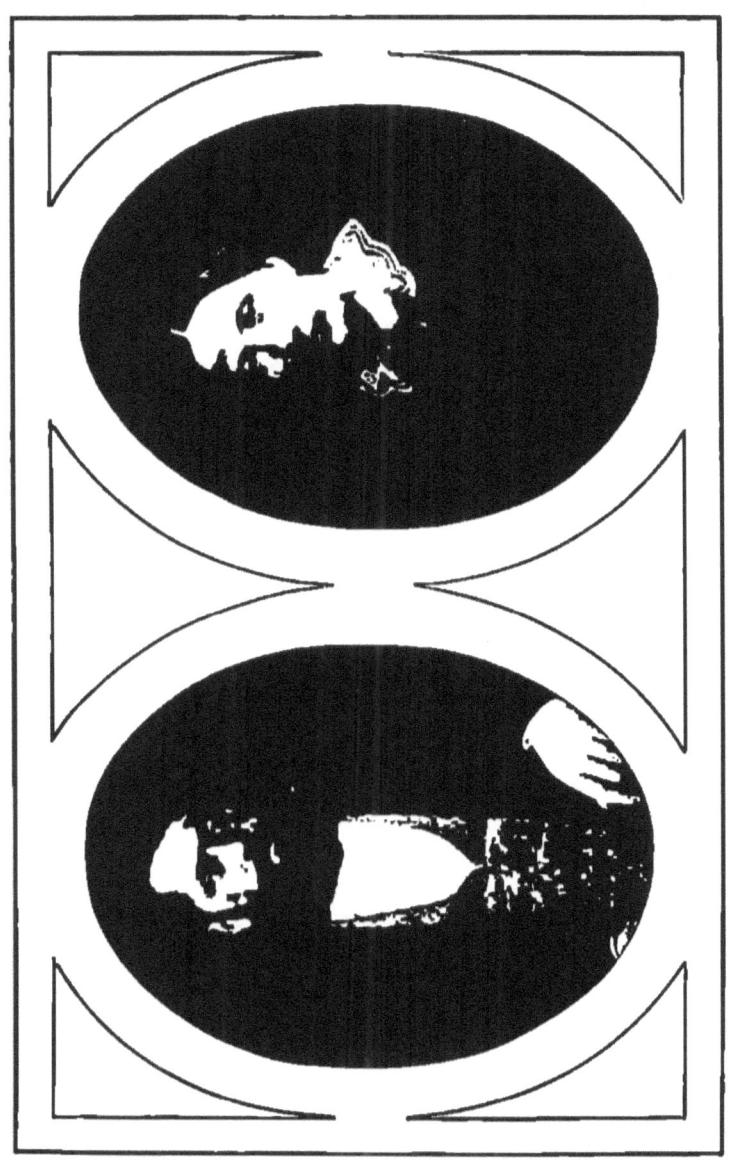

Fritz Peters und Frau in Thalberg.

O weile du Abend im Mondenlicht,
O blinket ihr freundlichen Sterne,
Noch lange sei heiter sein Angesicht,
Die finstere Nacht in der Ferne!
Damit er in Kindes Liebe und Treu
Erglühen sehe den Morgen aufs Neu.

— · ·

Im Schatten dieses Abends ruht
Ein Mädchen freundlichstill,
Und was sie wirkt, und was sie thut,
Ist Alles Vaters Will'.

An solchem Abend sitzet heut
Ein traulich Liebespaar,
Er sich des Mädchens hoffend freut,
Sie flüstert: „Uebers Jahr!"

Und „übers Jahr" noch Einer spricht,
Dann bin ich auch dabei!
Doch nein, so lange wart' ich nicht,
Ich werd' noch eher frei!

Wohl durfte Reuter dieser Zuversicht Raum geben, hatte doch nach dem Hinscheiden Friedrich Wilhelms des Gerechten am 7. Juni 1840 sein Nachfolger auf dem Königsthron eine vollständige Amnestie verkündigt. Er hörte es, las es in den öffentlichen Blättern, vernahm, wie all die andern Burschenschafter entlassen wurden und sich hierhin, dorthin verstreuten; nur ihm kam nicht die Erlösung, man hatte ihn, den auf einer Mecklenburger Festung Inhaftirten, in Berlin vergessen! Da faßte ihn Verzweiflung:

O Ihr, mit denen oft in Jugendlust ich lärmte,
Für Freiheit, Tugend, Menschenglück ich schwärmte,
Wo seid Ihr hin? In alle Welt zerstoben,
Und mit Euch ist die Freundschaft mir entflogen.

An des Mississippi Strande,
Wo der Wilde düster schleicht,
In dem Nildurchströmten Lande,
Wo im Sand der Schädel bleicht,
Bei den Beduinenstämmen,
In der Wüste von Algier,
Wollt Ihr! Meine Füße hemmen
Fesseln, und ich traure hier.

An den Ufern der Garonne,
An dem Arm der Winzerin
Eilt durchs Land Ihr voller Wonne,
Eilt Ihr durch die Reben hin,
Wollt die Hand dem Bruder reichen,
Den Ihr einstens habt gekannt,
Doch ich muß Euch von mir scheuchen,
Ketten klirren an der Hand.

Freundschaft bindet nur die Gleichen.
Freiheitskrieger nicht und Knecht
Können sich die Hände reichen,
Nie! als in dem Blutgefecht.
Drum kann Freundschaft nie sich weben
Zwischen Freude, zwischen Noth,
Denn die Freiheit ist das Leben,
Und die Knechtschaft ist der Tod!

Endlich schlug auch ihm die Stunde; sein Landesherr entließ ihn, ohne Preußen zu fragen.

Fritz Reuter war frei.

Durch die herbstliche Natur schritt er einsam fürbaß und sang ein ergreifendes Lied von verschwundenem Glück:

Es ist ein selig Wandern
Durch Berg und Thal und Hain,
So ohne einen Andern
Zu ziehen ganz allein,
Allein und in Gedanken
Mit innigem Gemüth
An Allem fest zu ranken,
An dem vorbei man zieht;

Dem stillen Abendwinde
Die Klage zu vertrau'n
Und unter schatt'ger Linde
Ins wunde Herz zu schau'n,
In seligem Entzücken,
Umspielt von Blumenduft,
Zu ruh'n und aufzublicken
In blaue Himmelsluft.

Mit sehnsuchtsfeuchten Augen
Ins Land hinauszuseh'n
Und Fernen einzusaugen
Von lichten Bergeshöh'n,
In loser Gluth die Wangen,
Hochklopfend deine Brust,
Das Herz so voll Verlangen,
Voll Muth und Kraft und Lust.

Da! hinter grüner Halde
Da liegt der grüne Wald,
Und hinter dunklem Walde
Viel Länder mannigfalt,
Und hinter fernem Lande
Des Meeres Woge schwellt,
Und hinter Meeres Rande
Da ruht die weite Welt.

Die weite Welt liegt offen
Der Sehnsucht deiner Brust,
Ein unbegrenztes Hoffen
Auf unbegrenzte Lust.
Da liegt sie dir zu Füßen
Im lichten Zauberschein
Und ladet mit holdem Grüßen
Zum Werben um sie ein.

Was starrst du in die Räume?
Heraus, du junger Held!
Durch Sehnsucht nicht und Träume
Gewinnet man die Welt.
Auf, rüste dich zum Werke!
Dein ist sie, wenn du willst.
Greif zu, greif zu mit Stärke!
Daß du das Sehnen stillst.

Und wenn du dann voll Wunden
Zurück einst kehrst allein,
Dann zieh in stillen Stunden
Durch Berg und Thal und Hain,

Allein mit deinem Herzen,
Mit deiner Hoffnung Grab:
Schrei aus, schrei aus die Schmerzen!
Natur nimmt sie dir ab.

Sein vergangenes Mißgeschick, seine Leiden auf den verschie=
benen Festungen hat Fritz Reuter in „Ut mine Festungstib" nach=
mals, humorvoll verklärt, dargestellt, sein späteres Leben als Land=
mann köstlich geschildert in „Ut mine Stromtid"; hauptsächlich durch
diese beiden Erzählungen sind schon und werden hinfort Hundert=
tausende von Lesern beglückt, durch diesen Urquell reinster Freuden=
thränen.

Wie kam es eigentlich, daß Reuter vorzugsweise im Dialekt
dichtete, in plattdeutscher Sprache schrieb?

Seine Werke, die bekanntlich ein gut Theil Selbstbiographie
bieten, beantworten die Frage nicht, eben so wenig die bisher über
ihn veröffentlichten Bücher.

Er selber hat sich zwar einmal brieflich darüber ausgesprochen,
welchen „besonderen Umständen" er seine „poetische Ader" zu ver=
danken habe. In seiner Kindheit sei die Mutter von Einfluß auf
ihn gewesen; dann habe seine Festungszeit „durch die fortwährenden
Phantasiespiele, die man in Ermangelung unterhaltender Wirklichkeit
heraufzubeschwören gezwungen ist", die Klarheit und Deutlichkeit
der Vorstellungen gefördert; denn „im regen Verkehr mit vielen
Menschen mag man die Menschen besser exploriren; ist man aber
Jahre lang auf einen Umgang angewiesen, lernt man den Menschen
besser kennen".

Dieser treffenden Bemerkung wird man unbedingt zustimmen
dürfen. Die Einsamkeit macht den Denker und Dichter, und Fritz
Reuter hat sie unfreiwillig vollauf genossen. Wenn er nun in jenem
Brief an den Sohn eines Freundes noch seine landwirthschaftliche
Laufbahn, seine in einer kleinen ackerbautreibenden Stadt hinge=
brachte Jugend, dann den steten Verkehr mit plattdeutsch redenden
Landsleuten auf Universität und Festung als Grund mit anzieht,
der ihm „die Richtung als plattdeutscher Dichter vorgeschrieben",
und schließlich meint, seine Liebe zum Volke und das Glück, welches

er mit seinen ersten Versuchen gehabt, hätten das Ihre dazu gethan, so sind damit die Quellen, aus welchen sein Dichtergeist nachträglich geschöpft, dargelegt. Allein der eigentliche Antrieb zur Prüfung seiner Kraft ist nicht genannt. Denn, Alles zugegeben, so erfahren wir doch nichts über die Anregung zu jenen „ersten Versuchen", die ja verhältnißmäßig sehr spät, in sein reifes Mannesalter · fallen, wenn wir von seiner früheren und frühesten hochdeutschen Lyrik absehen.

„Die harte Noth ist es, die ihn zur Feder geführt hat, und nun ist er einer unsrer geistreichsten Schriftsteller; wenn man will, so liegt darin eine Entschuldigung des harten Unfalls, der sein Leben getroffen hatte. Er steht hoch über dem viel zu viel ge= priesenen Groth, dessen Gedichte man immer meint schon irgendwo hochdeutsch und besser gelesen zu haben. Bei Reuter ist Alles voller und natürlicher Erguß." So urtheilt kein Geringerer als Jakob Grimm.

Claus Groth hat behauptet, sein 1852 erschienener „Quick= born" habe Reuter zum „Plattdütsch" veranlaßt. Ich bin dem schon entgegengetreten durch die Beweisführung, daß Reuter bereits zehn resp. acht Jahre zuvor (seit 1842) in Stegreifpoesien und Polterabendgedichten, sowie hauptsächlich in einzelnen Stücken seiner 1844 begonnenen „Urgestalt der Stromtid" die alte Sassensprache und daneben das Missingsch unverfälscht und mit entschiedenem Glück anwandte.

Ich kann jetzt aber einen noch früheren Zeitpunkt festsetzen. Mein Augenmerk hierauf lenkte der inzwischen verstorbene August Becker, welcher sich als Lyriker und Romancier einen geachteten Namen erworben hat. Derselbe, seit 1868 in Eisenach, fühlte sich zu Reuter als Mensch und Kollege sehr hingezogen.

Beide verplauderten manche schöne Stunde miteinander. Waren sie allein, so kam die Unterhaltung sofort auf Literatur. Reuter sprach dann gern über seine Lieblingsautoren und seine eigene schriftstellerische Entwickelung. Er theilte Manches von den Müh= seligkeiten und Bedenken mit, über welche hinweg er sich seine ersten Lorbeeren zu erkämpfen hatte. Aber niemals sprach er sich über die erste Anregung zum Schaffen als Dialektdichter aus, wohl

Die Kinder des Peters'schen Ehepaares in Chalberg.
Nach Zeichnungen von Fritz Reuter.

weil keine dahin zielende Frage gestellt wurde. Erst, wenn das Wirken des Mannes abgeschlossen und es gewöhnlich zu spät ist, Authentisches aus seinem eigenen Munde zu hören, gewinnen solche Fragen ihre Bedeutung und literargeschichtliche Wichtigkeit. Ohnehin ist ja der Poet selten darüber klar, woher das keimfähige Samenkorn in sein Gemüth gefallen, das sich so segensreich und erquicklich zum bewunderten Baum entfaltet hat. Indeß hatte Becker sich sein Urtheil hierüber längst gebildet.

Zwei Stellen in „Ut mine Festungstid" waren von je für ihn von besonders ergreifender Wirkung. Zum Ersten des Gefangenen Transport nach Magdeburg mitten im Winter über das kalte Plateau des Flemming und die schneebedeckten Flächen der Zauche, wobei er die freundliche Aufnahme in der Familie des Bierbrauers zu Belzig fand, — Ehre dem Manne und der kleinen Stadt! — aber auch den verzweifelten Plan einer nächtlichen Flucht nach der heimathlichen Grenze faßte, — ein Plan, dessen Ausführung ihm wohl in dem Schneesturm jener Nacht den Erstarrungstod gebracht hätte. Zur Anderen die erschütternde Schilderung der ersten Stunden nach seiner schließlichen Erlösung, der Abschied von Dömitz, der Gang in die Freiheit, — als beim Durchwandern der Haiden und Fluren des engeren Vaterlandes und nach der Heimkehr in's Vaterhaus die bange Frage an ihn herantritt: Was nun?! Die Stelle ist von wahrhaft tragischer Gewalt. Der bevorstehenden schweren Seelenkämpfe bewußt, da er ja auch bald genug vom eigenen Vater, wie von den ehemaligen Freunden aufgegeben ward, ein „Verlorener", stand der Dreißigjährige nach der Entlassung aus dem langen Verwahr da: — „Frei! aber auch splitterfadennackt, und so sollte ich hinein in die Welt!"

Der strenge Vater macht noch einen Versuch, den Sohn zu „retten". Zwar von dessen Neigung zur Malerei*) will der nüchterne

---

*) Die gräuliche Festungszeit hat Reuter wesentlich durch sein Zeichentalent sich erträglich zu machen gewußt; er porträtirte seine Leidensgefährten, fertigte Skizzen aus ihrem Zellenleben, Ansichten der Hausvogtei ꝛc., aber auch aus eigener künstlerischer Inspiration und Stimmung erwuchsen kleinere und größere Kompositionen.

Mann nichts wissen; Fritz soll es nochmals mit der Jurisprudenz probiren, in Tübingen resp. Heidelberg, wohin sich derselbe denn im September 1840 begiebt. Ueber diese Episode seines zweiten Studentenlebens hat sich Reuter fast nie ausgesprochen; sie wird auch von seinen bisherigen Biographen als ein besonders dunkler Punkt, als eine unglückselige, völlig nutzlose und unfruchtbare Zeitvergeubung erachtet, bei welcher man am besten nicht verweile. Ueber den Einfluß dieses zweiten Studententhums auf Reuters Entwickelung dürfen wir jedoch eine bessere Meinung hegen.

Obschon der Dichter äußerst schweigsam bezüglich seines Heidelberger Aufenthaltes war, so hat er Becker gegenüber doch Einiges aus seiner Reise dahin mitgetheilt, welche von Mainz aus auf dem linken Rheinufer über Nierstein, Oppenheim, Worms fortgesetzt wurde. Von da kam er durch den nordöstlichen Zipfel der Pfalz. Dort führt die Straße durch das sorgsam angebaute Frankenthaler Flachland in der Nähe des Rheinstroms, der sich indeß gerade hier jeder Romantik bar durch die Ebene wälzt. Gleichwohl hatte die Erinnerung an die Fahrt jenes Herbstabends in des Dichters Gemüth ihre Verklärung gefunden und ihn merklich ergriffen; mit einem Anflug wehmüthig frohen Gedenkens erzählte er einst also davon:

Fritz Reuter und seine Gefährten hatten nämlich in Worms einen Wagen gemiethet, um noch am Abend in Frankenthal einzutreffen, wo man übernachten wollte. Allein der Kutscher suchte die Herren zu bestimmen, in einem links von dem Hauptwege abgelegenen Dorfe am Altrhein Einkehr zu halten, wo man ganz vorzüglich aufgehoben sei. Wenn man jung und in guter Gesellschaft ist, läßt man sich leicht zu Abschweifungen von der breiten Heerstraße bereden. Flugs ging es auf einem Seitenpfade durch die herbstliche Flur zwischen den Wallnußbäumen hin, dem hinter'm Odenwald aufsteigenden Mond entgegen; nach wenigen Minuten erreichte man das von den Rheinnebeln umwogte schöne Dorf.

In dem ländlichen Wirthshause, wo man in der That eine unerwartet freundliche Aufnahme und die herzlichste Gastfreundschaft fand, ward nun ein Abend verlebt, wie er dort zu Lande keines-

wegs zu den seltenen Vorkommnissen zählt. Ist doch der Besitzer
solches friedlichen Gasthofes stets ein wohlhabender Oekonom, dessen
Familie zu den Gau=Honoratioren gehört. Reuter und Genossen
fühlten sich in der behaglichen Herberge unter den Söhnen und
Töchtern außerordentlich wohl und heimisch. Als man gegessen
und getrunken hatte, ward gesungen, musizirt; die jungen Mädchen
beschieden ihre Gespielinnen, die Söhne ihre Freunde. Einer setzte
sich ans Klavier, und Nord= und Süddeutschland tanzte dort im
uralten Nibelungengebiet bei fröhlichster Harmonie die halbe
Nacht hindurch.

Der plattdeutsche Volksschriftsteller entsann sich dieses Abends
als eines der angenehmsten und heitersten Begegnisse nach seiner
traurigen „Festungstid". Alle Einzelheiten standen noch frisch in
seinem Gedächtniß, nur war ihm entfallen, wie das Dorf geheißen.
Becker führte mehrere Ortsnamen an, die hier in Betracht kommen
konnten; als er „Mörsch" nannte, stimmte Reuter lebhaft zu: Das
sei es!

Anderen Tages hieß es: Scheiden von dem gastlichen Dache
und seinen biedern Bewohnern. Man fuhr zur Rheinschanze, auf
deren Stelle heute die Stadt Ludwigshafen steht, über die Rhein=
brücke nach Mannheim, allwo Sand den Kotzebue erdolcht und dafür
auf dem Blutgerüst gebüßt hat, wovon damals noch das Volk in
wehmüthigen Liedern sang. Von da den Neckar hinan über Heidel=
berg nach der Universität Tübingen, deren Senat allzu ängstlich
den „Demagogen und Hochverräther" abwies, dann zurück nach
Heidelberg, wo der bemooste Burschenschafter unter die akademischen
Bürger aufgenommen wurde und das Wintersemester bis zum
Sommer 1841 zubrachte. Die Rechtswissenschaft mag dabei aller=
dings wenig gewonnen haben; jedoch ist dieser Aufenthalt um so
entscheidender durch die unbewußte Einwirkung dortiger Strömungen
auf die nachfolgende Entfaltung jener Kraft geworden, welcher wir
den Namen Fritz Reuter in der deutschen Literatur verdanken.

Man beachte: der von den Seinigen schon halb Aufgegebene
befand sich jetzt im Lande Johann Peter Hebels, dessen „Schatz=
kästlein" und „allemannische Gedichte" gerade damals zur allgemeinsten

Anerkennung gelangt waren, dessen Grab im nahen Schwetzingen beim Besuche des berühmten Gartens die Erinnerung an seine Werke stets auffrischte. Auch im pfälzischen Idiom, das in Heidelberg gesprochen wird, hat Hebel talentvolle Schüler gehabt. Ja, man darf behaupten, daß dort, im Südwesten unseres Vaterlandes, einzig die mundartliche Dichtung auf ein dankbares Publikum rechnen kann. Es sind oft dieselben Späße, die man sich in Mecklenburg „mit Urbehagen" erzählt; es ist dieselbe Lebenstreue und verblüffende Anschaulichkeit der Figuren, wie sie uns aus Reuters „Läuschen un Rimels" entgegentritt. Indeß kann hier wohl von einer lebhaften Anregung, keineswegs von Entlehnung die Rede sein.

Zur nämlichen Zeit, 1840, waren auch schon die beiden Possen in Darmstädter Mundart erschienen: „Des Burschen Heimkehr oder der tolle Hund", sowie „Der Datterich", beide Stücke von Streff (Pseudonym für E. Niebergall), klassisch in der Vorführung von Personen und Zuständen, überwältigend durch lustigste Lebenswahrheit. Hauptsächlich „Der Datterich" enthält Scenen, die an Reuters halb hoch-, halb plattdeutsche Lustspiele erinnern, ebenfalls an Episoden der „Stromtid", frappant z. B. an jene, wo den horchenden Gästen die Nachricht von der Rebellion der Insulaner auf Ferro und der Eskimos am Nordpol aus der Zeitung vorgelesen wird. Auch hier wieder kein geborgter Strich bei Reuter, allein, bei aller echt Mecklenburgischen Naturfarbe, gemahnt Ton und Haltung häufig an den „Datterich".

Nach seiner Rückkehr in die Heimat an der Ostsee ruhten die Eindrücke der Heidelberger Zeit nur wenige Jahre in dem Gedächtniß Reuters, als schon der Same keimte und ihm die Erkenntniß kam, daß, was jene konnten, er auch — und vielleicht noch besser — vermochte. Das bekundet glänzend die „Urgestalt der Stromtid", welche während seines Lebens nicht bekannt geworden und erst in meinen „Reuter-Reliquien" auszugsweise dargeboten ist. Seines Vaters Tod und Testament brachte ihn bald darauf um die bescheidene Subsistenz und, was schlimmer, um das Selbstvertrauen. Betrübt schob er das unvollendete Manuskript bei Seite. Später, nach der Verlobung mit seiner Luise, brach der schlummernde

Der Schäfer Besten in Thalberg.
Nach einer Zeichnung von Fritz Reuter.

Genius seine Fesseln und offenbarte sich mit nicht mehr zu dämmender Naturgewalt.

Seine Dialektdichtung ist folglich nicht durch Claus Groth hervorgerufen oder gefördert worden; das geschah weder direkt noch indirekt. Schon in Heidelberg hatte unser Mecklenburger beobachtet, welche Wirkung durch mundartlich volksthümliche Dichtung erzielt werden kann, und wie der Stoff anzufassen sei, um ihn wirksam zu gestalten. In Heidelberg, damals Mittelpunkt der südwestdeutschen Dialektpoesie, ward ihm die erste Anregung. An dortigen Eindrücken und Einflüssen knüpfte der Drang an, sich selbst einmal im eigenen Idiom zu versuchen. Von dort wirkte der Antrieb nach, dem wir den plattdeutschen Schriftsteller, auf welchen unsere Nation stolz sein darf und stolz ist, verdanken.

„Fröhlich Pfalz, Gott erhalt's!“ Also werden wir, mit noch größerer Herzlichkeit als sonst schon, fortan ausrufen. Denn in diesem gesegneten Erdstrich Süddeutschlands empfing der norddeutsche Humorist die erste eindringliche Vorstellung, den glücklichsten, schönsten Begriff von mundartlicher Literatur, von ihrer volksthümlichen Bedeutung und Verbreitung, wodurch es ihn reizte, Aehnliches in niedersächsischer Sprache, die er von Kindesbeinen an ebenso gut wie die hochdeutsche beherrschte, zu leisten. Daß Fritz Reuter mit wachsenden Schwingen seines Genius noch einen ungleich höheren Flug nahm und selbst Hebel weit hinter sich zurückließ, ist eben das Verdienst der Ursprünglichkeit seiner eigenartigen und ganz einzigen poetischen Begabung.

Der Besitz einer solchen Begabung blieb ihm lange verborgen.

Es ist eine eigenthümliche, im menschlichen Leben nur zu oft wiederkehrende Erscheinung und eine durch die Erfahrung reichlich bestätigte Thatsache, daß in ihrem Fach bedeutende Männer einen Theil ihres Lebens mußten verfließen sehen, ehe sie den ihnen zusagenden und zu ihrer geistigen Veranlagung passenden Beruf fanden.

Auch von unserem größten Humoristen nächst Jean Paul gilt das. Nach dem ihm aufgedrungenen juristischen Studium, nach der unverschuldeten Festungshaft, nach dem erneuten verfehlten Universitätsbesuch, im Sommer 1841, hatte Reuter, damals einunddreißig Jahre

alt, in seiner Mecklenburgischen Heimat das stille freundliche Kirch=
dorf Jabel, welches zum Kloster Malchow gehört, als Ruhepunkt
gewählt. Sein Oheim, Pastor Ernst Reuter, nahm den „verlorenen
Sohn" mit offenen Armen auf; ihm blühten sieben liebliche Töchter,
die den trübsinnigen Vetter durch ihre natürliche Laune — denn es
waren muntere Mädchen — bald heiter stimmten. Allmählich ge=
wann auch der Bürgermeister von Stavenhagen wieder eine natür=
liche Theilnahme für Fritz.

In diese Zeit fällt ein hochdeutsches Scherzgedicht, „nach einem
Aufenthalt in Warnemünde mit seinem Vater". In Heinrich Heine=
scher Manier erklingt es:

Ihr bösen, bösen Kinder,
Was habt Ihr angestift't!
An Folgen viel gelinder
Sind Dolch und Schwert und Gift.

Aus ist's mit Grünen und Blühen
Im Mecklenburger Land,
Mit Eurer Augen Glühen
Habt Ihr die Fluren verbrannt.

Der ganzen Ostsee Fluthen
Die löschen das Feuer nicht,
Das Eurer Augen Gluthen
Bei uns hier angericht't.

Ihr bösen, bösen Kinder,
Was gabt Ihr uns für Dank!
Wir machten Euch gesünder,
Ihr uns am Herzen krank.

Die Jünglingsherzen alle
Zu Zunder sind verzehrt,
Ach! nicht 'mal auf dem Balle
Sind sie's Verschenken werth.

Und unsre Mädchen sitzen
Bis taub sie werden und lahm,
Denn all ihr Blicken und Blitzen
Ist nur Theaterkram.

Auch meinen alten Vater
Dem habt Ihr's angethan,
In seinem Leben hat er
So leidig nicht gethan.

In unsern Ostseebädern,
Wie an der Müritz Strand,
Riecht's nach verbrannten Federn
Vom großen Herzensbrand.

Ihr bösen, bösen Kinder,
Was habet Ihr vollführt!
Die Herzen, und meins nicht minder,
Sind all' nicht verassecurirt.

Sein „nicht versichertes" Herz sollte später ohne Police eine
Prämie gewinnen, die höchste, nach seinem eigenen Ausspruch:

„Mit den uns' Herrgott meint dat tru,
Den giwwt hei eine gaude Fru."

Inzwischen versuchte er es als Landwirth, d. h. er arbeitete als Volontär oder „Strom", Anfangs auf dem dicht bei Stavenhagen gelegenen, gräflich Hahn=Basedow'schen Gute Demzin, das Franz Rust gepachtet hatte. Durch seinen Lehrherrn machte er die folgen= schwere Bekanntschaft von dessen Schwager Fritz Peters, damals Pächter auf Thalberg bei Treptow an der Tollense, später und jetzt noch Oekonomierath auf dem nicht weit entfernten Siebenbollen= tin. Die beiden Fritze wurden gleich die treuesten Freunde, und auch ihre Bräute und nachmaligen Frauen befreundeten sich innig miteinander: Marie Peters geb. Ohl und Luise Reuter geb. Kuntze.

Thalberg gewährte unserm Reuter ein Asyl, wie er es sich besser nicht hätte wünschen können: hier ist der Boden seiner „Stromtid". Sein Leben und Treiben im stattlichen Herrenhause, auf dem Guts= hofe, auf dem Felde, mit der Familie seines besten Freundes, mit den Nachbarn, den Inspektoren, Tagelöhnern und Dorfleuten zeigt eine Fülle anheimelnder Züge.

Er bildete den geselligen Mittelpunkt für Alt und Jung, wie schon in den „Reuter=Studien" beschrieben; er portraitirte Groß und Klein — eine Federzeichnung „Kuhhirt Lesten und sein Spitz" er= scheint besonders der Wiedergabe werth —, las vor, inscenirte Theater= stücke und dichtete für Weihnachten und Geburtstage. Folgende Julklappverse sind an die Kinder gerichtet:

Aus fernem Norden tret' ich hier
Als Julklappkönig in die Thür,
Und frohe Geister dienen mir.
Ich weiß, was lange ist gescheh'n,
Eh' Euch das Licht der Sonn' geseh'n;
Ich weiß, was Eure Eltern beide
Für Euch gesonnen Tag und Nacht,
Was sie in Sorge und in Freude
Zu Eurem Heil sich ausgedacht.
Ich weiß, wie einst die Wucht der Sorgen
Das Haupt des Vaters niederdrückte,

Und wie die Mutter jeden Morgen
Ihr fromm Gebet zum Himmel schickte.
Das war für Euch . . .
Und auch heut Abend ist gar manch' Ge=
schenk
Von Elternlieb' Euch dargereicht.
Seid dieses Abends eingedenk!
Denn wenn das Schenken auch so leicht,
Erwerben ist doch immer schwer.
Und nun, ihr Kinder, kommt her!

Brav, fleißig, treu und wahr zu sein, wünscht er ihnen:

Dann bleibt Ihr Alle froh und heiter,
Und ich bleib' Euer Onkel Reuter.

Die Julklappen verpackte, signirte und vertheilte er. Eine kleine
Episode zeugt von seiner Begabung für ein schnelles Improvisiren.
Auf Thalberg war ein Wirthschaftslehrling, Hans Heiden, sein frühe-
rer Schüler. Da kommt nun das für denselben bestimmte Packet
an die Reihe. „Wie schickt sich der Junge?" — „Nicht schön, er ist
faul und eitel." Reuter sah nur ein einziges Mal unter seiner
Brille in die Höhe und schrieb ohne Zeitverlust:

> Schöne Kleider zieren nicht den Landmann,
> Zieh Dich ja recht einfach an:
> Harte Hände mag ich an Dir leiden,
> Dieses merke Dir, Hans Heiden.

Seinem Fritz Peters dichtete er zum Geburtstage:

> Ich wünsch' Dir ein Geschenke,
> Was dauert jede Frist,
> Ich wünsch' Dir eine Gabe,
> Die unvergänglich ist.
> Sie helfe Dir ertragen
> Die Freude, wie das Leid,
>
> In guten und bösen Tagen
> Steh' sie an Deiner Seit'!
> Sie zähmt in uns das Wilde,
> Sie macht das Rauhe gleich,
> Sie macht das Leben milde,
> Den Armen macht sie reich.

Zu solcher gereiften Anschauung und Gesinnung hatte der schwer-
geprüfte Reuter sich selbst durchgerungen.

So ist diese Zeit keine verlorene gewesen, obschon er merkte,
daß auch die Landwirthschaft ihm keine Zukunft verhieß. Peters
erkannte seine geistigen Fähigkeiten und rieth ihm, sich im benach-
barten Treptow als Privatlehrer niederzulassen; Justizrath Ludwig
Schröder und Superintendent Eduard Schumacher daselbst unter-
stützten den Plan. Reuter „treckte den Schaulmeister sinen Rock
an", im Frühling 1850.

Seine Ankunft im Städtchen beschreibt anschaulich einer seiner
ersten Schüler Karl Behrends also: Herr Reuter, ein breitschulte-
riger Mann, der wirklich sehr studirt aussah, mit goldener Brille
auf der Nase, einen starken Stock in der Hand, kam von Thalberg
und miethete beim Rendant Flos. Nach dreitägiger Abwesenheit
kehrte er, abermals von Thalberg, zurück und ging sofort zum Justizrath Schröder; bald wußte man, daß er dessen Sohn Richard unter-

Siebenbollentin.

richten werde. Schritt man an dem kleinen zweistöckigen Flos'schen Hause vorbei und sah dort oben an den Fenstern Blumentöpfe mit Geschmack aufgestellt und hinter ihnen ein echt germanisches Gesicht mit hellblondem Vollbart, breiter freier Stirn und blauen Augen mildlächelnd hervorgucken, so erkannte man, daß es einem Naturfreunde gehören müsse. Reuter war schnell eingeführt, eine Art Zuneigung und Ehrfurcht wurde ihm entgegengebracht; sprach doch aus seinem hellen Auge eine reine und schöne Seele.*)

Binnen Kurzem hatte er etwa ein Dutzend Honoratiorenkinder zu unterrichten. Als Schullokal benutzte er seine Wohnung; in der einen Stube saßen die Knaben, in der anderen die Mädchen. Er hielt auf Ordnung und Anstand, beobachtete dabei jedoch nicht die gewöhnliche Schulpedanterie; im Gegentheil, selbst immer heiter und froher Laune, munterte er diejenigen, welche trübseliger Natur oder langsamen Geistes waren, auf und schien es jedenfalls lieber zu sehen, wenn Einer etwas zu toll sich ausließ, als wenn er zu wenig Leben zeigte.

Wie bei allen Erwachsenen, so besonders auch bei seinen Schülern, die er väterlich mit Vornamen nannte, erwarb er sich sofort Liebe und Vertrauen durch sein menschenfreundliches Wesen; stets eilten die Schüler mit Freuden die Stiegen hinauf zu ihrem Herrn Reuter, und Manche reden noch heute mit Begeisterung und Stolz davon, zu seinen Füßen gesessen zu haben.

Er lehrte Französisch, Naturwissenschaften, Rechnen und hauptsächlich Zeichnen. Auch malte er in Mußestunden; noch giebt es Familien, in denen Kinder- und andere Portraits von seiner Hand in Kreide oder Pastell bewahrt werden. Talent ist darin nicht zu verkennen, aber Reuters Beruf war auch auf diesem Felde nicht gefunden.

Einen Zweig der Pädagogik kann er sich rühmen, in Treptow eingeführt zu haben: das Turnen. Zum Unterschiede vom Gastwirth Emanuel Reuter und Pferdehändler „Gust" Reuter wurde er Turn-

*) „Besonders charakteristisch sind die hellen, geistsprühenden Augen, die mit einer göttlichen Freundlichkeit und Lebendigkeit durch die Brillengläser in die Welt ausschauen," so urtheilte Paul Lindau.

Reuter genannt. Es war gewiß nicht leicht, in einem Landstädtchen die vielgeschmähte und damals noch verpönte Kunst des Turnens einzubürgern; aber Reuter, schon als Knabe durch Onkel Herse in der neu erfundenen Gymnastik des Vaters Jahn gebrillt, hatte erkannt, daß körperliche mit geistiger Ausbildung gleichen Schritt halten müsse. Daher veröffentlichte er im Treptower Wochenblatt am 27. April 1850 folgenden, mit seinem Namen unterzeichneten Aufsatz:*)

„Ein kurzes Wort über die Nothwendigkeit des Turnunterrichts für die Jugend.

Es ist eine unbestrittene Wahrheit, daß die ausdauernde Strebsamkeit der preußischen Regierung in Sachen der Volkserziehung zu Resultaten geführt hat, die unbedingt zu den Lichtseiten in den vorwaltenden Schatten der heutigen Zeit gerechnet werden müssen. Preußen selbst und Deutschland im Allgemeinen mögen in diesem Punkte zwar keine vorurtheilsfreie und competente Richter abgeben, wie man im eigenen Hause gar Manches mit günstigerem Auge anzusehen pflegt, als der Nachbar; diese Ansicht dürfte aber die Richtigkeit der obigen Behauptung schwerlich in Frage stellen, zumal das Ausland einstimmig der letzteren beipflichtet. . . .

Nicht plötzlich, auch nicht in stetig fortschreitender Entwickelung sind diese günstigen Resultate erzielt worden, sondern, wie in allen menschlichen Dingen, manches Schwanken ist eingetreten, manche theilweisen Rückschritte sind gemacht worden, und viele einzelne Elemente, nur durch einen schwach durchscheinenden Plan zusammen gehalten, haben als Mittel zur Erhebung der Volkserziehung dienen müssen. Von diesen letzteren ist unbedingt das Turnen als eines der wichtigsten, am tiefsten und günstigsten eingreifenden zu nennen, und jene Zeit, in der dasselbe als staatsgefährlich geächtet war, fällt uneugbar mit den Rückschritten in der Entwickelung der Volksbildung zusammen. Anstatt selbst gefährlich zu sein, wurde sein Aussetzen gefährlich.

---

*) Der Verfasser hatte kurz vorher eine gleichlautende Eingabe beim Magistrat eingereicht. Bürgermeister Krüger legte sie auch der Stadtverordneten-Versammlung vor „mit dem Ersuchen, auf den Antrag zur Einrichtung einer Turn- und Schwimm-Anstalt, die wir für sehr nützlich halten, einen Beschluß zu fassen, welchemnächst wir mit dem Herrn Reuter die schicklichen Plätze bei der Stadt ermitteln würden. Wenn die Einrichtungskosten mit ca. 30 Thlr. aus der Stadt-Kasse bewilligt werden und ein mäßiges Unterrichtsgeld von jedem Turner entrichtet wird, so würde diese wohlthätige Anstalt mit keinen erheblichen Opfern für die Stadt verbunden, der Nutzen daran aber für unsere Jugend und künftige Generationen groß sein.“

Den geistigen und den leiblichen Kräften ist bei der Bildung des Menschen, so viel als möglich, gleiche Berechtigung einzuräumen, vorzüglich, wenn man jene Klassen der Gesellschaft ins Auge faßt, deren Beruf sie zwingt, durch kräftige und gewandte Anwendung der körperlichen Fähigkeit ihr zukünftiges Lebensglück zu gründen und zu bewahren.

Aber auch denen, die vorzugsweise einer geistigen Beschäftigung überwiesen sind, darf körperliche Ausbildung nicht gleichgültig erscheinen, nach dem alten Spruche:

<blockquote>in einem gesunden Körper wohnt eine gesunde Seele.</blockquote>

Wo der Leib sich ist, verliert der Geist seine Spannkraft, wo der Leib verweichlicht ist, wird der Geist matt, und wo dem Leibe die Rüstigkeit und Frische fehlt, strebt der Geist vergebens vorwärts und aufwärts, er klebt an körperlichen Kümmernissen und Beschwerden, wie der Schmetterling an der Nadel.

Wenn nun die Gleichberechtigung des Körpers mit dem Geiste zugestanden werden muß, die innige Verbindung und die Abhängigkeit des einen von dem andern nicht abgeleugnet werden kann, so kann man sich füglich wundern, wie so viel zu Gunsten des einen und so wenig für den andern geschehen ist und (wie hier bei uns) noch geschieht. Man überläßt das Bildungsgeschäft des Körpers der Jugend durchaus selbst, und wenn auch sorgsame Eltern darüber wachen, daß die Spiele und körperlichen Beschäftigungen der Knaben ungefährlich seien, so sind sie, gelinde ausgedrückt, doch planlos, wenig Nutzen bringend und ihr wahrer Gewinn allzusehr dem Zufalle unterworfen, wenn sie nicht gar geradezu Unfug anrichten und unsittlich sind. Diese Richtung ist nun freilich sehr zu beklagen, ist jedoch noch nicht das größte Uebel, was sich in die unbeaufsichtigten Knaben festsetzen kann; bei weitem gefährlicher für dieselben ist der Mangel an Thätigkeitstrieb, die Faulheit, das Herumlungern und Ofenhocken. Hier ist die Pflanzstätte und das Brutnest aller Laster zu suchen, und gar leicht kann ein Knabe von geringem Temperament und schwächlicher Leibesbeschaffenheit all diesem Jammer verfallen, wenn nicht durch Anleitung und Beispiel die Lust an körperlichen Uebungen, Anstrengungen und Entbehrungen in ihm geweckt wird. Die Geselligkeit, die wohlgezügelte Heiterkeit, der angeregte Muth, die Ertragung von Mühen und Entbehrungen sind, abgesehen von dem direkten Nutzen der Uebung von Kraft und Gewandtheit, die größten Feinde jener schleichenden Uebel, denen eine unbeaufsichtigte und nicht angeregte Jugend verfallen kann. Wer da glaubt, daß bloß halsbrecherische Kunstreiterstückchen und waghalsige Unternehmungen das Wesen des Turners ausmachen, daß körperliche Uebungen von Rohheit der Sitte unzertrennlich seien, und der Turnplatz ein Tummelplatz der Ungebundenheit und Zügellosigkeit sei, der irrt gewiß ebenso sehr, als Derjenige, der die Erwerbung von Kenntnissen in der Schule mit der Abrichtung zu Gaunerstreichen und Schelmenstücken in eine Klasse setzen wollte.

Das Turnen ist ein fröhliches Spiel, ein rüstiges Ringen, die gebundenen Kräfte frei zu machen von den Fesseln einer erdrückenden und entnervenden

Civilisation, eine Vorübung zum Ertragen von Gefahren und Entbehrungen, eine reiche Schule und eine reine Freude der Geselligkeit, ein übersprudelnder Born reiner Jugendlust und frischer Jugendkraft und eine schuld- und reuelose Erinnerung für das Alter.

Alles dies gilt für das Baden und Schwimmen in eben dem Maaße, da dasselbe ein durchaus zum Turnen gehöriger Theil ist und nur deshalb an einzelnen Orten nicht damit verbunden ist, weil die Gelegenheit fehlt. Für diese körperliche Uebung möchte die Nothwendigkeit einer Beaufsichtigung noch mehr in die Augen fallend sein, weil hier leider nur zu oft Unbesonnenheit und Waghalsigkeit einen plötzlichen gewaltsamen Tod herbeiführen, aller der vielfachen Fälle nicht einmal zu gedenken, in denen durch unvorsichtige Erkältung die Gesundheit leidet und vielfach für immer verloren geht.

Darum Ihr Eltern, die Ihr Eure Kinder zu einer geistigen Beschäftigung heranbilden laßt, gönnt ihrer Jugend die Freuden, die für dies Alter von einer weisen Natur bestimmt sind, gönnt ihnen das Glück, Knaben und Jünglinge zu sein, bevor Ihr ihnen die Pflichten des Mannes aufbürdet, schafft ihnen einen Schatz von Gesundheit und Kraft, die vorhält bei der gemüthvergällenden und lebenskraftversauernden, sitzenden Lebensart, der sie einst verfallen müssen, und Ihr, die Ihr Eure Kinder, die Ihr liebt, zu einem Leben voll körperlicher Anstrengungen bestimmt habt, wählt für sie den leichten, heitern Weg der Jugendspiele, um sie vorzubereiten und abzuhärten, und nicht den rauhen, unfreundlichen der Arbeit. Der erstere Weg führt sicherer zum Ziel, weil er naturgemäßer ist."

Der Wahrheit dieser Auseinandersetzungen verschloß sich die Treptower Bürgerschaft nicht, und sie vertraute auch für das damals von Vielen verkannte Erziehungsmittel Herrn Reuter ihre Kinder an.

Die Stadt überwies ihm zur Anlage eines Turnplatzes ein Stück Land hinter dem Klosterberge, wo sich noch jetzt der städtische Turnplatz befindet. Die Kosten der anfangs nur einfachen Geräthe mußte er selbst bestreiten. In die Tollense ließ er ein Bassin bauen und gab Schwimmunterricht. Bei den Leibesübungen ging er stramm und militärisch zu Werke, was er auch, obgleich er nie Soldat gewesen, in seiner Haltung und in seinem sonstigen Auftreten zum Ausdruck brachte. Wenn es irgendwelche Furchtsamkeit seiner Schüler zu besiegen galt, scheute er keine Mühe. Ein Wasserscheuer war nicht zum Hineinspringen zu bewegen, trotz Reuters Ruf: „Nun, Karl, spring hinein! Eins! Zwei! Drei!" Statt den Sprung zu wagen, raffte der Junge seine Kleider zusammen und stürmte nach Hause.

Siebenvollentin (Kleiner See im Park).

Nach einer Stunde erschien Reuter und lachte ihn aus; zugleich zeigte er ein Tuch voll Birnen mit dem lockenden Versprechen, die solle er haben, wenn er mit zur Schwimmschule ginge und hineinspränge. Die Lust nach dem Obst überwand die Furcht. Aber auf dem Sprung= brett gereute ihn der Entschluß. Da hielt ihm Reuter als letztes Mittel die Birnen dicht unter die Nase und sagte, wenn er jetzt nicht sofort hineinspränge, bekäme er sie in seinem Leben nicht! Das half, und der Knabe wurde die reinste Wasserratte.

Seine Zöglinge erzählen noch mit Enthusiasmus von den turne= rischen Spaziergängen und nächtlichen Turnfahrten, die Reuter mit ihnen unternahm.

Die Schilderung von Karl Behrends erscheint am meisten charakteristisch:

„Guten Morgen, Jungens! Seid Ihr schon alle beisammen?" so begrüßte uns an einem Julimorgen früh sechs Uhr unser Lehrer Reuter, indem er in seinem schlichten Anzuge, der sich durch nichts von dem eines gewöhnlichen Landmannes unterschied, und mit dem unvermeidlichen Handstock auf die Schaar bei der Wasser= mühle vorm Mühlenthor zuschritt.

Auf den einstimmig erwiderten Gegengruß und den Bescheid, daß einige Langschläfer fehlten, ließ er uns wie üblich in zwei Reihen antreten. Er zählte die Anwesenden ab, sah ihren Proviant nach und wollte dann eine Ordonanz abschicken, die Säumigen zu holen.

Doch sieh, da kamen sie schon angesprungen! Beim Einen hatte Mutter das Butterbrod nicht fertig, beim Andern war in der letzten Minute ein Knopf ge= rissen; ein Dritter wollte gar schon um fünf Uhr hier gewesen und wieder nach Hause gegangen sein. Derlei Ausreden ließ Reuter in seiner humorvollen Weise stets hingehen und nahm sie als baare Münze an; ja es freute ihn, wenn die Knaben etwas Erfindungsgabe zeigten.

Nachdem Alles in Ordnung, kommandirte er „Rechts um!" und fort ging's, hinaus in die frische Morgenluft, mit dem ungezwungenen freien Sinn und Gemüth, wie sie sich bloß in der Jugend und unter Führung eines jeden Zwang hassenden Mannes entwickeln können. Nach kurzer Zeit forderte er uns auf, ein Lied anzustimmen; aus vierzig Kehlen erklang: „Turner ziehn froh dahin", welches Reuter in tiefem Baß mitsummte. Denn so sehr er ein Freund von Gesang und Musik war, das Talent zur Ausübung dieser Künste besaß er nicht, wes= wegen er sich darauf beschränkte, sich an dem Vorgetragenen zu erfreuen und in Gedanken mitzubegleiten.

So langten wir im Dorfe Gropzow an, wo die Bauern bei unserm takt= mäßigen Einmarsch neugierig aus den Häusern kamen und uns bewunderten.

„Ja, sonne Jungens giwwt dat ok man blot in Treptow!“ rief Reuter ihnen zu. „Sonn' kriegt man ok nich all' Dag tau seihn!“ erwiderten diese. „Di sälen mal seihn, wat sei all' vör Kunststücken maken känen,“ fuhr Reuter fort und ließ uns die Dorfstraße in Linie aufmarschieren, unter Hurrah vorwärtslaufen und die am Ende etwas hochgelegene Burg der Obrigkeit stürmen. Die Knüppel, welche wir unterwegs abgeschnitten hatten, schwingend, ging's gegen das Haus des Schulzen, welcher in der Nachtmütze heraustrat, um nach der Ursache des Skandals zu forschen. Diese seltsame Erscheinung übte einen so unwiderstehlichen Zauber, daß wir unter Lachen den Lärm vermehrten. Als aber Reuter auf ihn zu schritt, den er schon kannte, wurde ihm die Sache klar, und da er sich in seiner staatsherrlichen Existenz nicht bedroht sah, ließ er sich sogar herbei, uns mit Milch zu bewirthen.

Dann wanderten wir durch das Holz dem Ziele, der Landskrone, zu. Auf einem Hügel erhebt sich hier eine Ruine, deren Reste von dem Gutsherrn Grafen Schwerin noch erhalten werden. Diese zu besichtigen, war das erste, und Reuter führte uns den kleinen Berg hinan und hinein in die ausgestorbenen, öden und grasüberwucherten Räume, die von altersgrauen bemoosten und zerbröckelten riesigen Quadern begrenzt wurden und als Dach den Himmel über sich hatten. Nach einer Erklärung über die Geschichte dieser Ruine gab Reuter eine allgemein faßliche Schilderung des Mittelalters, der Glanzzeit des Ritterthums im edlen Sinne, sowie auch desjenigen, daß seine Macht und sein Ansehen nicht immer zum Schutze und zur Ehre des Vaterlandes, sondern zur Auflehnung gegen Kaiser und Reich gebrauchte, ja sich an Hab und Gut der friedlichen Bürger und Kaufleute gewaltsam vergriff und von Mord und Raub lebte.

Dabei rauchte er gemüthlich seine kurze Pfeife und wußte so viel Schönes und Wunderbares aus längstvergangenen Zeiten zu erzählen, daß wir ganz Aug' und Ohr waren.

Nachdem dieses eine Stunde lang gewährt hatte und der Himmel sich mit Regenwolken überzogen, lagerten wir uns unter einer am Fuße des Berges stehenden Linde, zur Verzehrung des Mundvorraths.

Unterdessen verdüsterte sich der Horizont, sodaß es Zeit wurde, an Aufbruch zu denken. Es war zwei Uhr. Kaum hatten wir eine halbe Meile zurückgelegt, als auch schon der Regen fiel und wir uns im Laufschritt beeilten, das Dorf Kessin zu erreichen. Wir waren ein wenig naß geworden, auch schmutzig und ermattet, wären deswegen am liebsten sofort unter Dach und Fach getreten. Doch Reuter ließ erst halten und einige militärische Wendungen und Exercitien machen, dann sagte er: „Man darf im Leben nie gleich nachgeben; und wenn Ihr noch so müde seid, müßt Ihr erst recht zeigen, daß Ihr immer noch etwas mitmachen könnt, wenn Ihr wollt. Man muß sich stets selbst zu zwingen wissen.“

Damit hatte er wohl recht; doch die Jugend war froh, als er endlich „Rechts um!“ kommandirte und gegen eine Scheuer führte, deren Eigenthümer gern Aufnahme und dazu Milch und Brod gewährte. Indeß Reuter ließ Keinen eher zugreifen, bevor er nicht versuchte, zwei Worte zu finden, welche sich reimten. Das verursachte Kopf= zerbrechen; und hätte Reuter nicht bei den Meisten nachgeholfen, so hätten sie wahrscheinlich nichts zu essen bekommen. Richard Schröder war der einzige, der es zu einem zweizeiligen Verse brachte:

Wenn man Durst und Hunger hat,
Macht auch Milch und Brod uns satt.

Worauf Reuter ungefähr reimte:

Und wenn den Magen du bedachtest,
So lasse auch dein Herz nicht leer;
Denn nur, wer Beides hat befriedigt,
Kann glücklich sein und braucht nichts mehr.

Dadurch entstand nun eine förmliche Reimwuth, bis Reuter be= merkte, daß der Regen nachgelassen, und zum Aufbruch mahnte. — „Möchte eine jede Expedition solch' einen Führer haben!" schließt mein Gewährsmann.

Ebenderselbe weiß von einer nächtlichen Fahrt zu berichten, wo= zu Reuter mehrmals an Sommerabenden seine Schüler eingeladen hat. Auch hier befolgte er ein pädagogisches Prinzip: den Muth auf die Probe zu stellen und die Furcht überwinden zu lernen.

Die Knaben sollten also den Verlauf einer Nacht, statt daheim im Bette, draußen in freier Natur unter dem Dunkel und Knistern der Bäume mitten im Walde zubringen. Ziel war das eine Stunde von Treptow gelegene Stadtholz. Natürlich war der Förster ver= ständigt worden.

An einem schönen Augustabend acht Uhr schlich, mit gewissem Grausen, Einer nach dem Andern durch das sich schon über Flur und Feld verbreitende Dämmerlicht zum Schützenhaus auf dem Kloster= berge. Man hätte sich fast gefürchtet, wenn man sich nicht geschämt haben würde; nur der Ehrgeiz ließ die leise gestellte Frage „Hast du Angst?" mit einem noch leiseren, zitternden „Nein, gar nicht!" beantworten. In Wirklichkeit war auch kein Grund dazu vorhanden. Kam nicht jetzt Herr Reuter den Berg herauf, der untersetzte starke Mann mit dem derben Knittel, welcher, obwohl nur zu friedlichen

Zwecken bestimmt, im Nothfall von seiner Faust geschwungen, eine
Legion Diebe und Räuber todtschlagen konnte?!

Allerdings, daran zweifelte Keiner; aber es giebt doch etwas,
wogegen menschliche Kraft ohnmächtig ist, — die Geister. Wo diese
spuken, hilft kein Stock, kein Gewehr; man sieht und hört sie ja
nicht sofort. Und die Gefahr war hier groß, weil in unmittelbarer
Nähe der Kirchhof lag.

Doch auch dafür wußte Reuter Rath; auch die Geister konnte
er bannen. Nachdem er die Häupter seiner Lieben abgezählt und
den Proviant geprüft hatte, nahm er sein Notizbuch und beschrieb
einige Zettel mit Bleistift, die er dann herausriß. Seine Zöglinge
voller Spannung, welch neues Manöver er vornehmen ließ. Die
Aufklärung folgte, indem er fragte: „Fürchtet sich Einer vor Ge=
spenstern?" Natürlich antwortete Niemand, obwohl es Jedem kalt
und heiß über den Rücken lief.

„Nun," meinte er, „also lauter tapfere Jungens. Doch müßt
Ihr es mir auch beweisen, denn eine Behauptung ohne Beweis gilt
nichts in der Welt. Ich habe hier auf ein Dutzend Zettel Namen
geschrieben; davon trägt Jeder, der Muth hat, einen Zettel zum
Kirchhof und legt ihn auf ein bestimmtes Grab. Doch muß Jeder
allein gehen. Wer will der Erste sein?"

Todtenstille. Reuter wiederholte die Frage und wandte sich,
da diese auch ohne Antwort blieb, direkt an Karl Schauert. Der=
selbe nahm einen Zettel. Nun bot Reuter Nummer zwei an, die
ihren Abnehmer fand; und so trat denn bei jedesmaligem Aufruf
langsam und zagend Einer vor oder wurde von seinen Kameraden
so lange vorgeschoben und in die Rippen gekniffen, bis er außer
Reih' und Glied war und nicht mehr zurückkonnte.

Auf diese Weise wurden sämmtliche Zettel vertheilt und an ihren
gruseligen Ort befördert. Die Ersten kamen schon wieder und zwar
mit ganz anderen Gesichtern, stolz und selbstbewußt.

Jetzt mußten die Zettel abgeholt werden, wobei die Uebrigen
ihren Muth zeigen sollten. Das ging besser; waren doch Alle mit
heiler Haut zurückgekehrt. Bald befand Reuter sich im Besitze sämmt=
licher Blätter.

Reuters erste Wohnung in Treptow a. T.
(Beim Rendanten Flos.)

Diese moralische Kraftübung beanspruchte eine Stunde. Die Nacht war eingetreten, am Himmel flammten tausend Sterne. Die Schaar machte sich auf den Weg zum Stadtholz und brachte auf Reuters Wunsch dem Monde, der sie voll anlachte, eine Huldigung, indem sie sein Leiblied „Guter Mond, du gehst so stille" sang. Allmählich erschienen die Umrisse des Waldes deutlicher und am Saume eine Gestalt: es war der Förster, der ihnen entgegenkam und, Reuter begrüßend, sagte: so außergewöhnliche Gäste müsse man bestens empfangen, deshalb habe er einen hübschen Platz ausgewählt und allerlei Nothwendiges herbeischaffen lassen, damit sie es möglichst angenehm und bequem hätten.

Man marschirte hinein zu einer Lichtung, wo Stroh und Reisig aufgeschichtet lag. Das letztere ward nach Reuters und des Försters Anweisung in drei kleinere Bündel vertheilt, welche in einiger Entfernung von einander angebrannt wurden. Um jedes Wachtfeuer lagerte sich ein Kreis, kramte die Eßwaaren aus und die Blechkannen zum Kaffeekochen. Drei bis vier Leute schickte Reuter ab, um zu recognosciren und zu melden, was sie gesehen, wobei er darauf hielt, daß sich Jeder gut orientirte und seine jedesmalige Stellung zu den ihn umgebenden Objekten genau angeben konnte.

Da sich kein Feind zeigte, so lud der Förster Alle ein, sich um ihn herumzusetzen, denn er hätte Interessantes zu erzählen; — richtiges Jägerlatein.

„So," sprach er, „die Geschichte ist zu Ende und meine Pfeife ausgegangen, ein Zeichen, daß ich nach Hause soll."

Auf dringendes Bitten nach mehr Geschichten meinte Reuter: „Ja, den Gefallen wird Herr Stadtförster Euch auch thun. Hier, nehmen Sie von meinem Tabak, stopfen Sie sich tüchtig Ihre Pfeife und legen Sie los! Doch zuvor wollen wir uns noch ein Glas Grogk brauen, während die Jungens sich nochmals Wasser zum Kaffee aufgießen."

Als auch die zweite Fabel fertig war, schlich sich der Sandmann ein, was Reuter zu der Anordnung veranlaßte, das Stroh auszubreiten zum Nachtlager. Bald lag die Hälfte unter den Bäumen und schlief. Der andere Theil wollte dem Beispiel folgen, da plötzlich brach der unverwüstliche Humor des alten Weidmanns abermals hervor, und, nachdem er schon gute Nacht gewünscht, schallte seine Stimme beim Abgehen laut und kräftig in dem Liede: „Wer hat dich, du schöner Wald". Angeregt, wurden die Schläfer wieder munter und sangen mit, während des Försters Stimme sacht in der Ferne verhallte und der Nachklang sie in sanften Schlummer wiegte.

Ein gegenseitiges Rütteln, welches Morgens fünf Uhr vom rechten zum linken Flügel sich fortpflanzte, öffnete Aller Augen, um die ersten Strahlen der aufgehenden Sonne zu begrüßen. Unter dem Scheidegruß der Vögelein zog die Schaar, voran ihr Lehrer, zum Walde hinaus, in dem sie eine Nacht zugebracht. —

Drei Sommer mit ihrem Leben und Treiben im Freien, drei Winter mit ihrer mehr behaglichen Stille und dem Aufenthalt im Zimmer flossen unter Reuters Leitung seinen Schülern zu Treptow hin. Einer starb, zu seinem Andenken fertigte Reuter ein noch vorhandenes Portrait in Kreide. Einige gingen aufs Gymnasium oder um ein Gewerbe zu lernen an einen anderen Ort. Jedem gab er gute Rathschläge mit, z. B. an Richard Schröder: er solle sich das Pfeifenrauchen nicht angewöhnen, denn er, Reuter, habe sich ausgerechnet, daß er bei so und so vielen Pfeifen täglich so und so viele Zeit für Ausklopfen, Stopfen und Anzünden verwende, also jährlich eine ganze Reihe von Tagen geradezu vergeude. Einem Zögling, der etwas hoch hinaus und General oder Minister werden wollte, gratulirte er dazu mit der Bitte, sich auch dann noch seiner freundlichst zu erinnern.

So lebte und wirkte Fritz Reuter in Treptow. Er hatte allerdings manchmal seine liebe Noth, besonders da die Bezahlung nicht gerade reichlich war. Für eine Privatstunde bekam er 25 Pfennig, und der Theilnehmer waren verhältnißmäßig wenige. Etwas größer war die Zahl derjenigen, die bei ihm Turn= und Schwimmunterricht nahmen, vierzig Köpfe, jeder zwei Mark für den Sommer.

Nachdem er sich ein Jahr lang auf solche Weise kümmerlich genug, aber stets wohlgemuth durchgeschlagen, führte er 1851 seine Braut, seine Luise, an den Anfangs sehr einfachen und bescheidenen Heerd.

Kennen gelernt hatte er die Erzieherin Luise Kuntze, Tochter des Pastors in Roggenstorf, schon auf Demzin und lange um sie werben müssen. Im November 1846 durfte er ihr zuerst schreiben und bat:

Darum jäte, liebes gutes Mädchen,
Jät' den wilden Acker meines Herzens,
Daß er reiche Ernte Dir einst trage
Tausendfältig!

Neben vielen vortrefflichen Eigenschaften hatte ihr Gesang und Klavierspiel ihn gefesselt; andächtig und träumerisch pflegte er zuzuhören. Einst dichtete er zu Beethovens letztem Walzer diese Worte

Was treibt euch, ihr Wogen,
In ewigen Bogen
Vom Meer auf die Lande,
Vom Land auf das Meer?
Wer hat euch gezogen
Mit liebendem Bande
Zum wohnlichen Strande,
Was eilt ihr so sehr?

„Wir eilen, zu schauen
Die Berge, die blauen,
Wo lachende Triften
Uns laden zum Gruß;
Wo grünende Auen
Mit wärmeren Lüften
Und würzigen Düften
Uns laden zum Kuß.

Und wenn wir umfangen
Mit holdem Verlangen
Die Mutter des Schönen,
Die Erde als Braut —
Dann zieh'n wir mit bangen,
Mit traurigen Tönen
Hinab zu den Söhnen
Der trauernden Fluth."

O, wär' ich die Welle,
So rauschend, so schnelle,
Dann, Liebchen, dann wüßt' ich,
Wo morgen ich wär'!
Mein Liebchen dann grüßt' ich,
Mein Liebchen dann küßt' ich,
Dann weint' ich nicht mehr.

Als Luising oder Wising, wie er sie gern nannte, ihm endlich, Anfang Mai 1847, ihr Jawort gab, die treue Gefährtin seines Lebens zu werden, da legte der nach so vielem, schwerem Unglück nun überglückliche Mann das Geständniß seiner innigsten Zuneigung und Zuversicht in drei rührenden Strophen nieder. Wie einen bösen Traum streift er die bittere Vergangenheit ab, Gegenwart und Zukunft erscheinen ihm hoffnungsvoll an ihrer Seite, und er betet:

Ich denke Dein, wie eines schönen Bildes,
Geschaffen einst in Gott geweihter Stunde;

In Deinem Auge nichts als Holdes, Mildes,
Und ewige Verzeihung in dem Munde.
Und was in meinem Herzen Trotz'ges, Wildes
Mich selbst gestört, entfliehet im Hauch; die Wunde
Sie schließt sich, und ich eil' mit scheuem Beben
An Deiner Hand hinauf zu neuem Leben.

Ich denke Dein, wie eines frohen Sanges,
Der wie ein Trost zu mir herüberklingt,
Unwiderstehlich, wie die Lieb' ein banges,
Gequältes Herz zu neuem Hoffen zwingt,
Wenn bei dem Glockenton voll süßen Klanges
Der Sehnsucht Thrän' ins feuchte Auge dringt,
Das Herz mit seliger Vergessenheit umhüllet
Und jede Rache ruht und alle Schmerzen stillet.

Ich denk' an Dich, wie an ein hohes Wort,
Das Gott einst einem Genius versprach,
Als in des Chaos finstern Armen dort
Noch als ein unerschaff'ner Geist ich lag;
Du solltest sein in meiner Brust der Hort,
Du solltest lösen meines Lebens Frage,
Dich sollte ich auf Erden wiederfinden
Und Deine Liebe mich vom Fehl entsünden.

Seine Losung lautete fortan: „Alles für und Alles durch
meine Luise“.

Briefe flogen hin zur Geliebten, oft mit poetischen Einlagen;
so bewahrte die Braut folgende zwei Lieder ihres Fritz:

Oh Bienlein im Blüthenkelch,
Grille im Gras,
Welch liebliches Saugen, welch
Singen ist das!

Des Sommerwinds Schwingen
Durchs duftende Thal,
Sie locken zum Singen
Und Saugen zumal.

Ist Sommerwindstille
Verhauchet im Schnee,
Dann, heitere Hülle,
Dann, Blenchen, Ade!

Die Lippen sie sogen,
Das Herze es sang,
Bald war es verflogen,
Es währte nicht lang.

Mit Bienleins Summen,
Mit Singen der Grill
Die Lippen verstummen,
Das Herze wird still.

Doch Lippen und Herze
Nicht sagen Ade,
Durchdauern im Schmerze
Den Sturm und den Schnee.

le

Kirche und Pfarr

 in Roggenstorf.

Kehrt Bienchen einst wieder
Im Sommer zurück,
Singt Grille einst Lieder,
Erneuetes Glück.

Dann singt auch das Herze,
Von Neuem es schäumt,
Von Lust und von Scherze.
Ob Lippe wohl säumt?

— ⁂ —

Ich liege gelagert auf Rasens Grün
Und schau' in des Himmels Blau,
Ich schaue, wie oben die Wolken ziehn,
Ich schaue, wie unten die Farben glühn
Auf blumengestickter Au.

Ich liege gelagert im Sonnenschein,
Gekühlt von des Westwinds Hauch;
Sein sanftes Säuseln wiegt mich ein,
Und Blumendüfte sie mischen sich drein,
Der Erde Opferrauch.

Und rings ein Singen und Tönen
durchdringt
Des Frühlings heitres Gebiet,
Der Sang von Flur und Wald erklingt,
Und jeder mir Kunde von Freude bringt,
Ein Jeder ein Liebeslied.

Und Alles Liebeslieder sprüht,
Und Alles liebt und lacht,
Und Alles duftet, Alles blüht,
Und Alles glänzet, Alles glüht
Ja, schön ist Frühlingsnacht!

Was ist des Himmels blaues Zelt
Wohl gegen Dein blaues Aug',
Wenn ich aus ihm die holde Welt,
Die Deine Brust umschlossen hält,
So durstig in mich saug'?

Was ist das Lied der Nachtigall,
Was ist ihr Brautgesang?
Was ist das Lied der Vögel all
Wohl gegen Deiner Stimme Schall,
Wenn sie von Liebe sang?

Und weht der West von grünen Höhn,
Ein Frühlingsblüthengruß,
So ist sein Duften nicht so schön
Als Deines Odems süßes Wehn,
Als Deiner Lippen Kuß.

Du raubtest mir die Frühlingspracht
Hast sie in Dich versenkt,
Und nun aus Deines Herzens Schacht
Wird sie mir zum Genuß gebracht,
Wird sie mir neu geschenkt.

Gieb mir wieder Frühlingslieder,
Gieb mir wieder grüne Au,
Gieb mir wieder Westwinds Kosen,
Gieb mir wieder Frühlingsrosen,
Gieb mir wieder Himmelsblau!
Alles ist in Dir enthalten
Reif zum glühendsten Genuß,
Alles wird sich mir entfalten
In dem heißen Liebeskuß.
Gieb ihn mir, Du Holde, Süße,
Gieb ihn glühend, heiß und frei,
Daß ich endlich auch es wisse,
Wie der Götter Wonne sei!

Im August 1847 weilte der Bräutigam zum Besuch im Roggen=
storfer Pfarrhause, wohin Luise ihn eingeladen hatte. An ihre
Schwester Liene richtete er von Treptow aus eine Epistel, die eigent=
lich der Braut galt und ein schönes Zeugniß ablegt von den ge=
müthlich=kordialen Beziehungen, in die er gleich zu seinen neuen
Verwandten getreten war:

Nicht wahr? mein liebes, gutes Kind,
Versprechen muß man halten!
Wie soll denn sonst noch Treue walten,
Wenn die Versprechen lose Worte sind?
Ich hab' an Dich zu schreiben Dir versprochen,
Nun urtheil' selbst, wenn Du es liest,
Ob schnöde ich mein Wort gebrochen,
Wenn meine Red' in schlechten Reimen fließt.

Gedenkst Du noch, mein liebes, heitres Lienchen,
Du nimmer müdes, fleiß'ges Bienchen,
Wie sich vor ein'ger Zeit zur Mittagsstunden
In Eurem Bienenstock 'ne Hummel eingefunden,
Ein Räuber, würd' der Vater sagen,
Die frech und ohne viel zu fragen
An fremdem Honig sich ergötzet
Und sich an Euren Tisch gesetzet?

Nicht wahr? Da gab's ein Starren, Staunen,
Darauf ein Flüstern und ein Raunen:
Was will der fremde Gast, wie darf er's wagen,
Ins Haus zu kommen, ohne anzufragen?
Wo kommt er her? wo will er hin?
Dem fremden Gast wird wunderlich zu Sinn,
Er streicht den Bart, zupft an der Weste,
Er reibt die Hände vor Verlegenheit,
Denkt an das Unbequeme fremder Gäste
Und suchet ängstlich nach Gelegenheit,
Wenn Alles in dem Mittagsschläfchen ruht, inzwischen
Ganz unbemerkt und stille zu entwischen.

Doch Hülfe naht dem armen Unbekannten
In der Gestalt von einem Postofficianten;
Der Bruder Wilhelm ist's, der Wohlbedächt'ge,
In seiner Ruhe wahrhaft Prächt'ge.

Der spricht mit ernster und gesetzter Miene
Zu Vater, Mutter und zu Liene:
„Beruhigt Euch! Zwar ist er kein Verwandter,
Doch ist's von mir schon längstens ein Bekannter.
Der arme Mensch, an seiner Art man sieht's,
Ist schon geraume Zeit gestörten Gemüths,
Er zieht umher durchs ganze Land,
Verdirbt der Bäume Rind' durch kabbalistische Zeichen,
Verschlungne Namen schreibt er in den Sand
Und dichtet an den Mond, den bleichen,
Er ziehet durch die Wälder, durch die Steppen,
Und suchet — wen? Nein, es ist kaum zu glauben,
Und wahrlich los sind gänzlich seine Schrauben,
Denkt Euch, er suchet — unser Pöppen!
Ihm hilft nicht Medizin, selbst nicht die Wasserkuren;
Doch noch von allen angewandten Mitteln,
Um den Verstand ins rechte Gleis zu rütteln,
Um ihn zu bringen in vernünst'ge Touren,
Hilft einzig nur ein tüchtig Händeschütteln!"

Nun kommen sie und drängen sich zum Gast
Mit hast'ger Lieb', mit liebevoller Hast;
Sie schütteln ihm die Hand so treu und bieder,
Daß die Besinnung ihm kehrt augenblicklich wieder.
Ihm ist, als wär' er aus Schlaf erwacht,
Als wäre verschwunden des Traumes Nacht,
Als wäre versunken in Dunkelheit
Eine lange, eine schwere, eine finstere Zeit;
Als tauchten die ersten Morgensäume
Der Kindheit auf und die Jugendträume,
Als säh' er die ersten Plätze wieder,
Wo ihm gesungen die Wiegenlieder,
Als ging' er hier lange schon ein und aus,
Als wär's das verlorne Vaterhaus,
Wo ihn begrüßet der Mutterblick,
Als kehrte dies Alles mit Eins zurück.
Die alten Möbel sie nickten ihm zu,
Das Sopha lud zur gewohnten Ruh,
Die Linde sie deckte mit Schattenkühle
Den Tummelplatz der Knabenspiele,
Der Garten mit seinen Blumen all,
Der Vögel Gesang, der Glocken Schall,

Ein jegliches Aug' und jeglicher Mund
Und jegliches Antlitz war ihm kund,
Es spiegelte wieder einen Zug
Des Bildes, das er im Herzen trug:
Ach! Alles schien ihm so längst bekannt,
Vor Allem der Druck der Mutterhand. —

Ach! wie so heiter war die schöne Zeit,
Die ich in Eurer Mitte zugebracht,
So lustig frei, so voll Zufriedenheit;
Wir haben stets und fast um Nichts gelacht.
Der Einzelne wär' spurlos uns verschwunden,
Zusammen mußt' es sich zum Ganzen runden,
Und Alles einte sich zu einem Zwecke,
Daß es gesunde Heiterkeit erwecke:
    Wie Vaters Nüsse ich geknackt,
    Wie Mutter Kuchen hat gebackt,
    Wie Lienchen Rosen drauf gesteckt
    Und Azor mir die Hand geleckt,
    Wie Heinrich mich im Schach gezwickt,
    Und Wilhelm schlummernd hat genickt,
    Wie Franz die Schwedenfreundschaft schloß
    Und Friedrich Lienchen Strümpfe schoß,
    Wie Ehren-Schäfer, Kandidat,
    Das Boston schlecht gespielet hat,
    Und wie Georg, der kleine Faun,
    Schildwache bei den Bienen stand.

Sieh, solche Possen schreibt Dir nun der neue Bruder,
Studenten nennen's „unter'm Luder“;
Wie willst Du's nennen, liebe Liene?
Schilt mich nur aus, wie ich's verdiene!
Doch Schlimmres noch hab' ich mir angerichtet,
Da ich Dich arg und schmählich hab' belogen:
Du denkst gewiß, dies sei für Dich gedichtet?
Ach nein, die Hoffnung hat Dich arg betrogen,
Denn ich verschenkt' mein Dichten und mein Trachten
An eine hochgewaltige Person;
Und als wir den Kontrakt darüber machten,
Versprach sie mir dafür so holden Lohn,
Daß ich nicht wage nur daran zu denken,
Die Poesie an Andre zu verschenken;
Drum schreib' den Kram Dir ab und schicke diesen,
So baldigst als Du kannst, hin nach Luisen.

Frih Reuter und Frau in Treptow.

Nicht wahr? mein kleines, gutes Lienchen,
Mein zuckersüßes lieb' Rosinchen,
Nicht wahr? der Spaß könnt' besser sein und auch gescheuter?
Im Uebrigen verbleibe ich
                                        Dein
                                              Reuter.

Am 16. Juni 1851 wurden Fritz und Luise Reuter zu Roggen=
storf getraut. Der Segen des Höchsten ruhte auf ihrem Ehebunde.

Fritz fand in seiner Frau eine wesentliche Unterstützung auch
dadurch, daß sie Klavierunterricht gab.

Um mehr Räumlichkeit zu gewinnen, miethete er beim Färber
Mentz. Immerhin war seine Existenz noch keine glänzende, weshalb
er, um sie zu verbessern, wie mancher andere Mensch, nach einem
irgendwie lohnenden Nebenerwerb Umschau hielt.

Unter allem Suchen und Versuchen hatte Reuter endlich den
rechten Beruf, die Schriftstellerei, herausgefunden. Seiner Wirthin
Flos hatte er schon öfter halb im Scherz, halb im Ernst angedeutet,
daß er nächstens ein Buch wollte drucken lassen, und in dem
Flos'schen Hause, an dem eine darauf bezügliche Gedenktafel ange=
bracht ist, wurden wirklich die meisten „Läuschen un Rimels" nieder=
geschrieben. Entstanden waren sie nach und nach auf Thalberg
und in Treptow, häufig dadurch, daß er in irgend einer Gesellschaft
fragte: „Kinder, weiß nicht Einer von Euch eine niedliche Geschichte
mit einer Pointe?" Das nächste Mal, wenn man wieder zusammen=
kam, hatte er sie gereimt, und da war denn die Freude und der
Beifall groß. Manche Schnurren sind übrigens aus den innersten
Empfindungen der ungezogenen Jugend gegriffen, und nicht wenige
von den tollen Streichen, die seine Schüler unter seinen Augen
machten, sind treu kopirt.

Sonn= und Feiertags ging das Reuter'sche Ehepaar hinaus zu
Fritz Peters und seiner Frau, „der Rose vom Thal, der Lilie vom
Berg"; auch in Treptow bildete sich bald ein höchst angenehmer ge=
selliger Kreis. Vor Allen ist zu nennen der wackere Justizrath
Ludwig Schröder, an dem Reuter mit ganzer Seele hing. Das
Aeußere dieses um acht Jahre älteren Herrn zeigte eine behäbige, dicke,

faſt kugelrunde Figur mit glattraſirtem, breitem, weinfrohem Geſicht. Reuter hat dem jovialen Mann, deſſen Liebling er war, der ihn vertraulich „Rutſching" rief, gar manches Läuſchen im Manuſkript vorgeleſen und ſtets auf ſein Urtheil große Stücke gehalten; belachte Schröder eine Pointe, ſo war das Ding gut. Ihm iſt es zu danken, daß unſer Anfänger die „Läuſchen un Rimels" drucken laſſen konnte; ihm, dem edlen „Borger", übergab er daher auch den zweiten Band dieſer kernhaften Kinder ſeiner Muſe „nicht blos in Anerkennung ſonſtiger ausgezeichneter Eigenſchaften, ſondern auch vorzugsweiſe zur Kräftigung ſeiner gemüthlichen Laune". Der erſte Theil iſt bekanntlich Fritz Peters, gegen den er noch ältere Verpflichtungen hatte, gewidmet „zum Andenken an froh verlebte Stunden". Später ſetzte er dem heitern Herrn ein Denkmal in „Ut mine Feſtungstid" (Kapitel 3: „Warum de Herr Juſtizrath Schröder eigentlich de Meinung was, ick habb köppt warden müßt").

Im Juli 1854, während ſeine Luiſe bei ihren Eltern weilte, griff Reuter zum Wanderſtabe, um eine Fußreiſe durch die Städte Mecklenburgs zu unternehmen, wo ihm Jugendfreunde lebten, und dann ſeine Frau abzuholen. In Malchin wohnte ſein Schulkamerad und Leidensgefährte Karl Krüger, dem „Hanne Nüte" gewidmet iſt. Da ſtieg wieder die böſe Vergangenheit vor ihm auf; aber er wollte ſie jetzt vergeſſen, und ſo ſchrieb er, heimgekehrt nach Treptow, dem treuen Genoſſen eine Epiſtel, die uns einen tiefen Blick in ſein Herz thun läßt.

> Mein alter Freund! Wo ſind die ſchönen Tage,
> Als unſer gläubig Aug' und klopfend Herz
> Zur Göttin Hoffnung blickte himmelwärts,
> Und ſie uns Antwort gab auf unſre Frage?
> Die Fragen waren kindiſch, ich geſteh' es;
> Die Antwort log, und das will ich verzeih'n,
> Ob ſie gleich ſchloß den Keim ſo manchen Wehes
> In glänzende Verheißung ein.
> Sie ſprach von Freiheit, Licht und nahm den bitter
> Getäuſchten lächelnd bei der Hand
> Und führt' ihn hinter Kerkergitter
> Und ſpottete und höhnte ihn,
> Daß er in Dunkelheit ſich fand,

Bis sie zuletzt nach Treptow ihn verbannt,
Und Dich, Dich bracht' sie nach Malchin.

So hat sie mitgespielt uns Beiden,
Und wie gesagt, ich hab' verzieh'n,
Doch will ich's nun nicht länger leiden,
Mit ihr zerrissen sei nun jedes Band!
Entschlossen hab' ich ihr, die mich so arg bethört,
Verachtungsvoll den Rücken zugelehrt,
Mich der Erinn'rung zugewandt.

Sie ist nicht schön, mein neues Liebchen,
Und unerbittlich hat die Zeit ihr schon
Von Kinn' und Wang' gewischt die Grübchen;
Doch ist sie 'ne ganz leidliche Person.
Sie hat was tantenhaft Besorgtes,
So was Aufricht'ges, nichts Geborgtes,
Gefällt sich drin, gern weisen Rath zu geben
Und alte Zeit zum Himmel zu erheben,
Im alten Schutt herumzuklauben . . . .
Sie kramt aus ihrem Pompadour
Die wunderlichsten Sachen vor mich hin:
Vergehnes Spielzeug, alte Schildereien,
Guckkastenbilder einer frühern Zeit,
In ihre Rede alte Scherze mischend
Und mir mit diesen Narretheien
Die Spuren der Verbrießlichkeit,
Die Falten von der Stirne wischend.
Dann führt sie mich mit leichter Wendung
In jene Zeit, wo wir in thörichter Verblendung
Der ersten Liebe nachgejagt . . . .
Ich sehe Dich und mich und all die Andern,
Die Jugendmuth zu Lust und Scherz vereinte,
Und wie allein der alte Glaesel weinte.
Ich seh' uns Beide in die Heimath wandern
Zur Hundstagszeit im leichten Turnerkleide,
Im Ranzen Passows Lexikon,
Obgleich zu Hause schwerlich Beide
Wohl je gemacht Gebrauch davon.
Ich hör' noch einmal längst vergeßne Lieder,
Die wir gesungen unter alten Eichen,
Ich seh' noch einmal alle Freunde wieder
Mit ihren schönen dummen Streichen.

Und als die alte gute Base
Erinnerung mir zeigte dies,
In dem kaleidoskop'schen Glase
Mich all dies wiedersehen ließ,
Da ließ von ihr den Wanderstab
Ich willig in die Hand mir drücken
Und wandert' voll Erwartung ab,
Den Ranzen wieder auf dem Rücken;
Erkunden wollt' ich, ob die alte Stätte
Auf mich noch ihre Zauber übte,
Ob man mich in der Welt Gedränge
Vielleicht schon längst vergessen hätte,
Ob mich noch lieben könnt', wer einst mich liebte,
Und ob 's im Herzen mir nicht wiederklänge . . . .

Ja, er hatte Liebe gesäet, und erntete Liebe. Wie man ihn aller Orten freundschaftlichst begrüßt hatte, so wurde er auch in Treptow wieder herzlich willkommen geheißen, von Hoch und Niedrig. Sein Leben bewegte sich hier bald wieder im gewohnten Geleise, in unermüdlicher Arbeit mit den Schülern oder am Schreibtisch, im trauten Beisammensein mit Luise, im geselligen Verkehr mit den angesehensten Familien des Städtchens.

Die Honoratioren versammelten sich zu einem von Schröder und Reuter gegründeten Schachklub, dem noch Superintendent Schumacher, Fritz Peters, Pastor Piper, Forstrendant Ruskow, Konrektor Dörbitz u. a. angehörten. In blauen Dampf eingehüllt, Pfeifen rauchend, wurde eifrigst gespielt; ja so eifrig, daß sich die Spieler durch nichts stören ließen und selbst für die nächsten Angehörigen nicht zu sprechen waren, wie es sogar Schröders Lieblingsschwester Fanny Heydemann, die aus Schossow zum Besuch kam, erfahren mußte.

Besonders interessant verlief eine Abendgesellschaft bei Schröder, die Reuter durch eine Improvisation auf den Hausherrn verherrlichte. Bürgermeister Krüger, der sich durch gereimte Gesundheiten gern bethätigte, hatte den Justizrath bereits leben lassen. Da klopfte er, Reuter, an sein Weinglas und erhob sich, also sprechend:

Ein Anderer hat schon zum Ruhm und Preise
Der Tugenden des Wirths ein Lied gesungen;

Reuters zweite Wohnung in Treptow a. T.
(Beim Färber Menz.)

Nach alter Art und kluger Weise
Ist mit den Gläsern angeklungen
Und die Gesundheit ausgebrungen.
Ich will daher nur über ihn berichten,
Was ich erfahren hab', in nuce
Von Lebensschicksalen des Luce*)
Und derlei heitere Geschichten;
Und mischt in mein Gedicht der Scherz sich ein
Und selbst — man kann's nicht wissen —
Ein wenig auch von Aergernissen,
So mag der Wirth dem Gaste es verzeih'n;
Denn Scherz und Nüsse gehören zu dem Wein. —
   Es war im Jahre: Anno so und so,
Wie Vater Baarts zu sagen pflegt, als irgendwo
In Mecklenburg ein Junge kam zur Welt,
Ein Junge, ach ein prächtiger Junge!
So wie er Jedermann gefällt,
Ein wohlgestalteter, gesunder,
Ein kleiner, dicker, feister, runder.
„Dat ward 'n Preister," sagte Ann Mariek.
„Den Deutsching ok, hei ward Burmeister,"
Sprach Anne Fiek.
Doch als der kleine, dicke Junge
So recht aus voller kräftiger Lunge
Geschrien, nach allem gleich gegriffen hat,
Da sagten Alle: „Hei ward Advokat." —
   Er wuchs heran in all und jeder Tugend:
Er hat sich mit der Jugend
Des Dorfes baß gerauft,
Für ihn ist denn ein eigner Stock gekauft,
Womit sein übermäß'ger Muth gezügelt:
Von Kandidaten ist er mürb geprügelt
Und dann nach Brandenburg geschickt,
Wo er von Klass' zu Klass' gerückt,
Und dann, vom Wissen fast erdrückt,
Auf seines Herren Vaters Rath
Die Universität bezogen hat.
   Vollkommenheit in allen Dingen,
Sich auf den Gipfel zu erheben,
Das Höchste, Größte zu erringen,

---

*) Kosename für Ludwig, wie Schröder mit Vornamen hieß.

War hier sein Wunsch und sein Bestreben.
Es hat sich nun sein Geist gewaltig ausgedehnt,
Und auch sein Körper folgte Schritt vor Schritt
Bei dieser Dehnung in die Breite mit.
Und als er einstens fand erwähnt,
Pythagoras, der Weise, hab' gelehret,
Daß das Vollkommenste auf Erden
Die Form der Kugel sei,
Da wollt' er auch 'ne Kugel werden.
Ich frage nur gelegentlich hierbei,
Ob nun sein Wunsch beinah erreichet sei.
Doch, 's ist gleichviel! Als die Digesten
Und andere juristische Molesten,
Mit denen, wie ich weiß*), gar nicht zu spaßen,
Ihm fest im Hirn und auch im Magen saßen,
Er durch Examina gehetzt,
Ward er allhier als Richter eingesetzt;
Und jeglicher improbus
Erzitterte fortan vor unserm braven Globus.
Als er so seine Existenz begründet
Und nebenbei sich mehr noch zugeründet,
Thät er zu Füßen einer Dame —
Ida Kölling war ihr Name —
Der zärtlichsten Empfindung voll sich rollen
Und fragt' im Schweiß des Angesichtes: „Wollen
Ew. Wohlgeboren sich sothaner
Vergangner Zeiten hold erinnern,
Wie ich in Brandenburg als Sekundaner
Zu Ihnen aufgeseufzt aus tiefstem Innern;
Und wollen Sie den schönen Bund erneuern,
Ein Eheverlöbniß mit mir feiern,
So sprechen Sie ein deutlich lautes Ja!"
Die Dame wußte nicht, wie ihr geschah.
Doch kaum war ihrem Mund das Wort entfallen,
Begann er wie ein Ball schier lustig aufzuprallen,
Und für die nächste Viertelstunde ward der Richter
Zu einem Sturm und Drang verkündend wilden Dichter. . . .

In das darauf ausgebrachte Hoch stimmte die Tischgesellschaft
jubelnd ein; dem dicken Justizrath aber rollte vor Rührung eine

---

*) Als einstiger studiosus iuris.

Freudenthräne über die Backen. „Rutsching," rief er und hielt seinem Reuter das Weinglas entgegen, „Du hast mich und mein Leben aber gar zu prächtig abkonterfeit, wirklich eine — abgerundete Leistung!" Und er lachte selbst über den Witz, und Alle gaben Beifall.

Noch zwei Toaste Reuters auf Schröder sind erhalten. In dem einen schildert Reuter ihn als den Geldspender und Helfer in der Noth für Jedermann:

> Ich bitt' Dich, probier
> Den klingenden Zauber doch auch 'mal an mir.
> O gönn' mir die Gunst;
> Wie ich jetzt an Dir
> Erprobe die Kunst!
> Du mußt mir schon borgen,
> Du mußt mir schon geben,
> Sei's heut oder morgen,
> Sonst laß ich Dich, hol mich der Teufel, nicht leben!
> O schau, schon lächelt mir Dein Liebesblick,
> Verkündet mir mein nahes Glück,
> Er schwelgt darin, Kredit zu geben.
> Darum soll auch mein Schröder leben!

Dessen Geburtstag, 14. August 1852, gab Gelegenheit, sein poesieverklärtes Leben zu preisen:

> Ja, wessen Leben so von Poesie durchdrungen,
> Und wenn er selbst auch noch kein Lied gesungen,
> Mit größerm Rechte Dichter heißt er
> Als ich und unser Bürgermeister.
> So dicht' denn fort und dicht' zu Ende
> Dein sinnig Lustspiel, bis es aus;
> Wir steh'n dabei und klatschen in die Hände
> Mit nimmer endendem Applaus.
> Wenn dann der Vorhang fällt, und wenn die Lösung
> Des Knotens Allen wurde kund,
> Wenn statt des Lebens Nacht, statt Lebens die Verwesung,
> Und wenn es heißet: omnes exeunt,
> Dann wird sich wohl auch der Verleger finden,
> Der Dein Gedicht der Welt erhält,
> In seinen Bücherschatz Dich stellt,
> Der läßt in schönen Band Dich binden,

Der tilgt die Fehler, die versteckten,
In seiner Ausgab', der korrekten.
In dieser wird man Dich dann lesen;
Hier bist Du nur ein Manuskript gewesen.
      Mir gönn' die Lösung dieses Manuskripts,
Wie Du bisher es gütig ließ'st gescheh'n;
Für mich kein größeres Vergnügen giebt's,
Als Dich Dein Lustspiel dichten seh'n.
Ich bitte Dich, gedenke ferner mein,
Und wenn's Dir irgend möglich wär,
Räum' mir darin als lustigem Akteur
Auch eine kleine Rolle ein!

Bei jedem frohen Anlaß war Reuters Muse zu einigen Strophen bereit; sind sie auch nicht immer künstlerisch vollendet, so offenbaren sie doch den liebenswürdigen Humor des Verfassers. So hebt er in seinem den „Treptusen" gewidmeten Neujahrsgruß an:

Ihr Bürger Treptows habt fürwahr
Wohl gar nicht dran gedacht,
Was dieses letzt verflossne Jahr
Euch Schönes hat gebracht?
'n neuen Thurm, 'n neues Thor
Und einen neuen Senator,
'n neuen Lampendämmerschein
Und einen neuen Gesangverein.
Nun fragt die ganze Christenheit,
Ob Ihr nicht glückliche Leute seid?

Ein anderes Mal vergleicht er die früheren langweiligen Bälle mit den jetzigen:

In früheren Fällen, da war es alltäglich,
Auf früheren Bällen, da schien's mir nur kläglich;
Das trippelt, das wippelt,
Tänzelt, schwänzelt,
Das fächelt, das lächelt,
Das neigt sich, das beugt sich,
Das winkte und hiukte so lau und so flau,
Als wenn die Tänzer am Haupte schon grau.
      Heute heran!
      Tanze, wer kann!
      Alte wie Junge,
      Rüst't Euch zum Sprunge!
      Große wie Kleine,
      Rühret die Beine!
      'raus aus dem Fracke der Konvenienz! . . .

Justizrath Schröder.

Als Frau Superintendent Schumacher ihm eine Schlummer=
rolle schenkte, schickte er ihr folgendes schalkhafte Gedicht:

Bald stürmt es draußen, bald schneit es,
Bald wird in dem Kothe gepatscht,
Bald stirbt es in Treptow, bald freit es,
Und immer wird wacker geklatscht.

Die Herren beklatschen die Damen,
Die Damen die Herren gemach;
Man spielt um ehrliche Namen,
Und der Justizrath Schach.

Es ist ein Weben und Wirken,
Und Jedermann ist dabei;
Es schlagen sich Russen und Türken
Weit hinten in der Türkei.

Es ist ein Gebrauf' und Gewühle!
Was kümmert mich Winternacht?
Was kümmern mich Treptows Gefühle,
Was Russen und Türkenschlacht?

Von der Cigarre den Stummel
In meinen Mund gesteckt,
Lieg ich auf meinem Pummel,
Die Glieder behaglich gereckt.

Solch Pummel ist doch was Schönes!
Und heiterer wird mir der Sinn,
Ich denke an Dieses und Jenes,
Und denke der Geberin.

Ich denke nicht blos, nein, ich danke
Für das, was ich sinne und denk,
Denn jeder heit're Gedanke
Entquillet dem schönen Geschenk.

Dann recke ich manchmal die Glieder —
Dann dreh' ich mich noch einmal um —
Dann sinken die Augenlider,
Und Dank und Gedanke sind stumm.

Statt der Unterschrift hat das Blatt eine Federzeichnung
Reuters, ihn selbst darstellend, wie er, einen Cylinderhut in der
Hand und die Schlummerrolle auf dem Nacken, eine dankende Ver=
beugung macht.

Auch in Stammbücher mußte er sich oft eintragen; zumal die
Damen waren unersättlich nach einem Autograph. An Fräulein
Luise Hasselbach, die, damals siebzig Jahre alt, bei ihm aus= und
einging und später als Vorbild für seine Tante Line (Karoline
Müller) in „De Meckelnbörgschen Montecchi un Capuletti" gedient
hat, schrieb er eine längere poetische Humoreske: das Alter einer
Dame gleiche aufs Haar dem trauten Raume eines Boudoir, in das
jede Freundin stets ungenirt eintrete; einem Manne gelinge es nicht
so leicht, ins Heiligthum zu bringen, und wenn, dann habe er
tausend Rücksichten zu nehmen, um nur ja nicht anzustoßen oder von
Liebe und Freundschaft zu sprechen. Darum komme er:

Um schweigend vor ihr hinzuknieen;
Und keine Myrth' und keine Rosmarin

Und keine Ros' und keine Lilie,
Die von bewegtem Herzen spricht,
Empfangen Sie, verehrteste Cililie,
Ach nein! nur ein — Vergißmeinnicht.
Sie sehen wohl, ich bin gescheuter
Und unterzeichne mich als Dero Reuter.

Zu allen Jahreszeiten wurde Reuter von den verschiedensten
Seiten um Polterabendgedichte ersucht, und er wußte immer neue
Variationen nach der alten Melodie zu flöten.

Ein ernsthaftes, halb hoch=, halb plattdeutsches verfaßte er da=
mals für eine der Cousinen aus Jabel, deren neckisches Wesen er
stets gern gehabt. Aus voller Seele fließt ihm die Mahnung an
Bräutigam und Braut:

Sucht nicht den Himmel über Euch,
Sucht ihn in eigener Brust,
Sucht ihn nicht in dem Sternenreich,
Ihr findet seine Lust,
Ihr findet seine Seligkeit,
Und — wenn Euch sonst nichts blieb —
Ihr findet sein tiefes sel'ges Leid
Im Herzen voller Lieb!*)

Das Originalmanuskript aber zeigt, welcher Schelm ihm oft im
Nacken saß. Er hat nämlich die letzte Seite des Papiers, sogar
Rand und Ecke, mit allerlei Gedanken angefüllt: mit gravitätischen
als väterlicher Freund, mit übermütigen als lustiger Vetter. Da
lesen wir: „Ich bitte mir auf das Ernstlichste aus, daß meine Autor=
schaft verschwiegen bleibt, denn ich will dies als das letzte Mal an=
gesehen wissen, daß ich mich zu solchen Dingen verstehe. Verstehen
Sie mich, mein Fräulein? Deine Mutter, die würdige Frau, grüße
von mir und strebe, ihr ähnlich zu werden! Verstauche Deine Rede
nicht und werde nicht reizend! Wüßte ich, daß Du eine Stelle des
Gedichts für reizend erklärtest, würde ich etwas wie Maulschellen
empfinden. Dein väterlicher Freund F. R. — .... Wie

---

*) Diese empfindungsvolle Strophe genüge als Probe. Das Ganze ist —
etwas umgeändert, ohne die Partie der „Erzieherin" — in Reuters Polterabend=
gedichten als Nr. 10 gedruckt: Hanne und Fieken, Gärtnerinnen.

werden sich unsere rallögenden, himmelnden, gefühlständelnden, schwärmerischen, ätherischen, supernaturalistischen und transcendentalen Cousinen an dieser Parodie ihrer selbst erbauen? — Luise grüßt und freut sich über Deinen Briefstyl, der wirklich schon einen Beigeschmack von den Rebeverstauchungsexperimenten, denen Du Dich hingiebst, erhalten hat. — Liebes Cousinchen, nichts für ungut; ich bin Dir doch recht gut und wünsche, daß Dir das Ding gefalle, und daß Du Glück damit machst." — — Manche weitere scherzhafte Bemerkung giebt Zeugniß von der Heiterkeit und Harmlosigkeit des Gemüths, die sich Reuter nach all den überstandenen Leiden und Kümmernissen bewahrt hatte.

Er hatte es also verschworen, je wieder Polterabendscherze zu liefern. Doch als die Familie seines besten Freundes ihn darum bat, konnte er nicht Nein sagen; so entstand im Juni 1857 ein drolliger Dialog in plattdeutscher Mundart.

Die eine der zwei Personen, Fru Möllern, wurde durch Reuters Luising dargestellt*). Auf Thalberg geschah die Festlichkeit zur Verheirathung von Peters' Nichte, Minna Rust, mit dem Oekonom Heinrich Binnier aus Röbel in Mecklenburg. Wir lernen durch die humoristische Wechsel=Rede der beiden Bauernfrauen den Kreis der Reuter'schen Bekanntschaft kennen und begrüßen darunter liebe Gestalten: die Großmütter Peters aus Liepen und Ohl aus Stralsund, Fritz Peters und Frau Marie geb. Ohl, den dicken Justizrath Schröder u. s. w.**)

Es treten also auf: Fru Möllern (Luise Reuter) ut Pommern un Fru Schulten ut Mecklenborg. (Erstere beginnt:***)

---

*) Diese ihre „erste Rolle" wußte Frau Dr. Reuter noch im Alter auswendig; ganz zufällig bellamirte sie mir einmal den Dialog mit lebhaftem Ausbruck vor.

**) Ueber diese Persönlichkeiten finden sich manche Charakterzüge in meinen „Reuter=Reliquien" und „Reuter=Studien".

***) Fast gleich lautet der Anfang eines späteren Polterabendscherzes, den Reuter für Friederike Gesellius, Tochter seines Lieblingslehrers in Parchim, 1860 verfaßte; doch nur die Einleitung, zwölf Verse, stimmen überein, auch ist die Idee beibehalten, daß zwei Bauernweiber, ebenfalls Fru Möllern und Schulten geheißen, sich über die Gesellschaft und das Brautpaar belustigend äußern.

    Schulten, Schulten, hür doch 'mal,
    Kumm drießt man 'rinne in den Saal,
    Kumm drießt man 'rin, hier heißt Di Keiner wat!

Schulten. Eh Möllern, ne, wo schön is dat!
    Ick möt gestahn, ick bün verwunnert,
    Ick stah, as wier ick ganz verdutzt,
    Wo hett dat Volk sich upgebunnert,
    Wo hett dat Volk sich 'rute putzt!

Möllern. Du red'st, as wenn in Meckelnborg Du wesen behrst;
    Ne, wi dauhn hier up Thalbarg sin,
    Hier ist dat niederträchtig fin.

Schulten. Ja, 't is woll ganz entsahmten hier;
    Wenn'ck blot man wüßt, wer't all so wier!

Möllern. J, weck dauh'ck kenn'n,
    Tei will'ck Di nenn'n.
    Dor taum Exempel, dat is dei Lieper Großmama,
    'ne klauke Fru mit vele Insicht
    Un vel Verstand in jede Hinsicht.

Schulten. Na, wer mag denn dit woll wesen?
    Kiek blot 'mal an, mi dücht,
    Man kann't up ehren Angesicht
    Un in ehr ganzes Wesen lesen,
    Dat sei gor tau leiw un gor tau tru.

Möllern. Ja, dat's 'ne ganze präch'ge Fru:
    Großmutting Ehl, ut Stralsund bürtig.
    Twor's all tau Johren, doch ümmer hurtig.

Schulten. Ne, kiek doch blot 'mal desen an,
    Wat is't för'n lütten schwackschen Mann!

Möllern. Du meinst den Lütten, den'n Bein un Twierl (Wirbel)
    So dicht tausammen sitten? dat's en prächt'gen Kierl!
    Dor gah man drießt heran un stral em äwer,
    Tei deiht Di nig, den'n stralt ein Jeder,
    Tat is dei Herr Justizrath Schröder. —
    Schad, schad, dei Mann dei hett 'ne Lewer!

Schulten. Ach Gott erbarm! Wat hewt Ji hier
    Doch för oll lütt erbärmlich Lühr!
    Dor süllst nah Meckelnborg 'mal kamen
    Dor finn'n sich bägte Kierls tausamen.

Möllern. Eh, gah mi doch mit Juge Riesen!
    Hier will'ck Di'n orndlich Enn 'mal wiesen.

Justizrath Schröder beim Kartenspiel.
Originalzeichnung von Ludw. Pietsch.

Hei deiht't man nich un redt sich nich in'n Enn,
Sünst süllst 'mal seihn, dat is noch ein,
Dei is 'mal nüdlich lang geraden.

Schulten. Ach, wenn hei't man nich äwel nehmen deiht?!

Möllern. Oh ne, dor dauh Di man nich grämen,
Dei ward uns dat nich äwel nehmen,
Hei weit Bescheid, wat spaßen heit.

Schulten. Un wo's sin Fru, ick mein' man, wo sei sitt?

Möllern. Ein leiwe Fru, süß, dei is dit,
Nich mit dei gelen Hoor, ne mit dei swarten:
Dat is sin leiwste Fru Eduarden,
Dat is 'ne Fru, dei makt den Spaß noch mit.

Schulten. Na, nich tau hastig, täuw 'mal 'n bäting:
Wo is denn dei Fru Justizräthing?

Möllern. Dei Fru Justizräthin? süß, dor, dor sitt s',
'ne klauke Fru mit velen Witz,
Doch ol mit Lewer sihr behafft,
Dat liggt woll in dei Schröderschaft.

Schulten. (läuft auf Fritz Peters zu.)
Dau, Möllern, kumm! kumm hier 'mal schnell!
Wat's dit för'n lüttes narrsch Gestell?
(lacht: Ha ha ha!)

Möllern. (lacht auch.) Ha ha ha! ja, 't is tau dull!

Schulten. Ne, kiek dat Ding so rund un bull
Un mit so'n fründlich Angesicht,
Wenn't Ding man blot nich 't Tründeln krigt!
(lacht wieder.)

Möllern. Nimm Di in Acht, dat Ding dat brennt glick lichterloh!
Frag hier man na, dei weit Bescheid,
Dei weit dat, wo dat Kauhreip deiht.

Schulten. (zu Frau Marie Peters.) Ach Gott, dit arme Kreatur,
So lütt un knerblich von Statur!

Möllern. Ja, Schulten, ja; mißhandeln deiht hei 's,
Un wenn hei jichtens kann, denn sleit hei 's;
Ja, 't is 'ne böse Carl, dei Peters!!

Schulten. Ja, 't is denn woll 'ne böse Carl! —
Wer is denn dat dor mit den Boart?

Möllern. Postholler, Kopmann, Oekonom
Un Gaudsbesitzer in 'n Drom,
Den'n kennst Du nich? Dat's Hermann Kaibel.

Schulten. Dat wier dei Deuwel!
           Dat's Hermann Kaibel?
           Nu kiek 'mal Ein!
           Den'n herrw ick früher ol all seihn,
           Un früher seeg hei jünger ut. —
           Wer is denn dei, süh dei, dei Gries'?

Möllern.   Uem Gotteswillen nich tau lud!
           Wenn ich Dich diesen soll erklären,
           So muß ich mit Dich hochdeutsch reren.*)
           Süh diesen Griesen Dich 'mal an,
           Du siehst nicht vor gemeinem Mann:
           Er ist ein Ritter und zwar ohne Tadel,
           Man schade blos — auch ohne Adel;
           Sonst hat er ein ganz gut Gesicht,
           Und kleine Kinder läßt er gehn,
           Auch Stiefelwichse ißt er nich**)
           Und wird auch heut wohl Spaß verstehn.
           Un bit un bit's sin seiwe Fru.

Schulten. Kick 'mal, wo fründlich süht s' uns an;
           Wo kümmt dei Fru tau so 'nen Mann,
           Wo kümmt dei Mann tau so 'ne Fru!

Möllern.   Oh, harrst Du em man früher seihn,
           Ick segg Di: nüdlich, nobel, fein,
           Gesicht un Liew vull Rid un Schick,
           Ick segg Di, 't was en nobel Stück,
           Ick segg, dat was twoarst all vör Joahren,
           Nu heit hei frielich sihr verloaren!

Schulten. Kiek, Möllern, kiek, dor sitt noch Ein,
           Tei is mal staatschen antauseihn!

Möllern.   (heimlich.) Ach still, ach still, ne, den'n lat gahn,
           Tei künn am Enn nich Spaß verstahn!

Schulten. (laut.) J wo, man kann ja doch woll fragen?

Möllern.   (leise.) Je, weck dei kænen 't nich verdragen.

Schulten. (heimlich.) Verkriegt?

Möllern.   (flüsternd.) Nee!

Schulten. (ebenso.) Un hei heit?

---

*) reren = reben.
**) Vergl. Reuters Läuschen „De swarten Poden."

Möllern. (ebenso.) Kreisrichter Bad.
    Ach schad, ach schad,
    Dat so'n Mann nich friegen deiht! — —
    (laut.) Nu weitst Du hier Bescheid. Doch kiek, vor linke Hand,
    Dor sitt en Mann, dei is mi nich bekannt.

Schulten. Ben meinst Du? desen hier?
    Eh, den'n kenn ick, dei heit Binnler (der Vater).
    Gun Abend ok! Na, ok en bäten hier?
    Na, Herr Binnier, Sei kenn'n mi woll nich miehr?
    Na, so wat lett sich ok vergeten,
    Ick was dunn noch en lüttes Mäten.
    (zu Möllern.) Süh, kiek 'mal hier! des' Beiden, Möllern,
    Dat sünd den Brügam siene Oellern,
    En poor siehr uterwählte Lühr. —
    As 'd dunn bi ehr in Räbel wier,
    Dunn sähr, wat hier dei Vadder is,
    Tau sienen Söhn: „Heindrich, mein Söhn,
    Du sollst nu hin nach Jena gehn
    Un sollst Oekonomie boa liehren
    Un sollst boa hellisch studieren,
    Un wenn Du damit büst zu Schick,
    Denn kumm nach Meckelnborg zurück
    Un dauh uns aus dem Drom 'mal wecken,
    Un dauh uns 'mal en Licht anstecken!"
    Un wat hier sien Fru Mutter is,
    Dei sähr tau em: „Mien leiw lütt Heining,
    Du geihst nu in dei Welt alleining;
    Du büst nu in dei Joahren endlich,
    Wo den Verstand man bruken kann.
    Un treck Di ümmer proper an
    Un ümmer sauber, ümmer renblich,
    Un wasch Di hübsch Gesicht un Knäbel
    Un nahsten kumm tauriigg nah Räbel;
    Denn kannst Du Di 'ne Fru 'mal nehmen,
    Un Vadder ward sich ok bequemen."

Möllern (zum Brautpaar tretend). Un dit is hei, dit is lütt Heining?

Schulten. Dit is hei, ja! dit is hei, Möllern,
    Dit is der Sohn von diese Oellern!

Möllern. Na,.hett hei denn ok brav wat liehrt?

Schulten. Just nich siehr von Bebüden wier't;
    Un't hett em just ok gor nich drückt,

Indessen hett't sich doch so schickt,
Dat hei en Praktikus is worren.
Hett hei ok grar nich äwer Bäuker legen,
Hett hei 'ne Pachtung un 'ne Brut doch kregen,
Un sine Hochtied is all morren.
Doch wat sien Brut is, wo sei heit,
Dat is mich gänzlich unbewußten.

Möllern. Dat weit ick, wer dat wesen deiht:
Süh, dat is 'ne gewisse Rusten,
Un is't nich 'mal 'ne smucke Brut?
En bäten span'sch blot sühtt sei ut:
Du süßst 'mal seihn, wenn sei't blot man deiht,
Wenn s' blot bat Og tau Höcht 'mal sleiht,
Denn kiekt s' so still, so fram, so smachtig,
So sdut, so drömig-äwernachtig,
As wenn 'ne Flur boräwer tüht.
Kiek, wenn s' lütt Heining so ansüht —

Schulten. Ja, Möllern, dat is woahr,
Dat is en gor tau nüdlich Poar.

Möllern. Ja, Heining un Mining, un Mining un Heining,
Un ick bün Deining un Du büst Meining:
So mag bat noch heiten vel lange Joahr!

Schulten. Dat wünsch ick Jug un noch männigen Dag,
Dat lang Ji noch leben taufreden un froh, —
Und Niemand den Spaß verdenken uns mag.

Möllern. Denn Spaß muß sein, sagt Cicero.*)

Mit diesen hochdeutschen Schlußworten unter Berufung auf die klassische Autorität des alten Römers verbeugten sich die beiden Bäuerinnen.

Man beglückwünschte den Dichter und bestürmte ihn nach wie vor bei jeder fröhlichen Gelegenheit mit Bitten um derartige Gaben der Muse.

Doch nicht erst bitten ließ er sich bei einem traurigen Ereigniß, das, irre ich nicht, 1856 sein liebes Jabel heimsuchte. Eine Feuersbrunst legte Alles in Asche, das ganze Pfarrdorf, welches ihm stets

---

*) „Un Spaß muß sind, sagt Cicero"; Reuters Polterabendgedicht „Das liederliche Kleeblatt".

Fritz Reuters Handschrift.
(Schluß eines Scherz- und Dankgedichtes.)

eine freundliche Rückerinnerung gewährt hatte, deren es gerade nicht viele gab aus der Jugendzeit. Dort amtirte ja auch Küster Suhr, der missingsch redende Schulmeister, uns wohlbekannt aus „Läuschen un Rimels", „Reis' nah Belligen" und „Hanne Nüte". Kaum vernahm Reuter die Schreckenskunde vom Brande, als auch schon sein Hülferuf erscholl „An miene gauden Fründ":

So oft helt Mannig tau mi spraken,
Hei wier mi gaud un wier mien Fründ,
Wiel ick sien Trurigkeit harr braken
Un em en lustig Lachen günnt.
Hüt kam 'ck tau Jug in arge Trur
Un reck Jug hen de Snutterhand,
Denn denkt Jug 'mal, oll Köster Sur,
Ganz Jabel liggt in Schutt un Brand!
Daglöhners all un all de Buren,
De Kirch mitsammt den Kerkenthurm,
De Preisterie, de Försterie,
Dat liggt nu Allens — süh 'mal, süh! —
Bet in de gruge Grund verluren,
Dat liggt nu Allens in de Asch!
Nu griep 'mal Jeder in de Tasch
Un denk doch 'mal an Köster Suren
Un denk doch an de Annern all!
Ick red hier nich von Luggeburen,
Doch wat Ein will, dat gew hei ball.*)

Aus jener Zeit datirt der Verkehr mit Sanitätsrath Dr. Michel Marcus, damals in Anklam, der Folgendes berichtet: „Einst traf ich einen Fußgänger auf der Chaussee; als ich mit meinem Wagen herangekommen war, fragte ich ihn, ob er nicht fahren wolle, was er dankbar annahm. Nachdem er Platz genommen, erkundigte ich mich: „Wohin des Weges?" — „Nach Stolpe!" — „Das paßt prächtig," sagte ich, „dahin will ich auch." — „Mit wem hab' ich denn die Ehre zu fahren?" Ich nannte meinen Namen. „Was,

---

*) Diese Improvisation erhielt ich durch Herrn Bürgermeister Hofrath Brückner-Neubrandenburg von dem Kammerherrn von Bork auf Möllenbeck bei Malchow mit der Bemerkung: „Vorstehendes wurde ungefähr 1856 von Fritz Reuter meinem Schwager von Karborff als Bitte vorgetragen, von diesem sofort nach Diktat aufgeschrieben und mir gegeben."

Bruder, Du bist das? O, Dich kenne ich bereits seit Jahren von
Deiner Schwester und Deinem Schwager her und von Franz
Glasewald und der ganzen Kouleur!" — „Wie heißt Du denn?"
fragte ich. — „Ich heiße Fritz Reuter." (Natürlich der ganze
Dialog plattdeutsch.) „O, oll Fründting, denn kenn id Di ok ut
be ibige Quell!" Nach dieser ersten Begegnung bin ich oft mit
ihm zusammengekommen. Ich erinnere mich noch dunkel einer
Geschichte, wo wir einem dämlichen Schweinejungen allen Ernstes geboten, einem Ferkel es beizubringen, mit einem Theelöffel zu fressen.
Niemand von uns vermuthete damals, was Reuter dereinst werden
sollte. Den ersten Band „Läuschen un Rimels" habe ich vielfach
verkauft; später machte er enormes Aufsehen und hat sein Glück begründet. Ein Gedicht schickte er mir aus folgender Veranlassung:
Reuter hatte mich in „De swarten Pocken" als „Doktor Michel" verewigt. Die Sache hat sich wirklich ähnlich zugetragen; auch existirt
über dasselbe Thema ein dreiaktiges Lustspiel*) Selbst das besonders betonte Wort „min Söhning" hat Beziehung; ich soll nämlich
als junger Mensch in meiner Pommerschen Gemüthlichkeit zu einem
älteren Herrn „min Söhning" gesagt haben. Da brachte im November
1858 die „Stralsunder Zeitung" die Nachricht, Reuter sei gestorben,
der Abends zuvor noch bei mir gewesen. Ich schrieb an die Redak-
tion ein paar Zeilen und wiederholte in denselben die Worte, dieselben, die er im Läuschen von mir gebraucht:

> In beese Zeitung stunn: „Fritz Reuter de is dod."
> Ach ne, min Söhnings, ne, dat brukt Ji nich to glöwen,
> Denn grad in beesen Johr giwt't velen Wien un god.
> Worüm süll hei nich nu noch etwas bi uns lewen?
>   Sien ollen Fründ Michel, de ümmer switisirt
>   Un up be Landstrat 'rümflantirt.

*) Auch Dr. Georg Berling brachte den amüsanten Vorfall unter dem
Titel „Vergriep bi nich, Stäwelwichs is leen Bortseep" in Verse und veröffentlichte das Läuschen in „Lustig un Trurig" (Anklam, 1862). Von diesen Gedichten besorgte ich mit Auswahl eine neue Ausgabe (Berlin, 1886); man findet
dort die spaßhafte Geschichte S. 78—101. Berling widmete sein Buch dem ihm
befreundeten Minister Grafen Max Schwerin, für welchen Reuter als Wahl-
deputirter eintrat.

Darauf erhielt ich von ihm folgende Verse:

An den bekannten Flanqueur und Switiseur!

Morgenroth! Morgenroth!
Stralsund schlug mich meuchlings todt!
Wo einst Schill rief in dem Thor:
„End' mit Schrecken zieh' ich vor
Schrecken ohne Ende."
Ueber Nacht, über Nacht,
Als ich noch an nichts gedacht,
Wider Willen, wider Wissen
Hab' ins Gras ich beißen müssen.

Michel, Du hast mich erweckt,
Marcus Michel! Marcus Michel!
Ja Du hast des Todes Sichel
Mir bewahret von dem Haupt,
Hast mich wieder ausgelaubt,
Und des Lebens Grund entdeckt.

Du, mein Söhning! Du, mein Söhning!
Dafür danke ich Dir schöning.
Sieh, die beste Flasche Weines
Und das größte Glas sei Deines;
Komm, mein Freund, besuch' mich 'mal!

Neubrandenburg, den 29. November 58.

Fritz Reuter, redivivus.

Neben „Doktor Michel" ist in den „Läuschen un Rimels" der lustige Rektor Ludwig Reinhard verewigt. Derselbe, einer von des Dichters ältesten Freunden,*) fand, nachdem er wegen seiner überzeugungstreuen Theilnahme am Parlament sein Amt eingebüßt hatte, auf dem Mecklenburgischen Gute Bolz Unterschlupf. Mit ihm harmonirte Reuter in allen Punkten, zumal in politicis, an ihn richtete er, bei den Wahlen zum Preußischen Abgeordnetenhause von der Stadt Treptow zum Wahlmann ausersehen und nach Uckermünde geschickt, um dem Grafen Schwerin zum Siege zu verhelfen, seine ernst-komische Schilderung der „Wahlreise nach Uckermünde", die zuerst in dem von ihm redigirten „Unterhaltungsblatt" erschien und

*) Vergl. über ihn meine „Reuter-Reliquien". S. 103—112 und öfter.

4*

dann als Broschüre unter dem Titel „Wie der Graf Schwerin schwer in die Kammer kam". Die kleine, mit Beschlag belegte Flugschrift ist sehr selten, auch das „Unterhaltungsblatt".*) Aus diesem in Nr. 31—33, vom 28. Oktober bis 11. November 1855, veröffentlichten Sendschreiben „An meinen Freund R....." mögen etliche besonders charakteristische und humoristische Episoden der Vergessenheit entrissen werden:

„Also Bolz ist ruhig. Ihr Glücklichen! Wir sind vor einiger Zeit durch unsre Wahlen in die ungewohnteste Unruhe gestürzt, und allerlei dunkle Gerüchte sorgen dafür, daß ein ordentlicher Hausvater gar nicht daran denken kann, den Reisepaletot abzulegen, sondern stets mit der Reisetasche auf neue Wahlreisen gerüstet dasiehen muß. Man sollte glauben, es handelte sich wieder um rouge et noir und siehe! wir singen doch nur das Leineweberlied: „Aschegraue? — Dunkelblaue? Gelb kost's doch!" — Man hat Alles gethan, was im Bereiche der Möglichkeit lag, um die Wiederwahl des Grafen zu verhindern und doch! Aber von diesem „doch" wollte ich Dir erzählen. Wir fuhren in heiterer Stimmung, wie sie die Zuversicht auf glücklichen Erfolg bietet, in den schönen Herbstmorgen hinein, bis uns Anklam, gleich einer ehrlichen Gastwirthsfrau aus der guten Zeit, mit kordialem Kopfniden empfing und uns sein „man neege, miene Herrn! man neege!" mit freundlichem Gesicht zurief. Ein Dampfschiff empfing hier so ziemlich Alles, was der Demminer und Anklamer Kreis an unabhängigen Wahlmännern aufzuweisen hatte.

Ein Hurrah! auf den Grafen Schwerin, welches in den Herzen der Zuschauer am Ufer sein vollklingendes Echo fand, bezeichnete den Augenblick der Abfahrt, und lustig haspelten wir das blaue Band auf, welches die Nymphe der Peene in mannigfachen Windungen durch tiefe, grüne Niederungen in launenhaftem Spiel hingeschlenkert hatte. Dieser Dampfer trug sämmtliche Hoffnungen des Demminer Kreises auf die gesegneten Zustände vor 1808. Ein Zettel, bedruckt mit den Worten: „Mit Gott für König und Vaterland! die Königlich Gesinnten wählen: den Landrath Balk, Herrn von Sobek-Zarrentin, Herrn von Bork-Aurose" hatte als Entreebillet zu dem Dampfer und zu diesen Hoffnungen gegolten; die Glocken Demmins hatten diese Hoffnungen eingeläutet, eine Predigt des Superintendenten Langerich hatte dieselben den wohlorganisirten neunundzwanzig Demminer Wahlmännern an das opfermüthige Herz gelegt, und mit dem Todesverachtung athmenden Luther'schen Schlachtliede „Ein feste Burg ist unser

*) Sogar Frau Dr. Luise Reuter besaß die Broschüre nicht mehr und vom Unterhaltungsblatt nur ein befektes Exemplar, ein gleiches Herr Hofrath Bürgermeister Brückner in Neubrandenburg; ein vollständiges bewahrt die Stadtbibliothek zu Antwerpen.

Victor Siemerling.

Gott" hatte sich die Phalanx allem möglichen Ungemach geweiht. Der Stadt Demmin hat die Beförderung dieser Hoffnung an 150 Thaler gekostet; der Herr Landrath von François soll zu dieser Verwendung aus Stadtmitteln gerathen haben, was ich indessen nicht glaube, da er in Treptow, wie ich mit Bestimmtheit weiß, davon abgerathen hat, den Wahlmännern die Reisekosten aus städtischen Fonds zu bewilligen. Oder sollte er vielleicht —? Nein, das kann ich nicht glauben? Oder sollte er vielleicht der guten Hoffnung gewesen sein —? Ich wo? Wie wird ein Mann in seiner Stellung zu so kleinlichen Moyens greifen! Wir kamen in Ückermünde gerade zur rechten Zeit, um eine kurze Ansprache des Herrn Landrath an die konservativen Wahlmänner des Demminer Kreises mit zu genießen, welche die Aufforderung an dieselben enthielt, sich auf dem Schützen- hause zu einer Vorberathung einzufinden. Konservative Wahlmänner? Das war gerade mein Fall, das war unser Aller Fall, die wir unser Städtchen heute Morgen im Sternenschein mit dem Schmool-Kurth'schen kombinirten Zwiegespann auf dem Holzwagen verlassen hatten. Wir Alle fühlten konservativ; wir wollten die unter Kämpfen und Schmerzen errungene Verfassung konserviren helfen, und deßhalb hatten wir unsere Augen auf den Grafen Schwerin-Putzar geworfen. Als der Redner geschlossen hatte, wurde lebhaft nach der Gegenwart des Grafen Schwerin verlangt, und beim Erscheinen desselben wurde ihm durch den aus- gesprochenen Wunsch der Anwesenden Gelegenheit geboten, gerade den Männern gegenüber, die ein besonderes Interesse an der Sache hatten, den im Anklamer Kreisblatte und sonstigen Kreisschreiben niedergelegten psychologischen und politi- schen Entladungen entgegenzutreten und dieselben auf das verdiente Maß des Logarithmus L, nach dem Begaschen System = 0,000,000 zurückzuführen. Die Rede des Grafen harmonirte mit seiner persönlichen Erscheinung, und beide machten auf die Anwesenden den Eindruck einer unbeirrbaren Redlichkeit, sowie einer besonnenen Prüfung, die, gleich fern von blindem Parteieifer, sowie einem trägen laissez passer, sich nur mit bestimmten Thatsachen befaßte und den Ver- dächtigungen der gegnerischen, unter der angemaßten Aegide des Königthums fechtenden Partei siegreich entgegentrat. Unter den lebhaften Bezeugungen der vollständigsten Befriedigung wurde die Versammlung aufgehoben. — Nun war es nachgerade Zeit, an die körperliche Restauration des Parteimenschen zu denken und durch Ausfüllung gewisser unbehaglicher Höhlungen sich auch das behäbige Aeußere eines wohlkonditionirten Konservativen zu verschaffen. Wir gingen also zu unserm Gasthofe zurück, und groß war mein Vergnügen, als ich alle entgegen- gesetzten Parteibestrebungen der Konservativen und Hyperkonservativ-Destruktiven in der Pommerschen Grundidee nationaler Assimilationsvergnügungen aufgehen sah. Die Eris schwieg, ein harmonisches Tellergeklapper erfüllte den Saal, und wäre jetzt ein unbefangener commis voyageur in die Gesellschaft getreten, der weiter nichts wußte, als daß ein Wahlakt stattfinden sollte, er hätte vermuthlich an die Norddeutsche Zeitung berichtet, der Kellner sei einstimmig zum Abgeordneten der zweiten Kammer gewählt, so oft erscholl sein Name. Aber ach! der gemüthliche

Wildbraten. — Du weißt, lieber Freund, wie ungemein gut konservativ — ich
wollte, ich könnte sagen: gut konservirt — ich aussehen kann, namentlich nach
dem Essen. Dies vortheilhafte Aussehen wahrscheinlich, sowie der Umstand, daß
ich zwei Portionen Wildbraten gegessen hatte, stürzte einen mir gegenübersitzenden
Gentleman in die behagliche Vermuthung, ich sei zu haben; und als ich verloren
die gefällige Aeußerung hinwarf, die Abfassung der Jagdgesetze sei mir ziemlich
gleichgültig, wenn nur die Abfassung der Producte der Jagdgerechtigkeit für meine
Küche nicht ausblieb, war der Herr so gütig, sich nach meinem Namen zu er-
kundigen. Einen Hasen konnte ich nun immer kriegen, ich hatte es aber auf
einen Rehbock abgesehen und stand auf dem Anstand und pfiff und lockte, und
siehe da! er kam; erst aus der Ferne, dann näher, zwar langsam, aber er kam.
Schon wollte ich ihm und meinem freundlichen Küchenprovisor die Hand drücken,
als mein unseliger, naturhistorischer Freund laut über den Tisch rief: „Sie
glauben doch wohl nicht, daß der da" — wobei er auf mich wies — „morgen
für den Landrath Ball stimmt?" Rasch stand mein gütiger, vielversprechender
Freund auf, und mein fetter Rehbock lief hinterher. Nun frage ich, habe ich
gegen meinen unvorsichtigen, naturhistorischen Freund eine Klage auf Schaden-
ersatz puncto Hasen, respective Rehbocks, oder nicht? — „So du mir, so ich dir,"
brannte als höllische Transparentschrift in drachengrünem Feuer in der Finster-
niß meines Herzens . . . Rache! Ich schenkte mir das letzte Glas Rothwein ein
und machte meinen Angriffsplan. „Franz," fragte ich meinen gegenübersitzenden
Freund, „was kosten bei Euch die Kartoffeln?" „Verflucht theuer!" Ein wilder
Nachbar richtete die großen Ohren etwas in die Höhe. „Wenn dies so beibleibt,"
fuhr ich fort, ohne auf den Wilden zu achten, „so kriegen wir eine komplette
Hungersnoth." „Und das tüchtig!" sagte Franz. Der Wilde rückte näher an
uns heran. „Die Rittergutsbesitzer und Domänenpächter bergen sich wohl," sagte
ich, „die haben noch das Fett vom vorigen Jahre auf den Rippen, es ist nur um
die armen Städter." „Die holt alle der Teufel," sagte Franz. „Ja," seufzte
der Wilde, „dat weit bei sein Gott!" „Darum sollten aber auch die Städter vernünftig sein," meinte ich und drehte dem Wilden den Rücken zu, „und Leute aus
ihrer Mitte zu Abgeordneten wählen, die da wissen, wo sie der Schuh drückt."
„So?" fragte Franz, „damit etwa das alte Lied von Demokratie wieder angestimmt
würde und die kleinen Städte, wie einst Hagenow in Mecklenburg, von den um-
wohnenden Rittern und Domänenpächtern in den Bann gethan würden?" „Ja,"
sagte der Wilde und klopfte mich auf die Schulter, „Recht hebben Sei, äwer dat
geiht nich." „Ja," fuhr ich fort, ohne ihn und seine Bemerkung zu beachten,
„wir Preußen sind unter keinen Umständen an dieser Theuerung schuld, auch
unsere Regierung nicht, auch der liebe Gott nicht durch den Mißwachs dieses
Jahres, Alles verschuldet die europäische auswärtige Politik. Herr!", redete ich
nun zum ersten Mal den schon halb Eingefangenen an, „wie viel verdienen Sie
auf den Tag?" „Wenn ik von ein Licht in't anne schauster, köstein Sülwe-
gröschen," war die bescheidene Antwort. „Herr!" sagte ich mit Heftigkeit weiter,

„können Sie dabei bestehen?" „Nee, dat weit bi leiw Gott!" „Herr!" fragte
ich mit noch größerer Energie, „wollen Sie dabei bestehen?" „Ja, dat weit bi
leiw Gott!" „Nun denn," sagte ich, „dann wählen Sie den Grafen Schwerin."
Dabei lehnte ich mich auf meinem Stuhl hintenüber, blies den Dampf meiner
Cigarre in die Luft und sah so unschuldig-absichtslos aus, als wäre ich von einer
diplomatischen Amme groß gesäugt. Schon näherte der Schuster sich, schon sah
er ein Pfund Butter zu viereinhalb Silbergroschen, als plötzlich ein großer Mann,
vielleicht der Anführer der Phalanx, einem Habicht gleich, zwischen ihn und
die Errungenschaften seiner Zukunft mit den Worten niederschoß: „Meister, Sie
befinden sich in einer unpassenden Gesellschaft, die auf die Unabhängigkeit Ihrer
Wahl einen nachtheiligen Einfluß ausüben dürfte. Ich frage Sie jetzt ganz ernst=
lich, wollen Sie den reellen Kinderstiefellieferungsantrag von unserer Seite an=
nehmen oder entscheiden Sie sich für die Butterpreisermäßigungsversprechungen
jenes Herrn dort?" bei welchen Worten er auf mich wies. Der fahnenflüchtige
Schuster sprang auf, folgte seinem Führer und warf mir einen wehmüthigen
Blick zu: „Herr ick Sei't nich seggt? Dat geiht nich!"

„Dat hest doaför!" sagte Franz. Also auch Du, Franz? Du Freund meiner
glücklichen Jugend, in welcher man nichts von den Qualen der Wahlen wußte,
Du spottest des Unglücklichen, der in der scharfsinnigsten Aktivität des Wählens
ebenso geschlagen wurde, wie in der hingebendsten Passivität des Gewähltwerdens?
„Es ist keine Redlichkeit, keine Tugend mehr auf Erden, Heinz!" Mit diesen
Worten legte ich mich zu Bette und hörte ungläubig die Entschuldigungen und
Tröstungen meines naturhistorischen Freundes an, der mir den Rehbock aus der
Küche gejagt hatte.

„Schöner Morgen heute morgen!" sagte der Barbier, als er in das Zim=
mer trat, und setzte gleich hinzu: „Ach, entschuldigen Sie! Schlechte Zeiten
in diesen schlechten Zeiten, wo Jeder sich den Bart wachsen läßt!" Ich trat
hinaus in den frischen Herbstmorgen, wo die Sonne schon geschäftig war, einzelne
Gruppen zu beleuchten, die eifrig mit der Angelegenheit des Tages beschäftigt
schienen. Ein kleiner Mann mit struppirten Beinen und mangelhaft-struppigem
Haupthaar hatte schon die Güte, eine Gesellschaft von Landleuten über ihre
wahren Interessen aufzuklären:

> „Na, habt Ihr Euren Zettel noch?
> Und bei der Abred' bleibt es doch?
> Nun rath' ich Euch: mit keinem mehr gesprochen
> Und jede Rede abgebrochen!
> Ihr könnt mir sonst in falsche Hände fallen,
> Und — merkt Euch das — ich sag's Euch Allen;
> Ihr wählt von Gobel-Barrentin,
> Um Gotteswillen nicht den Grafen Max Schwerin."

„Ja, Herr, bei Lüb', bei jeggen't all,
Tei Mann, bei Graf Schwerin bei sall . . ."
„Was soll er? Hungersnoth Euch bringen!
Und unserm Land den Krieg aufbringen;
Oh, folgt mir doch! Ich schütz' Euch vor dem Lose.
Ihr wählt mir Herrn von Bork-Kurose, —
Nur dann wird Preußen wieder blühn —
Um Gotteswillen nicht den Grafen Max Schwerin."

„Ja, Herr, wenn bei dat nu ok würr,
Wer wier denn äwerst woll bei Dritt?"
„Ihr habt den Zettel ja in Eurer Hand:
Für König und für Vaterland —"
Hier lächelte der kleine Schalt —
„Wählt Ihr mit Gott den Landrath Ball;
Wird's keiner sonst, dann wählt Ihr ihn; —
Um Gotteswillen nicht den Grafen Max Schwerin!"

Höchlich erbaut, obgleich nur verstreute Körner dieser patriotischen Stall-
fütterung für mich abgefallen waren, ging ich nach dem Wahllokal. — Wie im
Kampfe der Horatier mit den Curialiern waren uns schon zwei blühende Hoffnungen in den Staub der männerzermalmenden Feldschlacht gesunken, nur eine
war noch übrig, sie aber war unversehrt. „Nu geiht't los! Holt bei Uhren
stief! Wat kann 'e bähl nah kamen?" rief hinter mir ein muthiger Treptuse.
Und es begann loszugehn grade wie

Zu Körbelitz, zu Körbelitz
Da draußen auf der Heide,
Da zog der alte Friederich
Den Degen aus der Scheide,
Da fiel ein kuhler Regen,
Schwerin zog seinen Degen.
„Paßt auf!" rief Friedrich der Zweite.
„Diesmal geht's uns nicht pleite!"

Die verstahlte Spitze der Phalanx rückte vor:
Schauerlich stand das Ungethüm da!

Den ersten Stoß hatte das Bundeskontingent der Treptusen und Jarmenser
auszuhalten.
„Steht! Kinder, steht!" rief Vater Kleist.
Und sie standen!

Karl Kräpelin.

Die feindlichen Reihen begannen zu wanken,
An Muthlosigkeit und schwachen Gedanken
Allmählich schmählich zu erkranken;
Und ob sie gleich auch wehrten sich,
Mit Hoffnungen bethörten sich
Und kriegerisch gebärd'ten sich,
Die Ueberläufer mehrten sich:
In den feindlichen Reihn
Riß das Ausreißen ein.
Da kamen hinterm Busch, wie Ziethen,
Zuletzt die Herren Antikamiten
Und fegten das Feld von Feinden rein.
Gallinarius in den Staub hinsank,
Unser Adler hoch die Flügel schwang!
Wir saßen in der gloria
Und schossen nun victoria!
Und ob's den Feinden gefallen mag,
Unser ist und bleibt der Tag.
Schwerin! war unser Feldgeschrei,
Und, meine Herrn von der Gegenpartei.
Was Sie auch sagen, es bleibt dabei! — —

Das „Unterhaltungsblatt" wurde in Neubrandenburg gedruckt;
dorthin kam Reuter aus Treptow öfter und besuchte befreundete
Familien, u. a. auch die des ersten Bürgermeisters Rath Brückner.
Am 6. November 1855 fand dessen fünfundzwanzigjähriges Amts-
jubiläum statt, woran Reuter theilnahm. Der Verlauf des Fest-
mahls ist von ihm originell geschildert; höchst komisch wirken
seine Bemerkungen über den kulturgeschichtlichen Werth der
„Zwedessen":

Die Zwedessen also, und die sollen leben!
Unser Herrgott mag niemals es schlechter uns geben!
Mag's gut mit dem Magen im Lande stehn,
Und die alte Verdauung nicht untergehn!
Und diese Regeln, Ihr lieben Gäste —
Geht nicht leichtsinnig drüber weg,
Bedenkt sie wohl, Ihr eßt ja Zweck! —
Sein mäßig gehungert vor solchem Feste:
Den Hosenbund locker und weit die Weste!

Speis', gut gekaut,
Ist halb verdaut,
Und wird sie dann gut angefeucht't,
Verdaut auch die andre Hälfte sich leicht.
Und wollt ihr 'ne gülbene Regel noch ha'n,
Dann macht's, wie der österreichische Landwehrmann:
Immer langsam voran! Immer langsam voran!
Ihr glaubt nicht, was ein solider Mann
So Schritt vor Schritt bepacken kann!

Eine wahre Fluth von Toasten brach aus der heiteren Gesellschaft hervor und über dieselbe ein, rücksichtsvolle und rücksichtslose, steife und ehrwürdige in der Perücke alten Herkommens, heitere und familiäre im Hembärmel der Vertraulichkeit; jeder kriegte sein Theil, sei's als ein Ganzes selbst, sei's als ein Theil eines Ganzen, Alles war herzliche Einigkeit; ja ich habe verschiedene Mitglieder der Gesellschaft in Verdacht, daß sie sich mit thränenden Augen ewige Freundschaft geschworen haben. Nun kam der Kaffee,

Und als der schwarze Kaffee aus,
Da war es schwarze Nacht;
Ein Jeder ging vom heitern Schmaus
Vergnügt zu seiner Frau nach Haus, —
Die ihm entgegen lacht,
Und zog den schwarzen Schniepel aus,
Den alten Gottfried an.
„Gottlob! Nun bleibst Du hübsch zu Haus,
Mein lieber guter Mann!"
„Mein Kind, noch ist das Ding nicht aus,
Der Fackelzug geht an." —
Und in der Gluthen enggeschaartem Drange
Geht Brandenburg, halb muthig, halb erschreckt,
Halb hochbegeistert und halb bange,
Daß ihm das Pech auf seinen Gottfried leckt,
Auf seines Festes letztem Gange.
Ernst mit Bedacht, gepaart selbander,
Zieht es, ein ries'ger Salamander,
Durch Dampf und Rauch und Flammen hin.
„Ih, Barre, laat bat Swenten sin
Un holl dei Fackel bet henbal!
Du sengst mi an, der Deuwel hahl!"
„Herr Nachbor, laaten S' doch bei Witzen;
Dei Fackel wierer bal gehollen!

Wi länen noch erleben, dat bi ollen
Stargarder kamen mit bi Sprißen.
Ihr wi uns doaför woahren, sünd sei hier
Un raupen hier in Bramborg „Füer!" —
So zogen die Bürger der guten Stadt
Zuleßt vors Haus des Herren Rath,
Woselbst sie wieder Posto faßten.
Hier sangen die Herren Gymnasiasten;
Doch hab' ich nicht viel zu hören gekriegt:
Ich wurde herumgeschuppst von der Menge;
Ein wackerer Bürger hielt im Gedränge
Die Fackel mir dicht vors Angesicht
Und hat mir den weißen Hut bepicht —
Sie taugen nicht, die weißen Hüte,
Vor Allem bei Fackelzügen nicht! —
Ein andrer Wackerer hatte die Güte,
Als vor der Fackel ich fuhr zurück,
Durch einen gesunden Stoß ins G'nick
Mich wieder zu stellen ins Gleichgewicht.
Und als nun wieder „vivat!" gerufen,
Da schrie ich mit, doch „Weh!" und „Au!"
Denn eine würdige alte Frau
Trat von des Hauses erhöheten Stufen
Mit Holzpantoffeln mir auf den Fuß
Und traf die Hühneraugen genau.
Das war der Schluß.
Auf Scherz reimt Schmerz, auf Freuden Leiden;
Ich hatte nun genug von beiden.

Bei jenem Feste saß Reuter neben dem Pächter Hellwig zu
Zirzow, der wegen seiner Pockennarben den Spißnamen „Düwel"
führte. Sonst war derselbe ein wackerer, prächtiger alter Mann,
Ehrenbürger von Neubrandenburg, dem in der Einleitung zur „Stromtid" ein Denkmal errichtet ist. Auf ihn brachte unser Poet folgenden, ebenso kurzen als komischen Toast aus:

Mine Herren, nehmen S' mi nich übel,
Unner uns hor is en Düwel;
Doch wenn de Düwels all so wieren,
Denn keemen de Düwels noch tau Ihren.

Diese Knüttelverse zeigen, und darum sind sie beachtenswerth, die glückliche, lebensfrohe Stimmung Reuters, welche er sich in guten und bösen Tagen immer zu bewahren suchte. Sein Humor verklärte und vergoldete Alles, ließ ihm das Heitere noch heiterer erscheinen und half auch Schweres leichter tragen.

Ostern 1856 siedelte unser Dichter aus dem stillen Treptow nach dem größeren, reizend gelegenen Neubrandenburg in Mecklenburg-Strelitz über. Stadt und Umgebung sind der Schauplatz in „Dörchläuchting". Er hat nie ernster und fleißiger gearbeitet, als während der sieben Jahre, welche er dort zubrachte; sie sind die wichtigsten für ihn als Schriftsteller. Seine Hauptschöpfungen wurzeln hier: „Kein Hüsung", „Ut de Franzosentid", „Hanne Nüte", „Ut mine Festungstid", „Urgeschicht' von Meckelnborg" und die zwei ersten Theile „Ut mine Stromtid".

In Neubrandenburg lernte er viele neue Freunde und Förderer kennen, u. a. die Gebrüder Boll*); einer der treuesten war Viktor Siemerling.

Ihre erste Begegnung charakterisirt den einen wie den andern. Eines Tages trat Reuter etwas bedrückt in das Kontor des Dr. Siemerling, welcher Apotheker, Bankier und Gutsbesitzer in einer Person, obendrein aber ein wohlwollender und mildthätiger Mensch war. Er stellte sich ihm vor und erzählte: er hätte ein Buch verfaßt, von dem er Erfolg hoffte („Kein Hüsung"), könnte jedoch keinen Verleger dafür finden und hätte kein Geld. Ohne irgendwelche Sicherheit bieten zu können, möchte er kaum fragen, ob der Herr Doktor ihm wohl auf sein ehrliches Gesicht hin die nöthige Summe leihen wollte? Siemerling bejahte dies freundlich und antwortete auf Reuters Frage, wann er das Geld zurückzahlen müßte, ebenso freundlich: „Wenn Sie so viel verdient haben, um es entbehren zu können." Aus diesem kleinen Vorgang erwuchs eine warme Freundschaft, und Reuter hat sich als berühmter und wohlhabender Mann gern dankbar an diese schlichte Güte erinnert, die Siemerling so eigen war.

***

*) Von ihnen handelt Kapitel IV der „Reuter-Studien", S. 117—188.

Reuters erste Wohnung in Neubranbenburg.

Den Namen Siemerling kennt jeder Leser von „De Reis' nah Konstantinopel". Groterjahn sagt zu seinem Cicerone Herrn Nemlich: „Also von Wien aus reisen wir nun über den großen Siemerling." — „„Bitte um Entschuldigung, es heißt: Sömmering."" — Dor kamm hei nu äwer schön an: Herr Groterjahn hadd sick woll markt, wo sin Fru em mit dat Popoläum awtrumpft hadd, un wat sei kunn, kunn hei ok un müßte hei ok, hei säd also: „Sömmering ist meines Wissens gar kein Name, aber Siemerling ist ein Name, ich habe viele Geschäfte mit dem Doktor Siemerling in Neubrandenburg ge= macht, und so werden Sie mir doch wohl erlauben, daß ich Siemer= ling sage."

Auch die „Urgeschicht' von Meckelnborg", deren Einleitung in Neubrandenburg spielt und entstand, vermittelt uns Siemerlings Be= kanntschaft. Unser angehender Autor hatte einen Glücksfund gethan; er hatte in dem unterirdischen Klostergange bei Stolp ein Manuskript aus= gegraben: „Urgeschicht' von Meckelnborg. Von Erschaffung der Welt an bet up Se. Durchläuchten, den Herrn Herzog Niclot." Mit fieber= haftem Eifer liest er darin und wird gestört: En jung Minsch kümmt 'rinne: „Empfehlung von Herrn Dr. Siemerling —." „„Grüßen S' den Herrn Dokter velmal, ick hadd kein Tid, ick les' de Urgeschicht'."" Die Lektüre spannt seine Erwartungen auf das Höchste: ein Honorar von 10000 Thalern, der Doktortitel und literarischer Nachruhm sind ihm sicher! Da will es das Unglück, daß seine liebe Frau, die nichts davon weiß, in seinem Schreibpult einmal gründlich unter den vielen Papieren aufräumt. Das Dienstmädchen verkauft dieselben als Makulatur, darunter die Chronik. Wer schildert seinen Schrecken bei dieser Entdeckung! Er stürzt zum Krämer und erhält nur die werth= loseren Manuskripte zu Tüten verkleistert; in die Urgeschichte waren schon Käse und Häringe eingewickelt und verbraucht worden. — Als ick äwer den Markt gah, steiht de Doktor Siemerling vör sin Dör. „Mein Gott," seggt hei, „was haben Sie da unter dem Arm?" — Hei is Dokter un redt natürlich hochdütsch. — „„Verkleisterte Hoff= nungen,"" segg ick un red ok hochdütsch, denn ick was falsch. — „Aber wo haben Sie denn Ihren Hut verloren?" — „„Bin froh,"" segg ick, „„daß ich meinen Kopf nicht auch verloren habe,"" un gah drimens

nah Hus. Siemerling hett nahstens seggt, ick wier em spansch vör=
kamen; äwer lat Siemerling man 'mal teigen dusend Daler un sinen
Doktertitel verlieren, denn warb hei mi ok woll spansch vörkamen.

Also in der Dichtung. In Wahrheit hat Reuter ja Vermögen,
Ehren=Doktordiplom, Unsterblichkeit gewonnen; und die beiden Freunde
kamen sich einander nie „spansch" vor in den sieben Jahren, da ein
gemüthlicher Verkehr ihnen viele heitere Stunden bereitete.

Doch nicht über Nacht ist Reuter berühmt geworden, auch als Schrift=
steller glückte ihm nicht Alles und Jedes. In die Anfänge seiner litera=
rischen Laufbahn fallen die tastenden Versuche des Dramatikers.

Unzweifelhaft besaß er mimisches und dramatisches Talent, wie
er schon als Schüler und später oft bewiesen hat; aber es langte
doch nicht zum Schaffen durchschlagender Bühnenwerke.

Bisher sind drei Stücke veröffentlicht und wiederholt beifällig
aufgenommen: der Schwank „Fürst Blücher in Teterow" und die
Lustspiele „Onkel Jakob und Onkel Jochen" sowie „Die drei Lang=
hänse". Noch ein viertes verfaßte er. Wilbrandt sagt: „Nachdem
Reuter 1858 in Rostock einen Mißerfolg mit einer aus dem Aermel
geschüttelten Posse erlitten hatte, verließ er diesen Seitenweg, der
ihn seinem eigenen entführte." Ebert giebt den Titel an, doch
ungenau, wenn er berichtet: „Eine in dieser Zeit entstandene und
am Tivolitheater in Rostock gegebene Posse „Die beiden Auguste"
ist um ihres gar zu geringen Erfolges willen niemals gedruckt
worden." Glagau weiß nichts von der Sache. Meine Nachforschungen
haben Mittheilungen, wenn auch leider nicht das Manuskript, zu
Tage gefördert.

Reuter war während seiner Besuche bei Freunden in Rostock,
die in dem vorm Steinthor gelegenen Gasthaus „Altona" kegelten
und kneipten, mit dem Direktor des Tivolitheaters Heinrich Behr
und dem Kapellmeister Rudolf Schöneck persönlich bekannt und
von Letzterem gebeten worden, zu seinem Benefiz eine Komödie zu er=
sinnen, wozu er die Musik komponiren wollte. Der Dichter machte
an Fritz Peters den 24. Juli 1858 folgende Notiz darüber: „Ich
hatte mir vorgenommen, Läuschen un Rimels diesen Sommer zu
schreiben, und das wäre auch gut gewesen und gut gegangen; da

kitzelt mich die Luſt, und ich ſchreibe eine Poſſe nebenbei. Das
wäre auch noch gegangen, aber dazu ſollen nun noch Kouplets gemacht
werden; die Muſik will nicht dazu paſſen; alſo müſſen dieſe abge=
ändert werden. Du ſiehſt, ſo viel habe ich noch nicht geſchmiert wie
jetzt. Ich bleibe nun wohl noch acht Tage hier in den Sielen;
dann wird die Poſſe in Roſtock aufgeführt, alſo dann dorthin!"

Die Ankündigung in der Roſtocker Zeitung lautet: Montag,
den 2. Auguſt zum erſten Male: „Das iſt ja der Auguſt! oder
Küſſen und Wetten." Originalpoſſe mit Geſang in drei Wetten von
Fritz Reuter. 1. Wette: Das iſt ja der Auguſt! 2. Wette: Das
iſt ja der Auguſt! 3. Wette: Das iſt ja der Auguſt! Das Publikum
ſah ſich getäuſcht und ziſchte. Kapellmeiſter Schöneck ſchreibt mir
aus ſeiner Erinnerung: „Die Handlung beſtand nur in loſe zu=
ſammengereihten Schwänken und Anekdoten. Die Hauptrollen waren
Schuſter Rämel und deſſen Sohn Auguſt, ein reiſender Bummler;
erſterer ſprach plattdeutſch, letzterer hochdeutſch, in dem letzten Akt,
wo er ſich ſeinem Vater zu erkennen gab, platt. Auch die Schuſter=
frau redete platt, desgleichen ein Hausknecht, miſſingſch das Dienſt=
mädchen ſowie ein alter Rentier (Senator), à la Onkel Bräſig, ganz
hochdeutſch eine 45jährige überſpannte Jungfer, ein Blauſtrumpf.
Der Text zu mehreren Liedern und Duetten war im Dialekt; halb
hoch, halb platt ein von dem Meiſter, Auguſt, dem Rentier und
der Jungfer bei Tiſche geſungenes Quartett. Durch das ganze
Stück ging das Mecklenburgiſche Volkslied „Vetter Michel kommt"."
— In Ergänzung hierzu theilte Direktor Behr Folgendes mit: „Das
Stück wurde laut abgelacht, trotz Reuters großer Beliebtheit, indem
in demſelben etwas ſehr „Schanierliches", wie Bräſig wohl geſagt
haben würde, vorkam, ein naturhiſtoriſches Experiment, das den
biederen Roſtockern und Roſtockerinnen doch über den Spaß ging.
Der Autor, der mich nach acht Tagen beſuchte, um ſich, wie er
ſagte, wegen der Aufführung zu bedanken (Reuter hatte alſo nicht
der Vorſtellung beigewohnt), erzählte lachend, es wäre eine wahre
Geſchichte aus der Provinz." Ueber den Verbleib des nach alledem
und trotz des Fiaskos durchaus nicht unintereſſanten Manuſkriptes
erfuhr ich, es ſei in die Bibliothek des Roſtocker Stadttheaters ge=

wandert, noch 1874 vorhanden gewesen und vermuthlich beim Brande
des Gebäudes verloren gegangen.

Ungefähr gleichzeitig bemühte sich Fritz Reuter um die Auf=
führung seines am meisten gelungenen Lustspiels „Die drei Lang=
hänse" in Berlin. Dort studirte gerade sein ehemaliger Schüler,
der Sohn des Justizraths Schröder. An ihn richtete er von Neu=
brandenburg aus am 11. Januar 1858 nachstehende Zeilen:

„Mein lieber Richard, Wenn der Berg nicht zu Mohammed kommt, muß
Mohammed zum Berge kommen; wenn Du nicht an mich schreibst, muß ich an
Dich schreiben. Wie steht's mit Deinen Erkundigungen beim Friedrich=Wilhelm=
städtischen? Es scheint dort ein Zwergenwesen oder besser Unwesen eingerissen zu
sein, daß wohl kühne Männer zweifelnd fragen können, ob sie es wagen dürfen,
in den dunkeln Schacht dieser Gnomenwelt einzufahren, um von den Zwergen=
direktor Weisheitsrunen für die Oberwelt zu fordern; aber Du, ein Nordlands=
recke vom 54. Breitengrad, der Du bei Maßmann Gothisch, Hunnisch und Zwergisch
gelernt hast, Du solltest Dich nicht scheuen, diesen Deichmann=Heimball an der
Urdasquelle, jener nordischen Hippokrene (ungefähr von der Stärke der kleinen
Tollense bei Treptow), bei Odin und Hel um das Schicksal der drei Langhänse
von Fritz Reuter zu beschwören. Fahre ein, mein Sohn, — oder besser — geh
zu Fuße, denn das Wetter ist gut und Gehen gesünder als Fahren, und frage
diesen Direktor, ob er das Stück gelesen habe, und ob er es aufführen wolle oder
nicht; für den letzteren Fall solle er es Dir ausantworten. Sprich mit dem
Menschen imperatorisch, kategorisch, peremtorisch und, wenn er Flausen macht,
provokatorisch; will er's aufführen — gut! — Dann verbleibe es ihm provisorisch,
ist aber die Sache illusorisch, dann nimm das Manuskript an Dich und behalte
es vorläufig provisorisch, ich werde dann vielleicht von dort aus darüber anders
verfügen. Anbei erfolgt ein zweites Manuskript desselben Gegenstandes; habe
die Güte, dasselbe mit dem einliegenden Briefe an Herrn Heinrich, Theateragent,
wenn möglich persönlich abzugeben, damit Du mir über den Erfolg vorläufig
berichten könntest, der Mann auch durch Dich erfahre, wer und weß Geistes Kind
ich ungefähr bin. Es ist eine wie Winternebel brustbeklemmende Region, diese
Theaterspukregion, man läuft darin wie in der Irre umher und hascht nach Phan=
tomen, ohne daran zu denken, daß die ganze Theaterwelt ja aus Irrwischen, die
auf Seifenblasen tanzen, besteht. Hilf Du mir, binde Dir reine Vatermörder
vor und sprich mit diesem Heinrich — schöner altdeutscher Name! — wie ein
gesitteter christlicher Germane und eingeborener Treptuse; aus dem Briefe an den
Mann, den ich Dir — obgleich nicht gothisch — sehr zum Lesen empfehle, wirst
Du sehen, worauf es mir ankommt; melde mir demnächst das Resultat Deiner
Forschungen auf dem Gebiete der Berliner dramatischen Propyläen, und wird das
Ding aufgeführt, dann werde — Claqueur!"

Reuters zweite Wohnung in Neubrandenburg.

Das Lustspiel wurde im Wallner Theater mehrere Male gegeben. Franz Wallner, der erzählt, daß Reuter ihn eigens besuchte, „um ihm seine Stücke, die er verbrochen habe, auf die Brust zu setzen", urtheilt über die drei Langhänse: „Sie legen von einem übersprudelnden Talent, aber gänzlichem Mangel an Bühnenkenntniß Zeugniß ab. Nicht um die Welt hätte der Autor sich eine Zeile streichen lassen; in der Beziehung kannte der Dichtereigensinn des vom Publikum verhätschelten Schoßkindes keine Grenzen. Ich mußte, mit voller Ueberzeugung, daß hier ein sicher zu erzielender Erfolg selbstmörderisch zu Grabe getragen wurde, die drei Langhänse aufführen lassen, wie sie aus der Hand des Schöpfers hervorgegangen waren. Trotz der sorgfältigsten Darstellung erzielte das Stück nur einen Achtungserfolg. Reuter zog es zurück mit dem festen Versprechen, es nach meinem besten Rathe zu überarbeiten. Er hat leider nicht Wort gehalten. Vielleicht findet sich das Manuskript in dem Nachlaß." Es fand sich, und Emil Pohl hat dieses seinem innern Kern nach gesunde Lustspiel für die Bühne so trefflich eingerichtet, daß es im Hamburger Thaliatheater großen Beifall erntete. Auch Fedor Wehl hat es einer Bearbeitung unterzogen. Am Hoftheater in Schwerin wird es noch immer dann und wann aufgeführt. Hier verhilft ihm die vorzügliche Darstellung des Gerichtsdieners Kluckhuhn durch den Charakterspieler Trude immer aufs Neue zu Erfolg.

Fortan kehrte Fritz Reuter der neidischen Thalia den Rücken und schuf, in richtiger Erkenntniß der eigentlichen Stärke seines Dichterberufes, jene allbekannten, zum Theil klassischen Erzählungen in Versen und Prosa, die vielfach dramatische Komposition zeigen. Durch diese hat er sich einen unverwelklichen Ruhmeskranz aufs Haupt gedrückt.

Nachdem zu seinem Kummer das tragische „Kein Hüsung" von der Kritik für kein Meisterwerk erklärt worden war (ihm galt es für sein bestes), beschäftigte er sich mit einer rein humoristischen Schöpfung, „Hanne Nüte", worin er durch alle mögliche Gemüthlichkeit die Bitterkeiten von „Kein Hüsung" zu versöhnen gedachte.

An dieses sein Schmerzenskind erinnert ein, den sozialen Gegen satz von Arm und Reich behandelndes Gedicht von ihm, dem eine heimatliche Glockensage zu Grunde liegt:

Tau Wesenbarg ut den witten See,
Doar klingt dat dump ut bei Däp tau
    Höh:
    Wat arm? wat riek?
    Wat riek? wat arm?
Vör Gott in Heben is Allens gliek;
Ach, dat sik Gott uns' All erbarm!

Johannsdag gläuht up 't wiede Land:
Lütt Hanning hött sein Veih an'n Strand;
    Sien Swesting bringt
    Sien Middagbrod;
„Horf, Hanning, hor!, wat doar so klingt!"
„„Bliw hier! sitt still! süs bliwst Du
    bod.""

Doch Swesting slikt heimlich an den See,
Doar stahn twei blanke Stein tau Höh:
    „It wasch nu rein
    Den Elendaul!
Un bed em äwer den blanken Stein,
Un, bet hei drög is, täuben dauh't."

Knapp hett sei't seggt, knapp hett sei't
    dahn,
Dunn fängt dei anner Stein an tau gahn,
    Stürt sik heraf
    Von steile Burd,
Un't klingt so dump as ut dat Graf:
„Nu möt ik lüden in Einen furt!

Nu möt ik lüden allein, allein!
Mien Klockenswester, nu is 't geschehn!
    'ne Minschenhand
    Hett di anrögt;
Nu möt ik klingen allein börch 't Land,
Bet Gott in Gnaden den See utdrögt."

Tei Göhren dei lopen un seggen 't bet
    Lüd;
Dat Wesenbargisch Volk nah den See
    hentüht,
    Doch staats en Stein
    'ne Klock doar steiht,
So grot un swer hett s' Keiner seihn —
Wo schön dei grote Klock woll geiht!

Sei bring'n sei 'rin in ehre Muurn,
Sei häng'n sei in den Klockenthurm.
    En armer Mann
    Starwt äwer Nacht,
Hett Arbeit dahn, so lang hei kann —
Kling, grote Klock, in Macht un Pracht!

Burmeister seggt: „För Bedelvolk
Steeg woll dei Klock nich ut den Kolt,
    Wenn starwt dei Riek,
    Denn sall sei slahn."
Ten annern Morrn is hei 'ne Liek —
Wo würd dei Klock nu prächtig gahn!

Tei Klock ward treckt, en luden Schrie!
En hellen Sprung! — Dunn was 't
    vörbi:
    Dat klappert man,
    Dat klingt nich lud.
Dei Klockentreckers Mann för Mann
Tei störten ut dei Kirch herut.

Un von den See her klingt en Klang
So bang un dump as Unkensang:
    „Wat arm? wat riek?
    Wat riek? wat arm?
Vör Gott in Heben is Allens gliek!
Ach, dat sik Gott uns' All erbarm!"

Während der Ausarbeitung von „Hanne Nüte" fuhr Reuter oft nach Neustrelitz, wo er in Karl Kraepelin seinen berühmtesten und berufensten Vorleser fand. Im Sommer 1859 hatte er das eben fertig gewordene Manuskript mitgenommen, und Kraepelin las dasselbe im Hause des Geheimen Obermedizinalraths Dr. Peters in des Dichters Gegenwart von Morgens zehn bis Nachmittags fünf Uhr ununterbrochen vor. Reuter sprang einmal auf und rief entzückt: „Korl, dat hew ik nich schrewen, dat's tau schön!" — Ihm ward zur Antwort: „Hier steiht't swart up witt." Am Schluß äußerte Kraepelin zum Geheimrath Peters: „Heute haben Sie als Wirth ein Meisterstück geliefert." Auf die erstaunte Frage, wie so? hieß es: „Fritz hett den ganzen Dag nix als Rothspon drunken." Er trank sonst nämlich nur Weißwein. — Kraepelin war auch ein aus= gezeichneter Lieder= und Balladensänger, und da Reuter Gesang und Musik sehr liebte, so pflegte Ersterer jedesmal etwas zum Besten zu geben. Derselbe besaß eine Komposition des die tiefste Schwermuth athmenden Gedichtes „Der alte Schiffer" von J. G. Seidl. Der Komponist hatte bestimmt, daß sein Opus weder gedruckt noch durch Abschriften vervielfältigt werden sollte. Reuter durchbrach die Bestimmung; gerade der Inhalt dieses Vortrags ergriff ihn dermaßen, daß er erklärte: „Korl, dat möt nu min Fru mi af un an vörsingen."

Während seines Aufenthaltes in Neubrandenburg gab der Neu= strelitzer Kirchenchor am ersteren Orte wiederholt Konzerte. „Bei dem damaligen Mangel an Eisenbahnverbindung mußten wir," erzählte mir der Dirigent, „stets eine Nacht in Neubrandenburg bleiben. Reuter nahm immer drei Knaben bei sich auf, denen er dann ganz angehörte; er ging mit ihnen spazieren, unterhielt sich kindlich und gewann seine kleinen Gäste in solchem Grade, daß sie das nächste Mal baten: „Können wir nicht wieder bei Herrn Reuter sein?"

Ein so anregender Verkehr in Neustrelitz und namentlich in Neubrandenburg, hielt unsern Fritz Reuter elastisch und stärkte ihn zu immer fruchtbarerem und fröhlicherem Schaffen.

Seine mannigfaltigen Beziehungen zu Neustrelitz veranlaßten Reuter, die Eröffnung des dortigen Hoftheaters am 3. November 1858 mit einem Prolog und darin den allgemein beliebten Landesvater

Großherzog Georg in schlichter Art und Weise zu feiern. In der Beobachtung und Wiedergabe der Vögelstimmen erkennen wir bereits eine kleine Vorstudie zu „Hanne Nüte". Hochdeutsch beginnt die Schauspielerin:

Der Wandervogel zog mit leichten Schwingen
An uns vorüber zu dem fernen Meer,
Der Drosselschlag, der Nachtigallen Singen,
Der Schwalbe Spiel ergötzt Euch jetzt nicht mehr;
Sie kehrten zu dem heitern Süden wieder,
Und aus den Lüften klangen Abschiedslieder.

Voll Hoffnung klang das Lied und seine Weise:
„Lebt wohl! lebt wohl! auf fröhlich Wiedersehn!
Wir kehren einst zurück von weiter Reise,
Wenn Blumen blühn und Lenzeslüfte wehn;
Dann schiffen wir auf leichtbeschwingten Kielen
Zu neuem Sang und neuen Gaukelspielen.

Bis dahin sucht Ersatz aus Eurer Mitte;
Schloß die Natur die Pforte, nehmt die Kunst!
Pflegt sie mit Liebe und mit milder Sitte,
Das schwache Kind gedeiht nicht ohne Gunst!" —
Sie zogen fort; sie haben uns gesendet,
Und ach, uns Rath zum Ueberdruß gespendet.

So, sagte Schwalbe, müßt Ihr leicht Euch schwingen,
So, sagte Käuzchen, müßt Ihr drollig sein,
So, sagte Nachtigall, so müßt Ihr singen,
So, sagte Storch, setzt gravitätisch Ihr das Bein.
Und Kuckuck rie — er sagt ja Eines nur,
Und das zum Ueberdruß: „Natur! Natur!"

Und wahr ist es: Recht hat der alte Knabe!
Wo aber ist in diesem Erdenthal
Die reine Brust, die mächt'ge Himmelsgabe,
Der helle Spiegel von geschliff'nem Stahl,
Der die Natur, und Gott im Menschenleben
Vor Lampenlicht könnt' strahlend wiedergeben?

Der Muth verzagt, die Schwäche hebt die Hände
Zu Eurer Nachsicht demuthsvoll empor.
Wo ist der Zaubrer, der die Formel fände

Reuters dritte Wohnung in Neubrandenburg.

Für jene Unschuld, die die Welt verlor?
Ach Gott, Natur, Natur — in diesen Zeiten,
Wo Frack, Kravatt' und Krinoline schreiten!

   Die Wandervögel spannten ihre Segel;
Ich horchte auf der Nachtigallen Lied:
„Ihr seid ja auch,“ so sang sie, „Wandervögel;
Drum macht Euch auf und zieht in das Gebiet
Des hohen Herrn, wo traurig wir geschieden
Nach Sommerlust, nach Schutz, nach Frieden.“
Du hoher Herr . . .

Jochen.
Diern, kumm mit 'ran, dit kän wi doch nich lieden!

Fieken.
Ich laat, ich laat . . .

Schauspielerin.
Wie denn? Mein Gott! Was ist?

Jochen.
Ja, Döchting, wenn Sei dat so wüßt!
Wo? Uns süll'n hier so'n fremd' Mamselln
Von unsen Großherzog vertelln?
Wi süll'n hier lieden, dat Ein keem
Un uns dei Red' vör'n Mund wegnehm?

Schauspielerin.
Ja, aber ich . . .

Jochen.
Wat ich? Wat ich?
Von Ehr, Mamselling, red it nich.
Sei hett Ehr Rimels gaud naug bedt
Von Nachtigahl un Ahreboar;
Doch kümmt up unsen Herrn dei Red',
Denn stah wi boar!
Uns' Großherzog hett in sien'n langen Leben
Sien'n Namen in uns' Hart 'rin schreben;
Dei is mit uns tau eng verwussen.
Hier steiht sei, hier in desen Bussen!
Un wiere, Kindting, segg it nix.
Un Fieken, Du, Du makst en Knix.

Schauspielerin.

Ja, aber, lieber Freund . . .

Jochen.

Wo so denn? Freund?
So dick is 't noch mit uns nich meint.
Ik bün nich Freund mit All un Jeden.
Ik will hier von'n Großherzog reden. —
Uns' Herr Pastur bei seggt: „Hür, Jochen," seggt 'e,
„Uns' würdig Herr, dat is dei Rechte, seggt 'e,
Er hätt' ein Herz för Börger un för Buur,
Un hätt' 'ne menschliche Natur.
Hier unter em, da is kein Noth,
Hier hätt' Jedwederein sein Brod.
Et sülwst dei Tagelöhner, seggt 'e:
Ein Jeder hett sien Ewien in 'n Root,
Un auch bei Pächte, seggt 'e,
Mit ben'n geiht — Gott sei Dank! — ja ot!"
So seggt dei Paster. Hei hett recht:
Hett wer för't Land den Segen bröcht,
Denn is 't uns' Herr, sien Fru un Kinn'
Und wat sien Fründschaft is, nich minn'.
Un wierer, Kindting, segg ik nix.

(zu Fieken.)

Un Diern, Du rög Di noch einmal
Un düke Di en bäten dal!

(zur Schauspielerin.)

Un Sei, Mamselling, maak'n en Knix!

Schauspielerin.

Gern will ich meine Kniee beugen
Vor einem Fürsten, der geliebt,
Die tiefste Ehrfurcht ihm bezeugen,
Der so viel Milde hat geübt.

Jochen.

Ik segg ehr so, dat 's unse Saal,
Dat möten wi em sülben seggen.
Doar brukt sich Keiner mang tau leggen.
Drum segg ik't ot in unse Spraal;
Dei Spraal, dei is för em bewandt,
Dat is dei Spraal von't ganze Land.

Fielen (ärgerlich).

Ih, nu laat ehr doch ol mal reden,
Un swieg doch mal en bäten still!

Jochen.

Worüm nich, Fielen? Mienentwegen!
Wenn uns' Großherzog dat so will;
Hei kann ja dauhn, wat em gefällt,
Hei's Herr in't Sloß, Herr in den Rathen,
Hei kann't ja dauhn, hei kann't ol laaten,
Hei hett dat hier ja up dei Welt.

Nach zwei weiteren dem segensreichen Wirken des Großherzogs insbesondere gewidmeten Strophen der Rednerin bekommt wieder Jochen das Wort.

Jochen.

Na denn man tau, wenn't so is meint,
Denn segg Sei brief man „Lieber Freund“.
Ja, uns' Großherzog, dei sall bläuhn
Un gräunen as dat junge Gras!
As mien Grotvater jung noch was,
Dunn was hei all en Joahr'ner teihn,
Un hett hei leewt en langes Leben:
Sien Hart is ümmer jung noch bleben.
Un wierer, Kindting, segg it nig.

(zu den Beiden.)

Un nu maakt noch enmal en Knix!

(zum Publikum.)

Un Jug segg it, it, Jochen Swart:
Hoch leew uns' Herr! hoch leew sien junges Hart!

Viel Kopfzerbrechen machte unserm Reuter die arg zerfahrene Recht=
schreibung des Plattdeutschen. Er studirte aufmerksam die älteren
niedersächsischen Sprachdenkmäler und die zeitgenössische mundartliche
Literatur und führte seit 1856 mit dem Antwerpener Stadtbibliothekar
F. H. Mertens, einem geschätzten Historiker, in Folge einer von
diesem ausgegangenen, aber dankend abgelehnten Einladung zum
„Nederlandisch Taal= en Letterkundig=Kongreß“ eine gelehrte Korre=

spondenz, aus der leider nur ein Brief*) vom 16. Dezember 1859 erhalten ist:

„Hochgeehrtester Herr,

Daß die niederdeutsche Literatur bei uns fortwährend an Boden gewinnt, ist eine unbestrittene Thatsache; nicht allein der Schriftstellerkreis erweitert sich täglich, sondern, was jedenfalls bedeutsamer ist, die Zahl der Leser nimmt zu. Die Leute lernen jetzt schon niederdeutsche Bücher lesen, trotz unsrer grenzenlosen dialektischen Verwirrung und unsrer prinziplosen, abscheulichen Orthographie. In Bezug auf die letztere habe ich neulich in der Vorrede zur vierten Auflage meiner „Läuschen un Rimels" Vorschläge gemacht, denen ich in den beifolgenden „olle Kamellen" gefolgt bin. Ich hoffe, das Buch ist dadurch auch Ihnen verständlicher geworden.

Mein Vorschlag geht in nuce dahin: auf die alte Sprache zu returriren und dieser zu Gunsten alle Unarten und Unwesentlichkeiten der Dialekte aufzugeben, dies aber nicht mit einem Schlage zu thun, um unserm Leserkreise nicht plötzlich fremd zu werden, sondern allmählich; ja auch noch vorläufig die dem Hochdeutschen eigenthümlichen, zwar verwerflichen dehnenden „e" und „h" beizubehalten, da wir es hauptsächlich mit Leuten zu thun haben, die außer dem Hochdeutschen nie etwas gelesen haben. Was kann uns daran liegen, für jetzt die Zustimmung weniger Gelehrten zu erlangen, die in ihrer hochdeutschen Bildung immer unsre Gegner bleiben werden? Wir sind aufs Volk angewiesen, und wenn wir Erfolg haben wollen, müssen wir mit Neuerungen sehr behutsam zu Werke gehn; was wir nicht mit der Kraft der Ueberzeugung ausbringen können, müssen wir allmählich einschmuggeln.

Der leitende Zweck muß aber stets die Zurückführung der Dialekte auf die alte Sprache bleiben, und auf diese Weise können wir sogar hoffen, uns später sogar Ihrer Landessprache zu nähern. Die Sprache der alten Lübischen, Rostocker, Stralsunder Chroniken ist gar nicht so sehr von unsrer jetzigen verschieden, als daß wir nicht hoffen könnten, mit ihrer Hilfe die schmachvolle zweihundertjährige Vernachlässigung unsrer Sprache wieder gut zu machen.

Soweit wäre zwar Alles sehr gut; aber diese Zerfahrenheit der Dialekte hindert jede vernünftige Uebereinkunft unter den Schriftstellern; jeder glaubt und beansprucht, daß die Redeweise seiner Landschaft, seiner Stadt oder seines Dorfes die richtige sei. Wir kennen uns nicht, wir korrespondiren nicht einmal, ja wir feinden uns untereinander an. Nirgends eine Handhabe, an die ein jeder seine Hand legen könnte, um dem gemeinsamen Zwecke förderlich zu sein! Der beste von uns, Foole Müller, ist todt; Groth ist Doktor geworden und seitdem auch todt, denn seit man in ihm aus einem talentvollen Lyriker einen schlechten Privat-

---

*) Durch den vlämischen Dichter van Beers, den Schwiegersohn von Mertens, mir zur Verfügung gestellt.

Fritz Reuter und Frau in Neubrandenburg.

dozenten gemacht hat, ist ihm der Hochmuth zu Kopfe gestiegen, er stößt Alle vor
den Kopf und nimmt die Räucherungen männlicher und weiblicher Damen entgegen, die ihn denn bald zur thatenlosen Mumie zusammengedörrt haben werden.
— Jan Meyer, der es wohl verdiente, wird nicht gelesen. — Der Westfale Lyra
wird hier nicht verstanden. Brinckmann hat sich durch die hastige Aenderung in
der Orthographie geschadet; sein „Vagel Gryp" hat darunter sehr gelitten; und
ich bin ein Thor gewesen und habe mir mit meinem politischen Gedichte „Kein
Hüsung" das ganze Wespennest des Mecklenburgischen Junkerthums auf den
Hals geladen. — Wir schreiben und interessiren das Volk für seine kleinen
Dialekte, verstehen's aber nicht, in Einigkeit die Gebildeten unter dem Volke für
die gemeinsame Mutter der Dialekte zu interessiren. Gott mag's bessern!"

Bekanntlich ist die einheitliche plattdeutsche Orthographie auch
heute noch eine unerledigte Frage.

Bei aller ernsten Arbeit fehlte nie die Lust zu Gelegenheits-
dichtungen; den oft an ihn herantretenden Bitten vermochte Reuter
nicht zu widerstehen.

Halb hochdeutsch, halb missingsch, von urwüchsigem Humor ist ein
Carmen, zur Feier der silbernen Hochzeit des Rathskellermeisters
Otto Ahlers in Rostock und seiner Ehefrau Emma geb. Zorawsky,
einer Polin, zum 29. September 1860 verfaßt, auf Ansuchen des
Neubrandenburger Rathskellermeisters Adolph Ahlers, eines Vetters,
dessen Weinstube der Dichter gern frequentirte. Einige Zeit vor obge-
dachtem Feste hatte sich Otto Ahlers über Herkunft seiner Familie
aus einem Wappen-Kontor in Wien für wenige Thaler Nachrichten
zusammenkommen lassen des Inhalts, daß seine Vorfahren aus
Spanien, aus Sevilla, stammten, dort den Namen Don Alerso geführt hätten, und daß ihr Wappen ein goldner Löwe in rothem Felde
gewesen. Diese Auskünfte veranlaßten viele Scherze; dabei wurde
bemerkt, daß der Großvater aus dem Schleswig-Holsteinischen nach
Mecklenburg eingewandert und der Urgroßvater ein armer Schuster war.

Adolph Ahlers, der unverheirathet geblieben, redet in dem von
Fritz Reuter hiernach gedichteten Prolog seinen Freund und Vetter
Otto an:

Süh, olle Jung', so lett uns dat!
Uns geiht dat blot nah olle Wies';
De swarten Hor, de herwn'n wi hadd,

Nu herw'n wi gor kein, oder grief'.
Süh, sewuntwintig Johr heſt Du
Nu in de Ehſtandsſälen leggen,
Un wenn ok jüs 'ne gaude Fru
För Jedwerein en groten Segen,
Doch mein' it doch, — dat heit von mienen Part —
Tat wenn ſo'n Segen ümmer 'rüm regiert
Un't Regiment dagdäglich führt.
Tat't Einen denn mal äwer ward.
So'n Pollſchen Segen, as Du heſt,
Te mag ſik woll ganz anners maken,
Un dorüm holl it ok för't Beſt,
It ſwieg dörchut von ſo'ne Saken,
Te it nich kenn; dat's Dine Sak.
Toch kümmt dat 'mal bi Jug tau Spral,
Tat de Zorawskhs in den Polenland
Tau ollen Tiden hadden Babenhand,
Tenn brukſt Du einfach man tau ſeggen:
„Geliebtes Weib, ſüh, meine Augenbranen,
Tie erbte ich von meinem Ahnen;
Er war ein Spanjer von Geburt
Und zog blos von Sevilla furt,
Um hier in Meckelnborg tau wahnen,
War zu Sevilla Spritzenmeiſter,
Ton Joſe von Alerjo heißt er,
Und wurd' bei uns Raths̄kellermeiſter.“
Tat wat wi beid, mien olle Fründ,
Ja, Gott ſei Dank! hüt ok noch ſünd. —
Doch, olle Jung, nu hür 'mal tau:
Den Ton Alerjo lat in Rauh;
Hei was en Schauſter, ohne Geld.
Wat helpt de goldne Löw' in roden Feld,
Wenn't Hemd herut hängt ut de Büds? —
Up Ton Alerjo riemt ſik nids.
Tat is en ungeriemten Minſchen,
Wi will'n den Kierl taum Deuwel wünſchen,
Will'n echte Meckelnbörger bliewen,
Wenn't möglich ümmer buvwelt ſchriewen;
Te Cettewien=Verſnitt ſall bläuhn!
Tenn, Vebber Ahlers, ſallſt mal ſeihn,
Nich up „Alerjo“ — ne, up „Ahlers“
Ter riemen ſik tauletzt de Tahlers!

Dem 1860 erschienenen Jdyll „Hanne Nüte" folgte schnell „Ut
de Franzosentid" und 1862 „Ut mine Festungstid", dies ergreifende,
humorverklärte, künstlerisch abgerundete Bild aus seiner Gefangen=
schaft, sowie der erste Band „Ut mine Stromtid" auf dem Grunde
eigener Beobachtungen und Begebnisse seines Landmannslebens.

Ungeachtet einer so überaus fruchtbaren literarischen Thätigkeit
verlor Reuter nicht die Fühlung mit dem frischen Pulsschlage der
Zeit; schon als Treptower Stadtverordneter und Wahlbürger hatte
er sich um die Politik des Tages bekümmert und der liberalen
Partei als Publicist Dienste geleistet; abhold der Reaktion, trat er
dem 1859 begründeten deutschen Nationalverein bei und begegnete
sich von Neubrandenburg aus mit Gesinnungsgenossen. Später ge=
hörte er dem Eisenacher Zweigverein an. Wiederholt reiste er nach
Lübeck, wo einstige Leidensgefährten lebten: Senator Hermann von
der Hude, Professor Karl Dettmer, Versicherungsbeamter Hermann
Grashof und namentlich August Wichmann, Direktor der deutschen
Lebensversicherungsgesellschaft, nachmals Vorsitzender bezw. Wortführer
der Lübecker Bürgerschaft und des Bürgerausschusses.

Am 12. Mai 1862 wurde der erste große norddeutsche Na=
tionalvereinstag in den Mauern der ehrwürdigen Hansestadt ab=
gehalten.

Die von einmüthiger vaterländischer Begeisterung durchdrungene
Versammlung besuchten zahlreiche Parteigenossen, unter ihnen Moritz
Wiggers, Johannes Miquel und Fritz Reuter, „Literat". Reuter
hatte auf Wichmanns Einladung zuvor zwei Antworten geschickt:

„Lieber Bruder, Du scheinst denn doch eine sehr schlechte, zu schlechte Meinung
von Mecklenburg zu haben. Was? Wir keinen Nationalverein? Bei uns ver=
boten? Wie heißt! — In Neubrandenburg sind wir unserer zwanzig, und in
Mecklenburg=Strelitz ist nichts Nationales verboten. Deine Zusendung ist ver=
theilt worden. Ob ich selbst diese Reise machen kann, muß ich eintretenden Um=
ständen zur Entscheidung überlassen. Gern wäre ich bei Euch, und wenn es
irgendwie möglich ist, werde ich von Herzen Theil nehmen. Ich bin augenblicklich
zum Besuche im Pommernlande. Siedenbollentin, den 24. April 1862."

„Lieber Wichmann, mein letzter Brief war mit Rücksicht darauf geschrieben,
daß ich früher nach Neubrandenburg zurückkehren würde; ich bin noch im
Pommernlande und werde auch noch einige Zeit hier verweilen, bis ich den am

G. b. M. in Anklam stattfindenden Wahlkampf als Wühler (nicht als Wähler) mitgemacht haben werde. Ich halte diesen Brief so lange auf, bis ich Dir von dort curiositatis halber das Resultat melden kann. — Es ist nun von mir beschlossen, Euch zum 11. d. M. Abends zu besuchen und die dortigen Versammlungen mitzumachen. Siebenbollentin, den 5. Mai 1862.

Sieg der Fortschrittspartei: Graf Schwerin, Müller=Stettin, Otto Michaelis, Redakteur der Nationalzeitung, sind mit ungeheurer Majorität gewählt. Anklam, den 6. Mai."

Die Zahl der in der Katharinenkirche zu Lübeck Versammelten belief sich auf ungefähr 1500 Personen. Das Festmahl im Kasino wurde durch eine Reihe ansprechender Toaste gewürzt. „Von den humoristischen Trinksprüchen," berichtet die Lübecker Zeitung, „müssen wir namentlich die Reden zweier Mecklenburger anführen, nämlich die mit einem plattdeutschen Gedicht schließende des liebenswürdigen Poeten Fritz Reuter und die des bekanntlich seit seiner Theilnahme an dem Stuttgarter Rumpfparlament hartgeprüften früheren Rektors Reinhard." Reuters Trinkspruch klang aus in einem plattdeutschen Liede auf den rings im Vaterlande wehenden Freiheits=Morgenduft:

Up dütsches Land un dütsche See,
Up Kinnerweig un Grav
Weiht frische Luft von blage Höh',
Schient hell de Sünn heraf.

Doch heller as de Sünnenstrahl
Un frischer as de Luft
Weiht äver dütschen Barg un Dahl
Nu Freiheits=Morgenduft.

Wer hett von Freiheit süß wat wüßt
In'n dütschen Vaderlann?
Wer hett ehr frischen Lippen küßt,
Un keem denn nich tau Schann?

Wat süß för Freiheit gellen müßt,
Dat was 'ne arge Hur,
Ut de romantische Kierelist
Uppußt mit Backeluhr.

Nu träd sei schämig an uns 'ran,
Is noch en blödes Kind;
Doch wi stahn för ehr, Mann för Mann,
As wi hier beben fünd.

Wi willn't nich lieben, lieben't nich,
Dat ein unl' Kind wat dauh,
Wi alle häuben't manniglich
Un stahn all för em tau.

Un paßt 'mal up, dat Kind dat ward,
Un is dat blöd ok noch,
Dat hett en alltau frisches Hart
Un warben deiht dat doch;
Un malen sei't ok noch so swart,
Wi laten't leben! Hoch!

Fritz Reuter und sein „Lowifing"
(Neubrandenburg).

Nach diesem patriotischen Intermezzo zum häuslichen Herd zurück=
gekehrt, lag unser Dichter fleißig dem Korrekturlesen ob. Daneben
freilich gab es allerhand kleine Abhaltungen. Julian Schmidt, der
ihm befreundete Literaturhistoriker, war von Leipzig nach Berlin
übergesiedelt. Reuter erinnerte sich jener guten alten Sitte, der auf
dem Umzuge begriffenen Familie „Salz und Brot" in das neue Heim
zu schicken nach dem Sprichwort: „Wo Salz und Brot, da keine
Noth." Er ließ es indessen bei diesem Glückssymbol zum Wohnungs=
wechsel nicht bewenden, sondern sandte außer Salz und Kommißbrot
noch eine Gänsebrust. Das Scherzgedicht ist verloren gegangen, doch
hat die verwitwete Frau Dr. Schmidt den Schluß aus dem Gedächt=
nisse aufgeschrieben:

Nu weit ick woll, Du büst be Mann,
De Brot un Fleisch sik schaffen kann.
Wenn äwer eins so 'rümmer treckt,
So is nich gliek be Disch gedeckt;
Drum seggt mien Fru: „Daß Gott erbarm!
Griep ehr en beten ünnern Arm,
Süß gahn sei hungrig noch tau Rauh,
Un schick ehr ok en Gaus' bortau!"

Es war ebenfalls im Sommer 1862, als der Schriftsetzer Ludwig
Burkes in Schwerin, ein Thüringer, „Ut be Franzosentid" in die
Hände bekam. Das Buch hatte ihn so für den Verfasser eingenom=
men, daß er beschloß, demselben eine Freude zu bereiten. Er be=
schäftigte sich mit Korkschnitzen und sandte ein Bildchen, das Schiller=
haus in Lauchstädt, mit plattdeutschen Strophen.

Als Gegengabe erfolgte „Ut mine Festungstid" mit Geleitzeilen
vom 12. August 1862:

„Ihr Geschenk hat mir viele Freude gemacht und hängt in meinem Zimmer,
damit ich mich des Gebers erinnern kann, der bei seinem täglichen Gewerbe,
welches ich als ein mühevolles kenne, seine Mußestunden einer sinnigen Kunst
weiht. Möge der Himmel Ihnen den Gefallen daran fürder erhalten! So etwas
erfreut nicht allein, es schützt auch. — Wie Sie aber als Thüringer im
Stande sind, plattdeutsche Verse zu machen und mir ins Handwerk zu fallen,

begreife ich nicht*), Sie müßten denn von Jugend auf in Meclenburg erzogen sein. — Ich erlaube mir Ihnen anbei mein neuestes opus zu übersenden, bitte jedoch, da das Buch noch nicht im Buchhandel erschienen ist, dasselbe vorläufig nicht aus Ihren Händen zu lassen.

Noch einmal meinen Dank, daß Sie gerade an mich gedacht haben."

Zwei Tage später sandte er ein anderes Exemplar seinem Landsmann und Jenenser Kommilitonen Karl Schmidt in Wismar — ihm ist „Schurr=Murr" zugeeignet — mit ein paar eiligen Zeilen, die nichts weiter als seinen harmlosen Humor im Verkehr mit Freunden beweisen:

„Lieber Korl! Gun Morrn, Korl! — Hier schick' ich Dir ein Buch, Korl! — Aber laß es nicht eher aus den Fingern, Korl, bis es wirklich im Buchhandel erschienen ist, Korl. — Lebe wohl, Korl! Dein Fritz Reuter, Korl!"

Im Herbst desselben Jahres richtete er an den Navigationslehrer Peters für seine damals erschienene Schrift „Das Land Swante= Wustrow oder das Fischland" den nachstehenden, tief empfundenen Dank:

„Sie haben mir mit Ihrem Buche eine wirklich große Freude gemacht, und Sie können gar nicht ahnen in wie ferne. — Abgesehen von dem Interesse, das mich für Alles erfüllt, was vaterländisch heißt, haben Sie in mir die ersten Jugendeindrücke wieder belebt, die ich von meiner seligen Mutter empfangen habe. Diese war nämlich in dem Hause des Pastor Belitz, der von Fischland nach Neunkirchen versetzt wurde, Erzieherin und hat mehrere Jahre in „Kirchdorf", so nannte sie es stets, verlebt. Ihre Schilderungen von Einsamkeit, Sturm und dem ewigen Meer hallen noch oft in meiner Brust wieder, und wenn ich jetzt in älteren Tagen zuweilen schlaflos in meinem Bette liege, dann tauchen die alten Erinnerungen und die Bilder, die die Mutter in die Kindesseele zeichnete, wieder auf, und ich höre den Sturmwind rauschen und sehe die Wogen mit den weißen Kämmen sich überstürzen und stehe dabei, wenn der Schiffer sein Weib und seine Kinder nach langer Zeit wieder sieht und die Seltenheiten ferner Länder dem Pfarrer zum Geschenk überbringt."

---

*) Aehnlich schrieb Reuter, ganz erstaunt über eine Uebersetzung seiner plattdeutschen Gedichte „ot 'ne lütte Gaw för Dütschland" ins Siebenbürgisch=Sächsische und über eine plattdeutsche Zuschrift von Dr. Fritz Teutsch in Hermannstadt, unterm 26. Oktober 1871 demselben: „Wie Sie es aber möglich gemacht haben, mein Plattdeutsch zu verstehen und es sogar zu schreiben, wie Sie gezeigt haben, ist mir ein Räthsel."

Weihnachten 1862 lag in vielen tausend Familien unterm Tannenbaum der erste Band von „Ut mine Stromtid". Durch dies sein Meisterwerk sollte der Name Fritz Reuter der am meisten ge= feierte unter den zeitgenössischen Schriftstellern Europas werden. Man verschlang das Buch, war entzückt und beglückt, konnte vor Ungeduld kaum den zweiten Theil erwarten und bestürmte den Verfasser mit Bitten, doch ja nicht das Ganze tragisch enden zu lassen. Die Haupt= gestalten waren Einem ja zu persönlich vertrauten Menschen gewor= den; man glaubte, sie Alle im Leben gekannt zu haben.

Hier ist vielleicht ein Platz für die Pathen der „Stromtid".

„Meinem lieben Lehrer und väterlichen Freunde, dem Herrn Konrektor Gesellius zu Parchim in herzlicher Dankbarkeit gewidmet", steht auf dem ersten Bande. Der Leser entsinnt sich, daß Reuter zuletzt das Gymnasium in Parchim besucht hat. Heinrich Gesellius war sein Lieblingslehrer und Pensionsvater; und der ehemalige Schüler erfüllte einen Akt der Pietät. Sonst ist über Gesellius nichts Neues zu erzählen*). Allgemeines Interesse dagegen beanspruchen die beiden anderen Gevatter: Friedrich Kohlrausch und Wilhelm Wachsmuth.

Der Erstgenannte, um das Schulwesen in Westfalen und Hannover hochverdient, hatte mit lebhaft gesteigerter Theilnahme die Veröffentlichungen Reuters gelesen, in welchem er nicht nur einen begnadeten Volksschriftsteller erkannte, sondern auch einen echten Patrioten schätzen und bewundern lernte. Besonders fesselte und ergriff ihn die „Festungstid". Kohlrausch konnte die Gefühle des Burschenschafters recht mit= und nachempfinden; war er doch selbst als Demagoge verdächtigt worden wegen einiger das auf der Wartburg 1818 abgehaltene Burschenfest charakterisirender Zeilen, welche die Inquisitoren des Geheimraths von Kamptz in dem Buche „Deutsche Geschichte" als staatsgefährlich erklären zu müssen glaubten. Endlich, 1862, nach der ihn auf das höchste entzückenden Lektüre des ersten Bandes „Ut mine Stromtid" trieb es den Scholarchen, brieflich sein Wohlgefallen auszudrücken, sowie die Hoffnung daran

---

*) Vergl. Latendorf, Karl Horn und Heinrich Gesellius. Pößneck 1881.

zu knüpfen, es möchte ihm noch vergönnt sein, die Fortsetzung und den Schluß zu genießen.

Keine der vielen Zuschriften, welche Reuter aus nah und fern empfing, erfreute ihn in höherem Maße als gerade diese; denn schon auf der Schule hatte er den Namen Kohlrausch voller Verehrung nennen hören und dessen Lehrbücher studirt, mit Begeisterung zumal die Darstellung der zur Abschüttelung vom Fremdenjoche so glorreich geführten Freiheitskriege, jener schweren und hehren Epoche der Erhebung unseres deutschen Vaterlandes, die auch er später in „Ut de Franzosentid" schilderte.

Der Dichter zögerte mit der Antwort, nur, um dem Greise eine Ueberraschung zu bereiten. Daß jedoch bei Ueberraschungen in der Regel nichts Ordentliches herauskommt, hatte er selbst öfter unangenehm gespürt und in einer heiteren Historiette seines „Schurr-Murr" behandelt; er entschloß sich daher am 7. Juli 1863 zuvor seine Absicht also kund zu thun:

„Mein hochverehrter Herr,

Ich nahm mir bei dem Empfang Ihres theuren Schreibens sogleich vor, Ihnen meinen Dank auf die ausdrücklichste Weise, die einem Schriftsteller gestattet ist, zu erweisen: durch die Dedikation des von Ihnen erwarteten zweiten Theils „Ut mine Stromtid"; ich wollte Sie damit überraschen. Nun habe ich Unglücksvogel aber schon früher eine kleine Geschichte erzählt, „wat bi 'ne Aewerraschung 'rute kamen kann"*) und habe darin nachgewiesen, daß alle Ueberraschungen eine gewisse Enttäuschung als Bodensatz mit sich führen, und je näher ich meinem dreisten Vorhaben kam, desto schwankender wurde mein Entschluß, desto mehr fühlte ich den Abstand, der zwischen einem fröhlichen Schriftsteller und einem langjährigen, würdevollen Lehrer ernster Geschichte liegt; ich verzagte daran, mich auf einen so vertraulichen Fuß mit dem geliebten Lehrer meiner

---

*) Ein Jahr später schrieb Reuter an die Schwiegertochter des Amtshauptmanns Weber: „Ich habe einmal eine kleine Geschichte geschrieben „Wat bi 'ne Aewerraschung 'rute kamen kann"; ich habe mich darin ernstlich gegen jede Ueberraschung ausgesprochen. Heute nehme ich mein Wort zurück, wenigstens muß ich eingestehn, daß es in dieser Welt Ueberraschungen giebt, die das Herz freudvoll bewegen, und die man nicht entbehren könnte, ohne ein gut Theil seiner Liebe zu vernichten, die, in der Erinnerung wurzelnd, plötzlich wie der Baum Mahomeds in einer Nacht aufschießt und in demselben Augenblicke schon den Wanderer mit reifen Früchten erquickt."

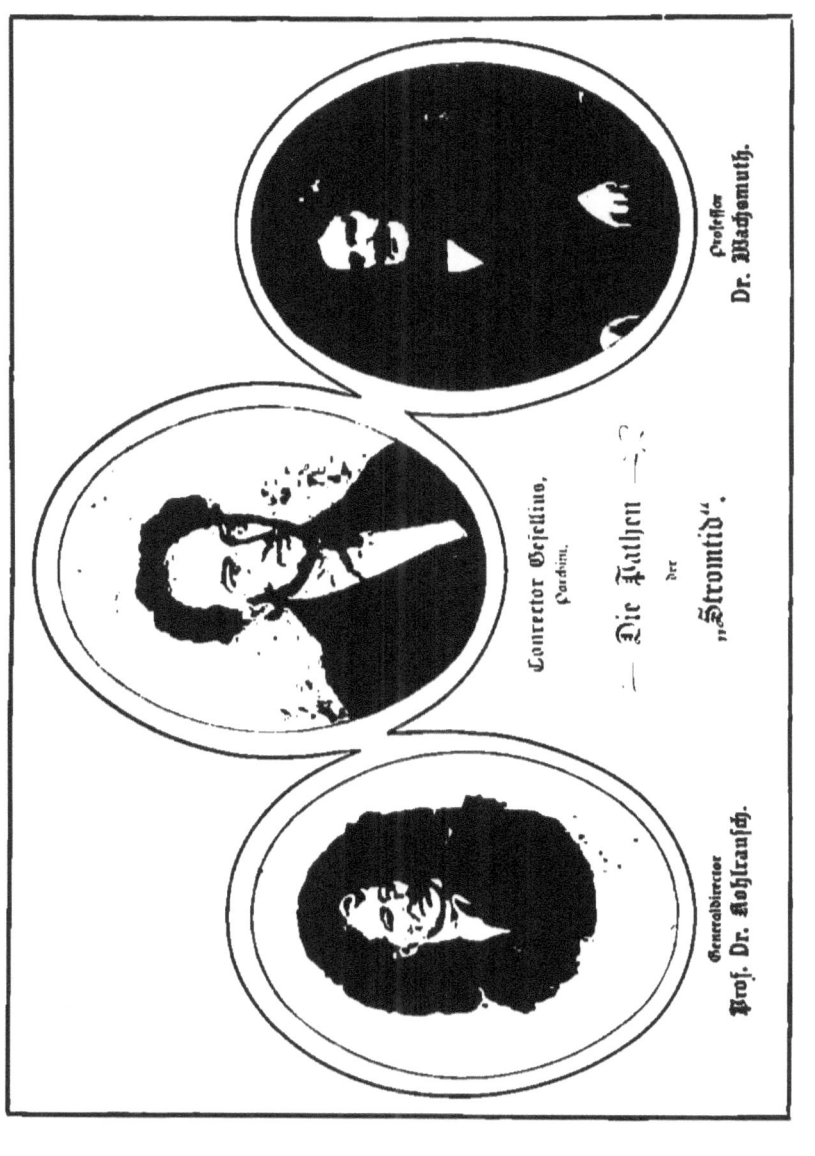

Generaldirector
Prof. Dr. Rohkrauſch.

Conrector Geſellius,
Parchim.

— Die Vathen —
der
„Stromtid“.

Profeſſor
Dr. Wachsmuth.

Jugendjahre setzen zu dürfen, und wage jetzt die herzliche Bitte, mir zu erlauben, Ihnen dies mit aufrichtiger Liebe geschriebene Buch widmen zu dürfen. Aber zu Ende sind die „ollen Kamellen" damit nicht, und Sie müssen sich schon noch auf eine lange Reihe von Lebensjahren gefaßt machen, denn ich habe noch viele Kamellen am Wocken, die ich abspinnen muß."

Kohlrausch erwiderte, er sei gerührt durch die ihm zugedachte Ehre, ja stolz darauf; er fügte die damals eben publizirten, mit seinem Portrait geschmückten „Erinnerungen" hinzu mit der Bitte um Annahme dieses Denkmals seiner persönlichen Schicksale und amt= lichen Erfahrungen im Laufe eines Menschenalters und bemerkte, Reuter möge nur die Brautfahrt der Mutter und die Geschichten von Konrad Günther und von Laushäuschen lesen, da werde er sehen, daß der gestrenge Schulmonarch auch Spaß verstehe.

Als zur Herbstmesse der zweite Band „Stromtid" herauskam, ging das erste Exemplar an Kohlrausch mit Zeilen vom 13. November:

„Mein hochverehrter Herr,

Meinen herzlichsten Dank muß ich Ihnen für die Zusendung Ihrer Lebens= beschreibung aussprechen. Abgesehen davon, daß es fördernd und bildend ist, ein reifes Leben kennen zu lernen, hat es für mich speziell noch den hohen Werth, den Mann, den ich von Jugend auf so hoch achtete, im Bilde, in seinen Worten und in seinem Schaffen schauen zu können.

Nehmen Sie als schwache Entgegnung den jetzt endlich erschienenen Theil, der mit Ihrem gütigen Erlaubniß Ihren werthen Namen als Widmung trägt, mit Nachsicht auf und verzeihen Sie, daß ich ein kleines Versthen dieser Zu= eignung hinzugefügt habe."

Das Geschenk kam gerade zum 84. Geburtstage von Kohlrausch an. Um Mitternacht, nachdem die Gesellschaft vorüber, setzte sich der alte Herr noch in seiner Stube in die Sophaecke und las lange in dem Buche.

Welchen gewaltigen Eindruck es auf Kohlrausch machte, wissen die Leser meiner „Reuter=Reliquien", in welchen die von einem plattdeutschen Gedicht begleitete Adresse abgedruckt ist, die auf An= regung des Generalschuldirektors ein Kreis angesehener Hannoveraner und Hannoveranerinnen schickte.

Mit innigstem Antheil hatte Reuter den Heimgang des Greises

am 30. Januar 1867 durch dessen Tochter Minna Goldmann er=
fahren und derselben im März nachstehendes gemüthvolle Kondolenz=
schreiben gesandt:

„Hochverehrte Frau,

Ja wohl glaube ich Ihnen, daß Sie eine Lücke und eine Leere empfinden
bei dem Scheiden eines Vaters, der für Sie in Ihrem Leid ein stets wirksames
Trostmittel war, eines solchen Vaters, der nicht blos für seine nächsten An=
gehörigen, nein, für alle Welt eine Freude und ein Wohlgefallen war.

Ich habe nicht das Glück gehabt, den Verewigten von Angesicht zu An=
gesicht kennen zu lernen, aber sein Bild, vor Allem seine Lebensgeschichte, die ich
durch seine Güte empfing, verkörpern mir ihn als einen ganzen Mann, und
Ihre gütigen Mittheilungen über seine letzten Lebenstage zeigen, daß er, wenn
auch keinen willkommenen, doch einen vollkommenen Abschluß für sein reiches
Leben gefunden hat. — Wer hätte wohl nicht für ihn ein längeres Leben ge=
wünscht! aber einen schöneren Tod kann man ihm nicht wünschen. Von dem
Posten, auf den ihn Gott gestellt hat, der von ihm ein langes Leben durch mit
hingebendster Treue bewacht ist, ist er abberufen worden, als er, wie die Frucht
am Baum, herangereift war, eine Aussaat für die Ewigkeit.

Wenn ich Ihrem tiefen und gerechten Schmerze gegenüber von meinen
eigenen Empfindungen reden darf, so beklage ich in dem Laufe eines Jahres
in diesem Todesfall schon den zweiten eines gleichsam väterlichen Freundes: der
erste, welcher mir geschieden ist, war der Professor Wachsmuth in Leipzig, ein
Jugendfreund Ihres Vaters, wie ich aus seinem Munde erfahren habe; auch er
hat mir nahe gestanden und ist in voller geistiger Kraft dahingegangen. Wenn
ich nun so diese ältere Generation herrlicher Menschen von der Erde schwinden
sehe, so drängen sich beim herannahenden Alter auch mir ernste Gedanken auf,
und der Wunsch wird in mir lebendig, — wenn auch unverdient — ihr Loos,
im höheren Alter in ungeschwächter Geisteskraft einst zu scheiden, mit ihnen theilen
zu dürfen. Doch das steht in höherer Hand.*)

Gott möge Sie in Ihrem Leid trösten und Ihren Schmerz in jene sanften
Bahnen leiten, die schon von dieser Erde zur endlichen Wiedervereinigung dort
oben führen!" — — —

Der hier erwähnte Professor Wachsmuth ist derselbe, welchem
der dritte Band „Ut mine Stromtid" mit einer gereimten Ansprache
geweiht wurde.

---

*) Aehnlich die Betrachtung im Februar 1874: „Die alten Freunde werden
mir schon knapp. Fast alle Woche kommt mir jetzt so ein schwarzberänderter
Brief in die Hand und mahnt mich an meine eigene Abreise; — indessen, wie
Gott will!"

Wilhelm Wachsmuth, der Historiker, hatte ebenfalls zuerst an Reuter einen Brief gerichtet, worin er, der alle bedeutenden Erscheinungen der Literatur mit jugendlicher Empfänglichkeit begrüßte, seinen freudigen Dank aussprach. Sein Verkehr mit Julian Schmidt, der ja das große Verdienst hat, das deutsche Volk auf Reuters hohen Werth hingewiesen zu haben, mag darauf nicht ohne Einfluß gewesen sein. Der Beginn ihrer Verbindung fällt in den August 1861, als Reuter aus Neubrandenburg seinen Kritiker „Doktor Julian" in Leipzig besuchte und bei demselben den „alten Wachsmuth" persönlich kennen lernte. Letzterer stattete im Sommer 1863 dem nach Eisenach übergesiedelten Dichter eine Gegenvisite ab. Die von Luising geführte Fremdenliste meldet: „Professor Wachsmuth nebst zwei Nichten aus Leipzig, der alte prächtige Geschichtschreiber, dessen Bekanntschaft wir schon in Leipzig vor zwei Jahren gemacht."

Natürlich kam auch die Unterhaltung auf die mit Spannung erwartete Fortsetzung der „Stromtid". Der Autor plauderte von der geplanten Zueignung an Kohlrausch und bat im Voraus um die Zusage, den Schlußband seinem verehrten Gaste dediciren zu dürfen. Daran erinnerte er noch in den Geleitzeilen bei Uebermittelung des zweiten Theiles am 13. November 1863:

> „Mein theurer, würdiger Freund,
> Was lange währt, wird gut, mag ein schönes Sprichwort sein: ich kann mich aber einer inneren Furcht nicht erwehren, daß es nicht immer richtig sein mag. Wenn ich aber bedenke, daß ich das beifolgende Buch mit wirklicher Liebe geschrieben habe, und daß es in die treuen Hände eines so nachsichtigen Freundes kommen soll wie die Ihrigen, wächst mir das Vertrauen, und dies läßt mich hoffen, daß Sie die Erlaubniß, Ihnen den nächsten Theil widmen zu dürfen, nicht zurückziehen werden. Derselbe wird schneller folgen, ich bin fleißig dabei."

In der That ließ der Schluß des Romans nur ³/₄ Jahr auf sich warten. Das erste, für Wachsmuth bestimmte Exemplar traf schon Ende August 1864 mit dieser Zuschrift in Leipzig ein:

> „Mein hochverehrter, väterlicher Freund,
> Ihr freundliches Versprechen, eine Widmung des letzten Theils mit Nachsicht aufnehmen zu wollen, ist mir während des Schreibens stets vor Augen gewesen, und nun habe ich die innige Herzensfreude, Ihnen das Buch überreichen

zu können. Wenn's nur mit der Liebe gethan wäre, mit welcher ich an Sie dabei gedacht und mit welcher ich daran gearbeitet habe! Aber die Frucht stimmt oftmals schlecht zu der Blüthe, und der Erfolg hinkt kläglich hinter dem Wunsche her; darum lassen Sie Ihr freundliches Wohlwollen für mich walten, wenn Sie finden, daß der Schluß nicht das hält, was etwa der Anfang versprochen haben sollte. Es ist aber nun in dieser Weise fertig geworden, und ein alter plattdeutscher Spruch lautet: „Hundsvott giwt't beter, as hei kann"*), und der mag denn nun meine Entschuldigung übernehmen.

Uns geht es hier fortdauernd sehr wohl, und immer zweifelhafter wird es, daß wir jemals wieder nach dem Norden zurücksiedeln.

Für Sie wird es vielleicht von Interesse sein, zu erfahren, daß dieser Ihnen gewidmete Theil schon in einer 7700 Exemplare starken Auflage gedruckt worden ist, was zu unserem äußeren Glücke auch das Seinige beiträgt."

Nicht ohne Absicht beginnt und schließt die kurze poetische Widmung mit dem stereotypen Ausruf des Amtshauptmanns Weber: „Ne, wat denn?" Dieser Held in „Ut de Franzosentid" war nämlich Wachsmuths Lieblingsgestalt, und das besondere Gefallen, das er an dieser Prachtfigur fand, hatte er wiederholt ausgesprochen. Als einen Monat später der Professor zum Geheimrath ernannt wurde, fehlte der Dichter nicht unter den Gratulanten; doch erschien er nicht allein mit einer kleinen Epistel, ihr lag auch das Bildniß des Amtshauptmanns bei, ein Schattenriß, welchen er sich von der Schwiegertochter Frau Weber in Rostock verschafft hatte:

„Mein sehr liebenswürdiger und würdiger Freund,
Unseren herzlichsten Glückwunsch zu der Ihnen gewordenen Rangerhöhung; mögen Sie noch lange verdiente Ehren genießen!
Selbst der alte Amtshauptmann Weber redivivus kann es sich nicht versagen, Ihnen bei dieser Gelegenheit seine Aufwartung zu machen."

Auch Wachsmuth ruht längst unter der Erde. Noch giebt es Viele, denen seine und Kohlrauschs Geschichtsbücher Anregung und Belehrung bieten. Wenn aber im Laufe der Zeit das Wirken Beider mehr in den Hintergrund getreten sein wird, bleiben doch ihre Namen den unzähligen Lesern der schönsten Schöpfung unseres Dichters lieb und werth.

------

*) In der „Stromtid" (Theil 2, Kap. 14) heißt es: „Hundsvott giebt mehr, als er hat, säd Bräsig".

D. G. Hinstorff.

Um die Verbreitung nicht nur der „Stromtid", sondern sämmt=
licher Werke Reuters hat sich besonders verdient gemacht sein Ver=
leger, Kommerzienrath Detloff Carl Hinstorff (gestorben den
10. August 1882), Gründer und Inhaber der Hinstorff'schen Hof=
buchhandlung. Derselbe eröffnete in Parchim am 2. September
1831, also zur Zeit, als Fritz Reuter dort Primaner war, ein Ge=
schäft, Sortiment und Verlag. Anfangs hatte ihn der Magistrat
abschlägig beschieden; „wohl nicht weil ich zu dumm, sondern weil
ich zu jung bin", wie der erst Zwanzigjährige naiv und kühn seinem
Landesfürsten klagte. Großherzog Friedrich Franz I. sprach darauf
lächelnd das Machtwort: „Nun, mit der Dummheit hab' ich's, weiß
Gott, oft genug versucht, so will ich's denn einmal mit der Jugend
versuchen." Und es glückte. Schon vier Jahre später konnte Hin=
storff in Ludwigslust eine Zweigniederlassung, verbunden mit Druckerei,
aufthun, 1864 ebenfalls in Rostock. Das Hauptgeschäft war 1849
von Parchim nach Wismar verlegt, wo im Jahre 1867 eine dritte
Druckerei eröffnet wurde; es vergrößerte und entwickelte sich unter
der umsichtigen Leitung seines Chefs von Jahr zu Jahr und ist
jetzt die bedeutendste Mecklenburgische Verlagshandlung auf dem Ge=
biete der Jurisprudenz, Theologie und Pädagogik; an landwirth=
schaftlichen Schriften erschienen dort u. a. mehrere Bücher von
Fritz Peters, Reuters Freund, sowie die epochemachenden umfang=
reichen Werke über Obstverwerthung und Tropische Kulturen von
dem Deutsch=Amerikaner Heinr. Semler, der 1888 als Leiter der
Plantagenunternehmungen der Deutsch=Ostafrikanischen Gesellschaft
in Sansibar starb. Seit 1859 steht Hinstorffs Name und Firma auf
Reuters Werken, die der Dichter bekanntlich ursprünglich selbst verlegt
hatte, zwar nicht ohne Gewinn, aber unter vielen Mühen und Ver=
drießlichkeiten. Deshalb wandte er sich nach mehreren fehlgeschlagenen
Versuchen bei andern Verlegern an Hinstorff, mit dem er schon durch
die Satire „Ein gräflicher Geburtstag", anonym veröffentlicht im
„Mecklenburgischen Volksbuch" bezw. im Jahrbuch „Mecklenburg"
(1846 und 1847), in Verbindung getreten war. Dieser sagte sich: von
einem Buche, von dem der Autor im Selbstverlag drei Auflagen ab=
gesetzt hat („Läuschen un Rimels" I), kann ich als rühriger Verleger

noch mindestens zehn Auflagen verkaufen. Der Erfolg gab ihm Recht. Nur von der sogenannten Oktavausgabe dieses Bändchens sind schon 19 Auflagen gedruckt, durchschnittlich zu 3000 Exemplaren. Im Jahre 1858 schreibt Reuter noch per „Sie" an Hinstorff, als es sich darum handelte, daß Letzterer die „Langhänse" verlegen sollte, was jedoch erst viel später geschah. Zwei bis drei Jahre nachher korrespondiren sie unter dem freundschaftlichen „Du". Ihr persönliches Verhältniß blieb ungetrübt. Viele Anekdoten sind im Umlauf über ihren Verkehr mit einander; ich erinnere nur an die heitere Geschichte von Hinstorffs sauersüßem Gesicht bei Reuters wiederholter Aufforderung zu Gunsten eines Briefträgers: „Hinstörp, giw em noch 'n Dahler!" sowie an die hübsche Ausrede Reuters, der, in einer Kaltwasserkur von Hinstorff besucht, „für den Gast" eine Flasche Wein nach der andern auf sein Zimmer bestellte und dem einschreitenden Badearzt mit der unschuldigsten Miene von der Welt betheuerte: „Sei glöwen nich, Herr Doktor, wat so 'n Verleger supen kann!"

Reuters Treue zu seinem Verleger beweist der Umstand, daß, als u. a. Brockhaus und Keil in Leipzig ihm glänzende Offerten machten, er mit der humoristischen Entschuldigung auswich: „Esel und Esel stimmt am besten zusammen; ich will den alten Esel von Hinstorff nicht um kleiner Vortheile willen verlassen." In der That, rastloser hätte sich keiner um den Vertrieb bemühen können. Zahlen sprechen am deutlichsten. Bisher erschienen die fünfzehn Bände der Oktavausgabe insgesammt in 210 Auflagen (etwa 630,000 Bände), die Volksausgabe in neun Auflagen (833,000 Bände), die Separatausgaben einzelner Schriften in ca. 300,000 Exemplaren, mithin in runder Summe 1 Million und 770,000 Bände! Verfasser und Verleger haben dafür eine reiche goldene Ernte eingeheimst, worüber wir von dem Autor selbst interessante Belege erhalten.

Ja, ein glückliches Geschick hatte Beide zusammengeführt, der Eine ist durch den Anderen ein gemachter Mann geworden. Zum 50jährigen Geschäftsjubiläum Hinstorffs wurde ein Festtheater veranstaltet; mit Recht heißt es im Prolog:

Des Dichters Ruhm, er ist in allen Landen
Aus dieses Hauses Arbeit mit erstanden.
Wo man den Dichter schmückt mit Ruhmeskränzen,
Da wird auch seines Führers Name glänzen. —

Aber noch andere Faktoren haben mitgeholfen zu der all=
gemeinen, im deutschen Buchhandel beispiellosen Verbreitung von
Reuters Werken. Der innere Gehalt und Werth eines Buches be=
dingt an sich noch keinen Erfolg in Bezug auf den Absatz. Mit
„Ut mine Stromtid" erstanden die Reuter=Vorleser, unter ihnen in
vorderster Reihe der bereits genannte, unvergleichliche Karl Kraepelin,
welcher ungezählte Verehrer und — Käufer dem Dichter verschaffte.
Bald darauf wurde die „Stromtid" dramatisirt und wirkte auch von
der Bühne; ein Reuter=Darsteller nach dem anderen trat auf, unter
ihnen als der erste und von keinem übertroffen oder auch nur er=
reicht Theodor Schelper aus Greifswald (gest. den 11. Dezember
1884 in Stettin). Schon 1870 war sein Lob in Aller Munde, so
daß Karl Schultze, Direktor des nach ihm benannten Theaters in
Hamburg, sagte: „De richtige Entspekter Bräsig is Thedur Schelper,
den hahl ik mi!" Er reiste nach Berlin, wo Jener damals als
Onkel Bräsig Triumphe feierte, und engagirte ihn für diese Rolle.
Noch heute erzählt man sich in Hamburg davon.*)

Ja, Schelper war „bei nächst' dortau", unser Ideal von Bräsig
zu verkörpern. Er schuf eine Leistung, die, aus einem Guß, uns
mit einer Fülle schlicht realistischer Züge erfreute; nirgends blickte
bei ihm der Komödiant durch. Just so muß sich Reuter dies Ori=
ginal, das er nach sich selbst formte, gedacht haben, oder vielmehr
so muß es ausgeschaut haben, denn Bräsig ist kein Phantasiegebilde.
Wer Schelper gesehen, wird mir beistimmen; das war ganz der alte
„immeritirte Entspekter" Zug um Zug, Silbe um Silbe, echt und
unverfälscht in der Sprache, mit seinen frischen, schalkhaften Ein=

---

*) Vergl. mein Werk „Das niederdeutsche Schauspiel", welches ich in
Villa Reuter zu Eisenach vollenden durfte. Speziell der zweite Band „Die platt=
deutsche Komödie im 19. Jahrhundert" (2. Auflage, Hamburg 1894) enthält
Näheres über Fritz Reuter und die Bühne.

fällen, mit seinen kernigen oder naiven, sprichwörtlich gewordenen Redensarten, aber auch mit seinen ernsten, rührenden Momenten herzlichster Aufopferung, treuester Gesinnung.

Doch wir sind der Zeit vorausgeeilt. Auf Erholungsreisen durch Mittel= und Süddeutschland im Sommer 1861 und 1862 hatte Fritz Reuter auch Leipzig berührt.

Zu spät hörte ein dort wohnender Mecklenburger, der Buch= händler Erhard Quandt, von seiner Anwesenheit und lud ihn zu dem im August 1863 in Leipzig stattfindenden Turnfest ein. Am 16. Februar hegte Reuter schon bestimmt die Absicht der Theilnahme; damals fragte er bei seinem Festungstib=Kapitän Justiz= rath Schultze an: „Wie kommen wir einmal zusammen? Was meinst Du zu dem Turnerfest in Leipzig? Dahin reise ich jedenfalls." Er war obendrein Leipzig durch seine Uebersiedelung nach Eisenach räumlich nahe gerückt. Hierher gehört folgendes Billet an Quandt: „Wenn kein Unglück geschieht, so werde ich das Vergnügen haben, Sie persönlich zu begrüßen. „Olle Kamellen" haben Sie nicht ganz richtig erklärt. Der Ausdruck bedeutet „alte Geschichten, die Einem nicht mehr schmecken wollen, weil ihnen das Aroma der Neuheit fehlt", etwa ebenso wie bei den Meidinger=Anekdoten, und der Witz des Ausdrucks liegt wohl darin, daß alte Kamillen auch keine Wir= kung mehr ausüben".

Leider sah sich Reuter durch Unwohlsein verhindert, der Feier beizuwohnen.

Einer ähnlichen Einladung aus Treptow konnte er deswegen ebenfalls nicht entsprechen. Dort war ein Männer=Turnverein ge= gründet worden, und die Damen wandten sich an Turn=Reuter mit der Bitte um ein Fahnenweihgedicht. Der Freiheits= und Vater= landsfreund sandte die folgenden schwungvollen Reime:

Manch heitres Wort flog hin und wieder,
Manch froher Scherz hat sich in uns geregt,
Doch auch vom ernsten Fühlen ward die Brust bewegt,
Und ernstes Sinnen sank auf uns hernieder,
Als dieses Zeichen nach des Weibes Art
In stiller Häuslichkeit für Euch gewoben ward.
Ein Zeichen ist's nur Eures Strebens,

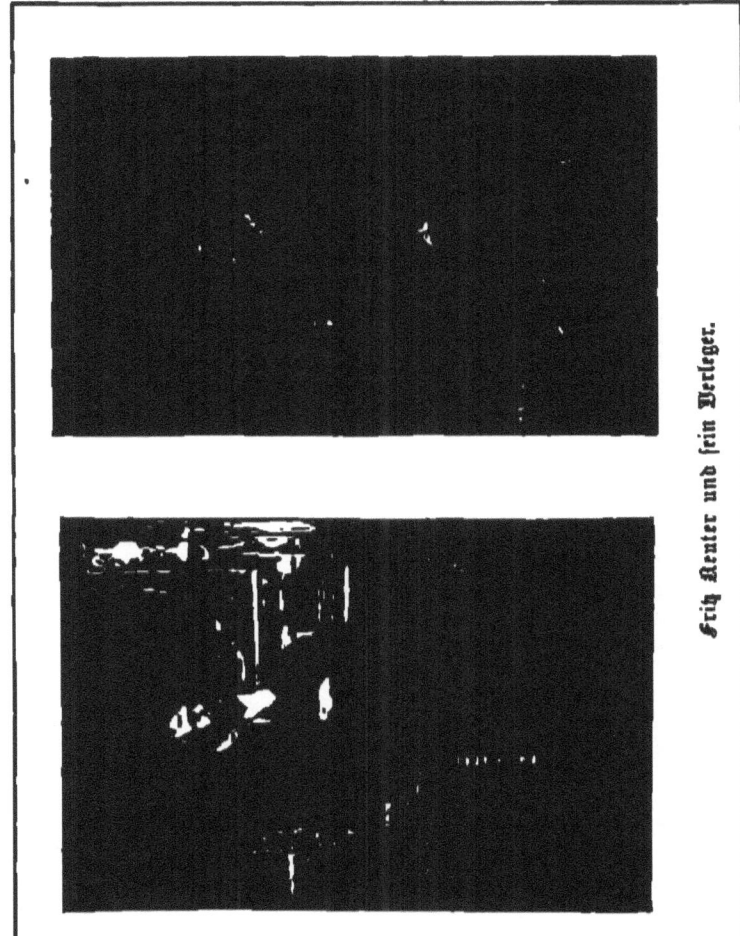

Frih Reuter und sein Verleger.

Ihr sollt es deuten durch die frische Kraft,
Die draußen für das Gute wirkt und schafft.
Wir stehen fern vom Markt des Lebens,
Wir freu'n uns nur der jungen, grünen Saat,
Der glüh'nde Wunsch für sie ist unsre kühnste That. —
So nehmt es hin, und laßt es in den Thalen
Und auf den Bergen in den freien Lüften,
In Frühlingsgrün und Blüthendüften
Erglänzen in den Sonnenstrahlen;
Den frohen Sinn soll es Euch hold erhöhen,
Drum laßt es frisch und fröhlich wehen!
Doch wenn Ihr glaubt, daß nur zur Lust
Die Fahne Euch von uns gespendet,
Dann irrt Ihr sehr; in unsrer Brust
Fing Scherz sie an, doch Ernst hat sie vollendet.
Ihr sollt sie tragen auch, wenn Stürme dräuen,
Wenn Wetterwolken auf zum Himmel ragen,
Das Beste sollt Ihr für sie wagen,
Und selbst den Tod sollt Ihr nicht scheuen.
Die Freiheit ist ein wundersames Bild:
Wer einst gekniet zu seinen Füßen,
Der trotzt den Schwertern und den Spießen.
Kehrt er als Sieger nicht, dann legt ihn auf den Schild. —
Und faßt darob Euch banges Grauen,
Dann gebt uns nur zurück das Zeichen,
Wir wollen's dann als alte Frauen
Dereinstens Euren Kindern reichen,
Sie machen dann, wie spät's auch sei,
Die deutschen Lande siegreich, einig, frei!

Dies sind die letzten Verse, welche unser auf der Höhe seines Ruhmes stehende Dichter in Neubrandenburg verfaßt hat. Nach 7¼ in ungetrübtem Glück und nie versiegter Schaffenskraft dort zugebrachten Jahren zog er Johannis 1863 in die Lutherstadt Eisenach.

Viel Liebes widerfuhr ihm noch in der letzten Zeit in Mecklenburg. Der Abschied war sehr feierlich. Am Abend vor der Abreise Fackelzug und Ständchen mit Ansprache und begeistertem Hoch; am letzten Morgen Ueberreichung eines Albums mit über hundert Photographien. Abends vor der Post hatten sich wohl an dreißig Herren eingefunden. Es brannten bengalische Flammen, und unter lauten Lebehochs

fuhren Fritz und Luise von dannen. An allen Straßenecken er=
schallten Lebewohls; am Thore streckten ihnen eine Menge Menschen
die Hände entgegen und reichten Blumenbouquets und Rosensträuße,
so daß der ganze Rücksitz bedeckt ward. Beide waren allein im
Wagen. Der Postillon blies laut und gefühlvoll: „Morgen muß
ich fort von hier und muß Abschied nehmen."

Daß man ihm so viel Liebe erzeigen würde, hatte der Aus=
wanderer nicht geahnt; es stimmte ihn so weich, daß er sagte: „Hätte
ich mir's recht überlegt, wäre ich doch nicht fortgegangen; aber nach
zwei Jahren kehre ich zurück und wieder nach Neubrandenburg."

Die Frau seines Freundes Siemerling aber dachte: „Was man
Schwarz auf Weiß besitzt, kann man getrost nach Hause tragen,"
und indem sie sich auf des Amthauptmanns Weber Wahlspruch:
„Wat schrewen is, is schrewen" berief, ließ sie sich folgende Be=
scheinigung ausstellen:

> „Ich Endesunterschriebener bezeuge hiermit feierlich, meinen Aufent=
> „halt im Auslande nicht über 2 Jahre auszudehnen, um dann meiner Frau
> „Kollegin, der Frau Doktorin Siemerling, wieder ergebenst meine Verehrung
> „zu Füßen zu legen.   Fritz Reuter."

Auch in Eisenach wohnte er zuerst zur Miethe in einem schmucken
Schweizerhäuschen am Predigerplatz, gegenüber dem alten Kirchhofe,
am Wege zur Wartburg. Der ganze große Fremdenzug mußte da
vorbei. Mancher gab seinen Zoll in Gestalt eines braven Mecklen=
burgers, Holsteiners oder Pommern an seiner Gartenpforte ab. Und
dann die Zahl der Verehrer, zumal weiblichen Geschlechtes! Sehr
erquickte ihn das Wiedersehen dreier Leidensgefährten, des Archi=
diakonus Müller aus Koburg, des Doktor Schlutter, Lehrer an der
Militairschule in Woolwich, und des „Kapitain" Schultze. Professor
Ullrich aus Hamburg überbrachte Grüße und Einladung von Friedrich
Rückert aus Neuseß, und der erste größere Ausflug, den Reuter
unternahm, war zu dem Altmeister der Lyrik. Einen offiziellen
Besuch machte der Oberbürgermeister Röse. In der Stadt selbst
mied unser Dichter von vornherein intimere Bekanntschaften, um sich
frei zu erhalten. Nur der Bankier Severus Ziegler, den er aus
Scherz Jocosus nannte, die „Raths"familien Agricola, Fischer und

Stier wurden gern gesehen; dann sein Studien= und Hausfreund
Professor Christian Friedrich Koch, der gelehrte deutsch=englische
Grammatiker, „min leiw Köching", wie er ihn liebkosend rief. Was
Reuter besonders freute, war die ihm von Anfang an und ohne
sein Zuthun dargebrachte Gunst des Großherzogs Karl Alexander.
Wie einst dessen Großvater Karl August mit Goethe verkehrte,
so bewahrheitete sich auch jetzt das Sängerwort: „Es soll der
König mit dem Dichter gehen, denn beide stehen auf der Gottheit
Höhen." Mit jedem Sommer, den der Fürst auf seinem nahen
Landsitze Wilhelmsthal verlebte, mit jedem Frühling und Herbst,
wenn er auf der Wartburg residirte, wurde Reuter zur Tafel und
Galacour hinzugezogen, und ebenso häufig durfte er den erlauchten
Herrn, welcher ihm mehr als Gönner, der ihm bald ein Freund
geworden, bei sich empfangen. Reuters reine Seele erlabte sich an
dem wahrhaft vornehmen Charakter Karl Alexanders, und dieser
wiederum suchte, wie er selbst bekennt, gern einen Geist und ein
Herz auf, die er beide zu verehren lernte. Solchen vertrauten Um=
gang kittete ein vollständiger Mangel an Eigensucht, der Reuter aus=
zeichnete, womöglich noch fester.

Indessen galt es vor der Hand, sich's im neuen Nest behaglich
zu machen. Der erste Brief an Siemerling vom 29. Juni enthält
eine frohgemuthe Schilderung der Ankunft, Einrichtung und Lebens=
weise:

„Mein lieber, prächtiger Viktor,

Angekommen in des Friedhofs stillen Räumen, oder besser: angekommen
in dem Hafen stiller Ruhe, setze ich mich hin, Deine freundliche Zuschrift zu be=
antworten, oder besser: ich ergreife die Feder u. s. w. — Wir haben viele Schererei
gehabt, und auf dem königlich Preußischen Zoll ist man vandalisch und hunnisch
mit meinem, wie Du weißt, kostbaren Mobiliar umgegangen; man hat allen
meinen Tischen und Schränken vor die Schienbeine geschlagen, so daß die ganze
Gesellschaft hier lahm und hinkend sogleich der Wundarzneikunde des Tischler=
meisters überliefert werden mußte. Oh, Schäne Rohmann, wie oft habe ich deiner
gedacht! Oh, Biernhard Keller, wie habe ich dich vermißt! Oh, Korl Rosenhagen,
wie habe ich nach dir geseufzt!*) Nun steht die Rasselbande neu vernagelt und

_____

*) Christian Rohmann und Bernhard Keller waren Chirurgen, Karl Rosen=
hagen war Barbier in Neubrandenburg; vergl. über sie meine „Reuter=Studien"

verleimt mit der kränklichen Miene von Rekonvalescenten um uns herum und sperrt die Schubladen wie ebenso viele Mäuler auf und ruft aus einem Munde: oh, warum habt ihr uns das gethan! — Aber rrr! ein andres Bild. Ich setze mich auf den Balkon meiner Wohnung; vor mir liegen schöne Gärten und die Stadt Eisenach in dem Thale, rechts Landhäuser, Gärten und Höhen, links ein wunderschöner Wald, der sich bis zur Wartburg hinaufzieht und mit zwanzig Schritten von uns zu erreichen ist. Ebenso weit ist es bis zu den Anfängen der Stadt; und das liegt Alles im köstlichsten Sonnenschein um uns her, und der liebe Gott schickt uns ab und an einen kleinen Regen, der es frisch erhält. In guter Büchsenschußweite sausen die Lokomotiven der Kasseler und Werrabahn an uns vorüber, und in Steinwurfsweite ist die Eselei, ein Institut für Esel und junge Damen, die die Wartburg bereiten wollen. Welche Poesie liegt darin, wenn man so ganz in der Nähe es mit ansehen kann, wie diese geduldigen Kreuzträger die jungen krinolinenbeschwingten Thüringerinnen auf sich nehmen und in sinnigen Eselsgedanken, gesenkten Ohrs, mit ihrer süßen Last auf die Berge trippeln! Und nun meine Wohnung! Was soll ich Dir davon sagen? Soll ich sagen, es ist ein kleiner Feenpalast? Dann könnte ich den Neid Deiner lieben Frau er- wecken, und das würde der schändlichste Undank sein gegen ein paar Freunde, wie Ihr Euch gegen uns gezeigt habt; ich sage daher blos, daß das Haus ganz neu ist und die Dekoration in einem Geschmacke, wie sich das von dem Besitzer, der die Restauration der Wartburg besorgt, erwarten läßt.

Mit sehr großer Freundlichkeit sind wir von Ziegler und dessen Bruder, dem Hofrath aus Dresden, aufgenommen worden; wir haben die ersten drei Tage bei ihnen gewohnt. Alte Universitätsfreunde habe ich hier getroffen; den einen, Archidiakonus Müller aus Koburg*), erkannte ich nach zweiunddreißig Jahren an

S. 140 und 144. Ein Böttchermeister Rohmann, der auch den Namen „Schöne" Rohmann führte, hat dort viel kurirt und gequacksalbert und dabei, besonders bei Brüchen und Verrenkungen, manches Unheil angerichtet.

*) Generalsuperintendent Dr. Müller in Koburg theilt mir u. a. mit: „Schriftliches besitze ich von Reuter keine Zeile; selbst das Blatt, das er mir für das Stammbuch schrieb und einen harmlosen Scherz enthielt, ist in jener ent- setzlichen Untersuchungszeit wohl als staatsgefährlicher Gegenstand zu den Kriminal- akten gewandert. In Jena waren wir Mitglieder der Germania, und ich ver- kehrte gern mit dem treuherzigen Genossen ohne alles Falsch, geschmückt mit reichen, geistigen Gaben und schönen Kenntnissen. Er war wohl bewandert in der Geschichte, las mit Vorliebe Sophokles, beschäftigte sich mit deutscher Literatur und verweilte am Zeichentisch. Bei den allgemeinen Kneipabenden schloß er sich gern an mich an und nannte mich auch wohl seinen Mentor. Keiner der Kommi- litonen hat geahnt, daß Reuter eine so ungewöhnliche Bedeutung erlangen und seinem Namen einen so schönen, weithin tönenden Klang verleihen werde. Er hat oft auf der Kneipe Anekdoten in plattdeutscher Mundart, ähnlich den späteren

Theodor Schelper als Bräsig.

der Stimme, und gestern Abend erkannte mich auf der „Phantasie" — denn wir haben hier außer unserer eigenen Phantasie noch eine besondere Bier=Phantasie mit Musik der Bürgermeister Gubitz aus Magdeburg nach meinem Bilde und führte mich seiner Frau zu, die früher an den Geschäftsführer von Müller & Weichsel, Ferdinand Kämpf, verheirathet war, welcher sich in Magdeburg so liebreich meiner angenommen hatte; wie ich es auch geschrieben.*) Du kannst Dir denken, wie glücklich ich war, meinen Dank bei der Frau abzustatten, da ich es bei dem Manne nicht mehr konnte.

Ja: Aschegraue, dunkelblaue — schön ist's doch! und wenn wir das Lied weiter singen: Aschegraue, dunkelblaue — Geld kost's doch! — Und darum bitte ich Dich, sende den 99er nur getrost ein, ich werde ihn hier brauchen können; Itom bitte ich Dich, mir ½ Kiste von dem ETabad von Meyen in Rostock oder Fino Old Mild von Justus einzusenden, denn das Zeug hier ist gar nicht zu rauchen." —

„Ich aber sage von unserer Wohnung, nachdem ich eben die Gardinen aufgehängt, daß das Paradies nicht im „großen Bäbelin"**) gewesen, sondern hier bei uns; denn ein lieblicheres Asyl giebt's auf Erden nicht, und wenn unsere liebsten und besten Freunde in der Nähe wären, würde es wohl zu schön hier. Mit herzlicher Zuneigung   Luise Reuter."

Das Geld — statt der scherzhaft erbetenen 99 Thaler die runde Summe von 100 — kam umgehend von dem Bankier Siemerling an; doch da dieser den Sommer über als Erb=, Lehns= und Gerichtsherr auf seinem hinterpommerschen Gute Aruhausen residirte, so glaubte Reuter ihm jetzt nicht mit Geschäften nahen zu dürfen und schob, froh ob des bequemen und plausiblen Vorwandes, die Empfangs=

„Läuschen", erzählt. Die Zeit der Demagogenhetze, gegen die sein Buch eine gerechte Verurtheilung bleiben wird, hat auch uns auseinander gebracht. — Im Jahre 1863 machte ich einen Ausflug nach Eisenach. Als ich aus dem Eisenbahnwagen laut den Namen eines Bekannten rief, der mich erwartete, schrie eine Stimme: „Das ist der Koburger Müller!" und „Du bist Fritz Reuter!" rief ich hocherfreut, und wir lagen in den Armen. Wir hatten uns 32 Jahre nicht gesehen. Wir verlebten einen schönen Abend und schieden in Hoffnung, uns bald in Koburg zu sehen. Nach einigen Monaten besuchte er mich . . ."

*) „Ut mine Festungstid", Kapitel 5.

**) Bekanntlich soll im gesegneten Obotritenlande das Paradies gelegen haben; doch ist man sich nicht einig, wo weiland der Paradiesgarten dort lag und ob die Erschaffung von Adam und Eva in Groß=Bäbelin, Serrahn oder Kratow stattfand.

beſtätigung hinaus, bis eine Anfrage ihn an ſeine Verſäumniß mahnte und er ſich am 22. September ſchalkhaft entſchuldigte:

„Ich muß eingeſtehen, daß ich in freundſchaftlicher wie auch in geſchäftlicher Beziehung ein höchſt nachläſſiger Patron geworden bin, ich habe Dir ja nicht einmal den richtigen Empfang der 99 Thaler mit vollen 100 Thalern beſcheinigt — was hiermit geſchieht —, aber wenn ich ſchreiben wollte, hieß es immer: ach, das hilft Dir nicht, Siemerlings ſind in ihrer Grafſchaft in Hinterpommern, und er — nämlich, was er ſelbſt iſt — hat ſich jeden Geſchäftsbrief verbeten, damit es vor ſeinen Standesgenoſſen, den andern hinterpommerſchen Grafen, ja nicht 'rauskommt, daß er noch nebenbei bürgerliche Nahrung betreibt. Ich bin ein zu guter Freund von Dir, als daß ich Dich in ſo ein Dilemma ver= ſetzt hätte.

Aber nun ſage mir bloß, was macht Ihr da in Bramborg for Geſchichten, macht 'ne Revolutſchon aus 'ner Separatſchon, reißt die Glockenſtränge 'runter, macht Euch die Geſichter ſchwarz und wollt meinem guten Stadtrichter zu Kleibe. Der gute Stadtrichter hat mich in Anbetracht ſeiner böſen Lage gewaltig ge= dauert, und ſein Unglück hat mich zu einem lyriſchen Exkurſus gerührt, welcher hier in gefühlvollen muſikaliſchen Kreiſen nach der Melodie „oh Dannebohm!" vielfach geſungen wird — ich ſetze das Lied hier her und bitte Dich, daſſelbe unſerem armen Freunde in ſeinen trüben Stunden mezza voce vorzuſingen:

> Oh, Roggenbohm! oh, Roggenbohm!
> Was ſoll denn das bedeuten?
> Oh, Roggenbohm! oh, Roggenbohm!
> Was ſoll das Sturmglockläuten?
> „Wir wollen ſepariren nicht
> Und Ordre auch pariren nicht!"
> Oh, Roggenbohm! oh, Roggenbohm!
> Laß die Huſaren reiten!

Ich hoffe, dies Lied wird ebenſowenig, wie die Huſaren ſeine kalmirende Wirkung verfehlen.*) — 's iſt doch ein verdammtes Land, dieſes Mecklenburg, immer Revolution! Seht doch Preußen an! Ein ordentlicher Preuße läßt nicht blos ſeinen Acker ſepariren, er läßt ſich ſogar von ſeiner Frau ſepariren; ja,

---

*) Im Jahre 1863 wurde die Neubrandenburger Feldmark ſeparirt: Stadt= richter Roggenbau war Vorſitzender der Kommiſſion. Die kleinen Ackerbürger waren gegen die Separation, zogen die Sturmglocke und marſchirten in großen Haufen vor das Haus des Stadtrichters, der unter ſie gegangen iſt und ſie zu be= ruhigen ſuchte. — Roggenbau hieß auch einer von Reuters Pathen: derſelbe war Pächter zu Scharpzow und figurirt unter dem Namen „Roggenbom" in „Ut de Franzoſentid".

er mußt nicht einmal, wenn man seine Gliedmaßen separiren und parzelliren will. — Ich verzweifle an der Ruhe in Mecklenburg, und das Einzige, was mir eine glückliche Zukunft für mein liebes Vaterland verspricht, ist die scharfsinnige Untersuchung und energische Beschlußfassung der letzten Pastoren-Synode über Zauberei und Teufelskunst und -List. So etwas erhebt den Menschen doch wieder und giebt ihm etwas Positives unter die Beine, daß er doch nicht völlig in der Luft steht und jedem Wind ein Spielball ist. — Siemerling, Du und ich sind jetzt beide Doktoren, es kann uns also Beiden nicht schwer werden, umzulernen und Theologie zu studiren; wollen Pastor werden! Es ist die einzige Möglich= keit, zu einem gesegneten Stück Brot zu kommen; Du als der älteste Doktor wirst Pastor A . . . . und ich werde Pastor M . . . . . ., Bollen behalten wir als Kollegen, des Teufels nehmen wir uns väterlich an, und der wird uns dann schon weiter führen. Ueberleg' Dir die Sache! Im Uebrigen erziehe Deine lieben Kinder nach den Grundsätzen der letzten Pastoren-Synode."*)

Abgesehen von Siemerling, floß ihm in Mecklenburg noch eine Geldquelle, Gastwirth Heinrich Hahn in Neubrandenburg, jetzt in Malchin, der eine Brauerei in der Treptower Straße neben der Post besaß. Dort verkehrten die Honoratioren. Hahn hatte für Reuter, der selten Bier trank, ein besonderes rothes Deckelglas ge= halten, in welchem Reuters Wein dem Bier gleichen sollte. Es war eine lustige Gesellschaft gewesen, viele Scherze und Witze waren gemacht worden, wozu Reuter nicht am wenigsten beigetragen. Einst brach er eine Debatte, die endlos zu werden drohte, glücklich und schnell mit dem Reimspruch ab:

Mein Hähning, mein Hähning, mein Hahn und mein Huhn,
Bei dieser Geschichte ist nichts nicht zu thun;
Drum Hähning, drum schraub' 'mal den Hahn in Dein Faß
Und schenk' mir 'mal Bier, bis zum Rand voll das Glas!

---

*) Näheres über diese Pastoren=Synode konnte ein Neubrandenburger Gelehrter in Mecklenburgischen Lokalblättern und auch sonst nicht ermitteln. Es ist ihm indeß nicht zweifelhaft, daß über Zauber u. s. w. damals wirklich in der Synode diskutirt wurde, und daß Präpositus Boll, dessen Beziehungen zu Reuter sich in meinen „Reuter=Studien" S. 117—188 geschildert finden, dem Dichter und anderen Freunden davon Mittheilungen gemacht hat. Zu welchem Resultat die Synode gelangte, dürfte ziemlich gleichgültig sein; Hauptsache bleibt, daß ein solches Thema besprochen werden konnte. Das forderte die Satire und den Spott unseres Humoristen heraus.

Dieses „Onkel" Hahn erinnerte er sich jetzt wieder, als er bemerkte, daß die neue Häuslichkeit und was drum und dran hing viel Geld kostete und mehr, als er gedacht und mitgebracht hatte. Da er im Augenblick nichts weiter flüssig machen konnte und ihm der schnöde Mammon „höllisch aus den Fingern ging", so wandte er sich mit folgender Epistel an sein „Hähning":

„Donnerwetter! Was kostet die erste Einrichtung an einem fremden Orte, wo man die Wege und Kanäle nicht kennt! Dies soll ein dicker Stoßseufzer sein! Oh, Hähning, geliebter Onkel, der Sie u. s. w., u. s. w., ich kehre einst zurück u. s. w., tiefgefühlter Dank u. s. w., erneute Freundschaft, Bündniß auf ewig u. s. w. Apropos, ich glaube, ich werde hier höllisch gesund, mir schmeckt hier Alles, selbst die Thüringischen Gerichte. Pastor Horn aus Wabresch ist der erste Mecklenburger, der mich hier besucht hat; außerdem haben mir fast alle hier studirenden Forstakademiker ihre Aufwartung gemacht, nachdem sie und die übrigen Norddeutschen mir vor einigen Abenden ein solennes Ständchen gebracht haben. So knüpfte ans freundliche Ende den freundlichen Anfang ich an. Wir wohnen ganz allerliebst, und bei uns sieht's behaglich und wohnlich aus, so daß die Lust zu neuer Arbeit bei mir aufs lebhafteste erwacht ist. — Hähning, nächstens schreibe ich mehr und Verständigeres, heute blos die Bitte um 100 bis 150 Thaler, die ich zu Michaelis zurückerstatte."

Im Vertrauen auf die Erfüllung seines Wunsches setzte er auf das zweite Blatt des Briefbogens ganz kaufmännisch quergeschrieben die Quittung:

Min Hähning, min Hähning! Min Hauhn un min Hahn!
Bel fixer, as ik dacht, is dat Geldutgewen bahn;
De Bübel is leddig, un blank de Schatull;
't gung gar tau vel fixer, as ik dacht un ik wull.
Drum schriew ik hüt queer, min Hähning, min Hahn,
Just as ik dat vördem all öfter bewo bahn,
Und bitte Dich höflichst um etliches Geld,
Die Summe, so wie sie meinem Hähning gefällt.
Michaelis, so hoff' ich, komm' ich endlich zu Schick,
Dann zahl' ich das Geld Dir mit Danke zurück.
Für heute nichts weiter, als gu'n Morrn, Onkel Hahn,
It möt glik mit Pastor Horn up de Wartburg 'rupgahn.

Umgehend kam der Geldbrief, und Reuter dankte innigst; er habe bei jedem ausgegebenen Thaler des gutherzigsten Menschen

Das „Schweizerhaus" in Eisenach.
(Reuters erste Wohnung.)

gedacht, der ihm so viele Herzlichkeit erzeigt. Die Rücksendung be=
gleitete er mit den humoristischen Versen:

Mein lieber Onkel!
So nimm denn, treuer Freund und freundlichster der Lumpen,
So nimm denn wieder Deine stolzen Pumpen,
So nimm denn wieder Deine 150 Thaler
Von mir als gutem Menschen, aber bösem Zahler.

Ueber stadtbekannte Neubrandenburger Personen korrespondirte
Fritz Reuter eifrig mit Heinrich Hahn. Lignau, der Verleger des
„Unterhaltungsblattes“, war nach Amerika flüchtig geworden; da
nun derjenige, der den Schaden hat, für den Spott nicht zu sorgen
braucht, so hatte der Redakteur Reuter darunter zu leiden. Der=
artige freiwillig=unfreiwillige Auswanderungen rissen aber ein in dem
sonst ruhigen Neubrandenburg. So verschwand der Lithograph Genz
von der Bildfläche, der wegen angefertigter falscher Fünfthalerscheine
in Untersuchung gekommen war; so Kaufmann Gelineck, ein eitler
Narr, nachdem er die halbe Stadt um beträchtliche Summen be=
trogen hatte. Auch Hahn verlor an ihm tüchtig, was er Reuter
meldete, der ihn nun wieder weidlich neckte.

Wie aber staunte unser Dichter, als er eines Tages Anfang
August ein ihm zugesandtes New=Yorker Blatt, das einen Artikel
über seine Schriften enthielt, in die Hand nahm und, um sein
Englisch ein bischen aufzufrischen, von Anfang bis zu Ende durch=
las: da fand er wohlbekannte Neubrandenburger Namen und
ganz absonderliche Neuigkeiten über diese wohlbekannten Namens=
träger! Das wird Onkel Hahn interessiren, wird der Augen und
Ohren aufsperren, will ihm doch ’ne kleine Notiz geben:

„Mein lieb Hähning,

Nun? — Noch nicht wieder da? — Ich meine, ob er noch nicht wieder da
ist. — Das heißt, mit dem „er“ meine ich nicht Louis Napoleon, sondern ihn,
nicht Louis le petit, sondern Lignau le petit. Vor ein paar Tagen las ich in
der „New=York=Tribune“, daß ein junger Deutscher mit Namen Gelineck am
Potomac drei feindliche Batterien eigenhändig gestürmt habe, und auf der andern
Seite der Zeitung stand, daß der Chef des Handlungshauses Gelineck & Ko. sich
mit einem Vermögen von 12 Millionen aus dem Geschäft zurückgezogen habe,
um dies Geld in seinem Vaterlande Mecklenburg zu verzehren. Welcher von

ben beiden soll nun wohl unser Gelineck sein? Ich hoffe der letztere, denn bar Geld lacht, und von dem Ruhm ist noch Keiner satt geworden. Uebrigens geht hier in zuverlässigen Kreisen die wohlbegründete Rede, daß unser Petit, als er ans Land gestiegen, wegen seiner Neubrandenburger Schützen-Uniform und weil großer Mangel an Oberoffizieren gewesen, sogleich zum Generalmajor und Kom=mandeur der Pensilvania=Schützen avancirt worden sei. Ganz soll Flügel=adjutanten=Dienste bei ihm versehen, und Lignau soll als Chef des Verpflegungs=amtes bei ihm fungiren; es soll dies das bestorganisirte Korps der ganzen Unions=Armee sein. Und das glaub' ich, denn warum nicht?

Ich habe Ihnen dies nur schreiben wollen, weil ich weiß, daß Sie ein leb=haftes Interesse an seinem Fortkommen nehmen, vielleicht auch an seinem Wieder=kommen. Doch was weiß ich!"

Hahn antwortete lachend, die Geschichte der drei braven Deser=teure sei doch eigentlich noch gar nichts dem gegenüber, was anjetzo in Neubrandenburg sich zutrage; es sei grade, als ob dort Alles außer Rand und Band. — Darauf, am 21. September, Reuter:

„Mein gut, lieb Hähning,

Ist das nicht eine wahre Schande, daß man mich in Neubrandenburg 7¼ Jahre lang auf das Schmählichste betrogen hat? 7¼ Jahre habe ich dort gewohnt, und was ist Welthistorisches in der ganzen Zeit dort passirt? — Baron Maltzahn hat den höheren Taubenverein begründet*), hat Prügel gekriegt, Lignau ist fortgelaufen, Kessow hat sich eine Apanage auf sein Haus gebaut, und Märker hat 'ne Farbe entdeckt, die's gar nicht giebt**) — das ist Alles! — Kaum habe ich aber meinem lieben Neubrandenburg den Rücken gewandt, so läuft mein theurer Nachbar Gelineck fort, und mein andrer lieber Nachbar Löhn wird ein=gesteckt, eine Revolution bricht aus, die Sturmglocken werden gezogen, und 7¼ Husaren reiten ins Stargarder Thor, und die Stadtrepräsentanten auf dem Thor schütteln darob ihre Köpfe so sehr, daß sie wieder 'mal dieselben verlieren und gewiß, wenn ich wiederkomme, kopflos dastehen. — Warum mir denn diese Freude nicht gönnen? Warum dies Alles hinter meinem Rücken anzetteln? Warum die Zeit so schlecht wählen? Denkt Euch blos, wenn Lotte Wilbrandt***) noch bei der Sturmglocke gewohnt hätte, wie hätte die die Sache der Revolution

---

*) Ik habb mi in Baron von Maltzahn sinen höhern Duben=Verein up=nehmen laten (Urgeschicht' von Mecklenborg. Werke V, S. 378).

**) Uhrmacher Märker ist von Reuter als „Zachäus" übernommen mit der Redensart: „Dat is eigentlich 'ne Färbe, die's gar nich giebt"; Kessows „Apanage" bringt Brüsig Hawermann gegenüber zur Anwendung: „In Deiner Stelle baute ich mir noch so 'ne Art Suteräng as Apanage oben auf das olle Wirthschaftshaus."

***) Lotte Wilbrandt war die Frau eines Tischlermeisters; da es ihr in Neubrandenburg zu eng wurde, ging sie nach Amerika.

— 99 —

auf den Strumpf bringen können! Was sagt der berühmte Zimmerling*) dazu? Gewiß spricht er, wie immer, aus meiner Seele: Schade, daß der Strang gerissen wäre! sie könnten es ja nun nicht zwingen, und gegen die vielen Husaren könnten sie ja auch nicht. Oh, Neubrandenburg, du hast mich schmählich betrogen, mit thränenfeuchtem Auge blicke ich auf diese ersten, in der Geburt erstickten Anfänge einer sozialen Revolution, aus welcher so Herrliches erblühen konnte, freilich nur unter dem Segen von Blut und Eisen! Aber sagt mir nur, warum habt Ihr mich nicht gerufen und die braven Schustergesellen, wir hätten die Sache in Schwung gebracht, und wenn wir gefallen wären in dem männererprobenden Streit, dann lägen schon jetzt von zarter Jungfrauenhand gewundene Kränze auf unsern stillen Gräbern, und der Wanderer stände davor und sagte: auch diese starben den schönen Tod für die Neubrandenburger Separation!"

In dieser heiteren Stimmung erhielt Reuter die unerwartete Nachricht von dem Ableben Jakob Grimms, zu dem er in freund=schaftlichen Beziehungen gestanden hatte, und war tief bewegt. Richard Schröder zeigte ihm im Namen der Grimm'schen Familie den Tod des berühmten Germanisten an. Gerade damals hatte der junge Gelehrte, jetzt als Professor und Geheimrath eine Zierde der Universität Heidelberg, den ersten Band seiner „Geschichte des che=lichen Güterrechts" dem verehrten Meister mit dessen Zustimmung gewidmet; als er das Dedikationsexemplar überbringen wollte, war Grimm wenige Stunden vorher einem Schlaganfall erlegen. Das Buch konnte ihm nur auf das Sterbebett gelegt werden. Auf diesen tragischen Vorfall bezieht sich, was Reuter über Schröders Erstlings=werk bemerkt:

„Lieber Richard! Die Nachricht von dem Tode Jakob Grimms, des treuen herrlichen alten Mannes, hat uns aufs heftigste erschüttert. Wer konnte ahnen, daß die Krankheit solchen Verlauf nehmen würde; wir glaubten ihn auf dem Wege zur Besserung! Wie müssen seine Angehörigen ihn betrauern, ihn, dessen Tod von ganz Deutschland betrauert wird! Zu Deinem Erstlingswerk gratulire ich von Herzen. Schade, daß der alte, nachsichtige, liebenswürdige Mann seine Freude nicht mehr daran gehabt hat! — Also gehst Du doch nach Bonn? und so bald schon? Nun, dann grüße Otto Jahn von mir, der Mann wird Dir sehr gefallen, und wenn ich Dir einen Rath geben soll, so schließe Dich an ihn

*) Mit dem „Zimmerling" ist Zimmermeister Schulz gemeint, aus „Ut mine Stromtid" bekannt, dessen besonders im Rahnstädter Reformverein zu Tage tretende Eloquenz in dem imperatorischen „rut! rut!" gipfelt.

7*

an: er hat nicht blos als Gelehrter einen vorzüglichen Ruf, sondern auch den selteneren, ein zuverläßiger Freund zu sein. Alle, die ihn früher gekannt haben, sind seines Lobes voll, so Julian Schmidt, Professor Wachsmuth, Wichmann, kurz die heterogensten Charaktere lieben ihn. Daß Deine drängende Zeit mich um Deinen Besuch hier in Eisenach bringt, ist für mich sehr verdrießlich; ich muß mich aber mit der Hoffnung trösten, daß später Dein Besuch desto länger ausfallen wird; aber um Eines bitte ich Dich, begehe nicht die Dummheit, in einem Gasthofe abzusteigen, sondern frage gleich auf dem Bahnhofe nach mir, mich kennt man hier schon als einen bunten Hund, und Platz habe ich genug, und eine schöne Aussicht sollst Du auch haben. — Der zweite Theil der „Strom= tid" läßt sich vielmal bei Dir bedanken, daß Du so freundlichen Antheil an ihm nimmst, aber er wäre erst halb gedruckt und könnte nicht früher kommen, im Manustript wäre er schon Johannis fertig gewesen.'"

Sehr freute es unseren Dichter, die persönliche Bekanntschaft von Erhard Quandt im November 1863 zu machen. Auf dessen Anmeldung schrieb er:

„Ihr Brief verspricht mir Ihren werthen Besuch, und da will ich Sie denn freundlichst gebeten haben, vom Bahnhofe direkt zu mir zu kommen und nicht Zwischenstation in einem Gasthause zu machen. Ich hoffe und harre von Tage zu Tage auf das Erscheinen des zweiten Bandes, Hinstorff hat die Sache . . . verzögert; ebenso geht es mit „De Reis' nah Belligen" und mit dem ersten Theil von „de Stromtid". Also kommen Sie bald!"

Wenige Tage darauf erschien eine Sendung Freiexemplare. Nun begann das Packen und Begleitschreiben für die Freunde in der Ferne. Als praktischer Mensch schlug Reuter mehrere Fliegen mit einer Klappe, indem er dem für Siemerling bestimmten Exemplar noch vier zur Weiterbeförderung beifügte mit diesen Zeilen vom 13. November:

„Du Faulpelz! Ich sollte gar nicht an Dich schreiben; aber wenn ich es recht bedenke, ist's ja mein Handwerk und nicht das Deine, Deins ist Geldein= nehmen, und darum also.

Ich schicke Dir hierbei ein Packet mit Büchern, in welchem Du eins für Dich finden wirst; die andern vertheilst Du wohl mit einem Laufzettel.

Uns geht es fortwährend gut; ich muß nur ganz glupschen viel arbeiten, was mir nach der Sommerbummelei schlecht schmecken will. Auch mit den Ein= nahmen geht es sehr, sehr gut. Zu Johannis 1864 wirst Du von Hinstorff 3000 Thaler für mich erhalten und für zwei neue Auflagen später noch 1200 Thaler, wenigstens 1000 Thaler, denn ich bin mit ihm noch nicht ganz einig,

Das Ehepaar Reuter in Eisenach.

da ich ihm den Brotkorb etwas höher gehängt habe. — Dies jedoch Alles entre nous. Bitte, sprechen Sie nicht darüber! —

Wenn mein Brief etwas kurz ausfällt, so mußt Du mich mit meiner horrenden Korrespondenz entschuldigen; ich muß gegen fünfzig Briefe schreiben und ebensoviel Packete packen. Du siehst, das Geschäft blüht. Wenn Du so freundlich sein willst und diesen Brief so pour l'aster la tante beantworten, so sende mir doch auch etlichen Tobak; die Varinas Melange hat mir sehr gut geschmeckt, sonst Fine Old Mild."

Jetzt kam postwendend Antwort. Siemerling war ein prompter Geschäftsmann, der mit der Ausführung eines Auftrages nie säumte. Dem gewünschten Rauchtaback legte seine Gattin als Gegengeschenk für das Buch eine Gans bei; um diese zu einer geräucherten „Spickgans" zu machen, spaßte die Geberin, solle Fritz sie mit dem Varinas tüchtig anrauchen. Schon am 26. desselben Monats wurde die Sendung also bestätigt:

„Mein lieber Viktor,

Im Auftrage meiner soll ich Deiner lieben Frau den freundlichsten Dank für die köstliche fette Ueberraschung sagen, und da ich selber mein reichlich Theil von der Gabe erhalten habe, will ich auch den bestgemeinten Dank mit vollen Händen spenden. Der Vogel ist halb von drei rüstigen Meckelnbürgern verzehrt.

Heute komme ich mit einem Anliegen andrer Art. Beiliegend erhältst Du einen von Hinstorff ausgestellten Wechsel auf 2955 Thaler lautend, der jedoch erst zu Johannis 1864 fällig ist; kannst Du mir auch denselben wohl bis zu jenem Termin 300 Thaler leihen? Die Zinsen kannst Du Dir dann zu den Dir noch gebührenden von früher, wie auch zu den gemachten Auslagen rechnen und dieselben nebst Kapital von dem obigen Gelde abziehen. — Ich habe von Hinstorff außerdem noch 400 Thaler zu Weihnachten und 400 Thaler zu Ostern zu fordern sowie dann noch im Laufe des Jahres einmal 1800 Thaler für neue Auflagen älterer Bücher und 1833⅓ Thaler für ein neues Buch). Du siehst, ich bin ein wohlhabender Mensch, und der Grund, weshalb ich in dieser Angelegenheit mich nicht an Hinstorff selbst wende, ist der, daß ich noch mit ihm in Unterhandlung wegen des Verkaufspreises stehe und dieserhalb nicht gern Verbindlichkeiten gegen ihn haben möchte ..."

Seltsamerweise schrieb der Herr Bankier nicht, noch schickte er trotz der großen, ihm in Aussicht gestellten Summen seinem Privatkunden, dem etwas ängstlich zu Muthe wurde. Er ließ daher am 10. Dezember eine gereimte Epistel vom Stapel:

„Lieber Viktor,

Was heißt mich das, mein Kind, mit Dir?
Du bist mich doch nich krank?
Du schickst mich nich, Du schreibst mich nich,
Ist das wohl Freundes-Dank?
Sollt' mein Kredit gesunken sein?
Du hast ja Wechsel da!
Die Freundschaft abgestunken sein,
Weil ich Dir nicht mehr nah?
Ich muß darob verwundert sein,
Daß noch das Geld nicht kam;
Schick' schleunigst die dreihundert ein!
Ich bin zum Tode lahm.
Oh, heil'ger Viktor, spute Dich,
Erhör' mein ängstlich Fleh'n!
Sonst Heiliger, vermuthe ich,
Ich muß zum Teufel geh'n.
Deines Beichtkindes in tausend Nöthen abgedrungenes Geschrei."

Diesem poetischen Stoßseufzer setzte Siemerling die nüchternste Prosa entgegen: In Geldsachen höre die Gemüthlichkeit auf, es bedürfe einer ordnungsmäßigen Quittung. Das sah der Dichter ein:

„Du hast recht, in Geldangelegenheiten bin ich herzlich dumm, namentlich, wenn's in meinen Kram paßt; dies ist aber dieses Mal nicht der Fall, und darum habe ich Deine freundschaftliche Belehrung so gut aufgenommen, daß ich mir Deine Formel für ein Indossement abgeschrieben habe, für nothwendige Fälle. Du erhältst den Wechsel in dieser verbesserten Form zurück, und ich denke, Du wirst dabei an Deinen gebesserten Freund denken.

Lieber Bruder, ich werde Dir noch oft mit Bitten um kleine und große Dienstleistungen kommen, sei darüber nicht ungehalten und denke, daß Du ein liebes und wesentliches Band für mich mit meinem lieben Vaterlande bildest; es soll Dir einmal in Ehrlichkeit und Freundschaft vergolten werden."

Nunmehr gelangte er unverzüglich in Besitz des Geldes.

Zum herannahenden Weihnachtsfeste hatte er sich Ludwig Reinhard und Walesrode, sowie Adolf Wilbrandt geladen. Als Quandt, der ihm ungemein sympathisch war, sich anmeldete, schrieb er:

„Sie sollen uns sehr willkommen sein. Aber bat dick Enn kümmt nah: da ich diese schon eingeladen habe, und ihre Zusage mir geworden ist, so bin ich „vermöge" meiner Häuslichkeit nur im Stande, Ihnen den Tag über mit Gast-

lichkeit unter die Augen zu gehen, die Nacht müssen Sie im „Rautenkranz" zubringen oder müssen den „halben Mond" über sich scheinen lassen. Sie werden
mir gewiß die Enge meines Lokals nicht zum Verbrechen gegen die Gastlichkeit
machen. Ich denke aber, die Gesellschaft solcher wackeren und sidelen Gesellen
soll Sie reichlich entschädigen."

In einer ungestörten Morgenstunde besprach Reuter mit Quandt
eine Angelegenheit, die ihm schon lange auf der Seele brannte.
„Rein Hüsung", bisher im Verlage von Kunike zu Greifswald,
wünschte er für Hinstorff frei zu bekommen. Quandt sagte gern seine
Vermittelung zu und konnte bereits im Januar günstigen Bescheid
schicken. Am 25. Januar 1864 dankte ihm der Dichter: „Sie haben
mir durch die endliche Erledigung einer widerwärtigen Sache eine
große Verpflichtung zur Dankbarkeit auferlegt. Ich werde umgehend ·
an Hinstorff schreiben und zweifle nicht, daß er fördersamst mit Ihnen
in Verbindung tritt. Ich arbeite sehr fleißig an dem letzten Theil
„Stromtid", der zu Ostern fertig sein muß."

Weihnachten hatte nämlich das Reuter'sche Ehepaar die Idee
gefaßt, zum Frühling eine neue Mode mitzumachen, eine Gesellschafts=
reise nach Konstantinopel. Da hieß es abermals tief in den Säckel
greifen.

„Was Siemerling jetzt wohl in seinen schönen Bart brummen
wird," lachte Reuter; „gab mir eben erst ein nettes Sümmchen und
soll schon wieder 'rausrücken, und gar mit doppeltem Betrage. Ja,
Viktor, dat's sehr ärgerlich, indessen doch, denn helpt dat nich. Will
'mal dem alten Burschen das plausibel machen!" Er setzte sich hin
und schrieb ebenso bündig und überzeugend, wie geheimnißvoll:

„Da ich nicht weiß, ob ich Dir schon die richtige Empfangnahme der von
Dir an mich abgesandten 300 Thaler gemeldet habe, so thue ich dies hiermit
noch einmal ausdrücklich. Im Uebrigen hat dieser Brief weiter keinen Zweck, als
mit einer impertinenten Anfrage aufzuwarten:

„Kannst und willst Du mir zu einem wohlthätigen Zweck in den letzten
Tagen des anstehenden März circa 600 Thaler übersenden?"

Dann beantworte diese Frage mit einem deutlichen „Ja"; d. h. da Du jetzt
in terminibus eingeklemmt ächzest, schreibe einfach einen Zettel: „ich will" oder
„ich will nicht."

Der Zweck ist ein edler, großartiger, Du erfährst ihn natürlich seiner Zeit,
denkst aber dabei, wenn's so beibleibt, dann frißt der Racker da in Eisenach mir

den ganzen Wechsel auf, bevor ich einen Groschen zu sehen kriege. Aber stopp! sage ich, für Nachschub ist gesorgt:

1. zu Ostern wird fertig „Ut mine Stromtid" 3. Theil . . . 1833⅓ Thlr.
2. neue Auflage von „Hanne Nüte," von „Läuschen" u. s. w. 1, und „Kein Hüsung" à 600 Thlr. . . . . 1600 „
3. schon angemeldete 3. Auflage von „Stromtid" I und 2. Auflage von „Stromtid" II . . . . 1200 „
4. Zinsen in Summa . . . . 261 „
5. der hoffentlich zum nächsten Weihnachten fertige 1. Theil der „Urgeschichte" . . . . 1833⅓ „

Summa 6927⅓ Thlr.

Un denn noch All dat Anner! — Herrje! wo geiht't Geschäft! — Aber so ist's, und wenn auch diese Summe mir nicht im Verlauf des Jahres ausgezahlt wird, so erhalte ich doch dieselbe im nächsten Jahre, und dann en bischen was Neues dazu."

Bedächtig schlug der Herr Bankier das Hauptbuch auf und verglich seines Kunden Soll und Haben. Ei, da stand noch ein sehr hübscher Posten, und was sollte nun Alles hinzukommen! Dagegen waren 600 Thaler eine Bagatelle, die konnten unbedenklich abgeschrieben und abgeschickt werden zu dem räthselhaften „wohlthätigen Zwecke". Worin derselbe bestand, erfuhr er bald und erkannte auch die Konstantinopolitanische Reise als wahre Wohlthat für den Frohsinn seines Freundes an. „Ich wull doch ok 'mal so giern en lütt Plesir hewwen," schrieb Letzterer an eine Tochter des Superintendenten Weizmann in Müncheberg, die bei ihm wegen des Schlußbandes der „Stromtid" sehnsüchtig angefragt hatte. Er könne jetzt keine Korrektur lesen, entschuldigte er sich, „indem dat mi de Grot=Soldan nah Kunstantinopel inventirt hett, wat ik den Mann doch nich afflagen kann; hei hett sik dor doch un einmal dorup inricht' mit Koffe un Gebäckels, en beten intaustippen."

Seinem Siemerling enthüllte er das Geheimniß ebenfalls mit vielem Humor:

„Du wirst eine ganz schändliche Meinung von mir erhalten, wenn Du erfährst, daß die edlen Zwecke, die ich mit den anberegten 600 Thalern verfolgen will, darauf hinauslaufen, einer freundlichen Einladung von Sultans in Konstantinopel Folge zu leisten. — Nun wirst Du mich vorläufig für verrückt halten, und doch bin ich nicht allein vernünftig, sondern auch fest entschlossen, nach

Luise Reuter.
(Eisenach 1864.)

Originalzeichnung von Ludw. Pietsch.

Konstantinopel, Athen, Korfu, Smyrna und Venedig zu reisen, gerade so wie Du früher einmal zum Bey von Algier gereist bist.*) — Ich habe schon die ersten Einzahlungsgelder nach Wien eingesandt, wo sich eine Gesellschaft von 100 bis 110 Personen bilden wird, die den 26. März d. J. von Triest abreisen und nach zwanzig Tagen in Venedig wieder eintreffen wird. Betrachte die Sache lang und betrachte sie breit, Du wirst Vieles daran zu tadeln finden; ich aber denke so: Fritz Reuter, Du leidest schon seit dreißig Jahren an versetzten Sehnsuchten nach den schönsten Theilen von Gottes schöner Welt, und wenn's drauf ankommt, schlägst Du am Ende die Kosten der Reise aus Konstantinopolitanischen Dudelsack= pfeifermacher=Gesellen=Witzen wieder heraus, indem daß Bräsig oder irgend ein andrer Strumpf Dir dabei hilft. Also brich nicht den Stab und den Kredit über mich! — Aber — aber — aber — seit der Zeit, daß ich bei Dir wegen der 600 Thaler gegen Ende März anfragte, habe ich erst das eigentliche Programm der Reise von Wien erhalten, und darin steht, daß die Anzahlung von 50 Gulden öst. W. pro Person bei der Anmeldung eingesandt werden müßte, dies habe ich mit 100 Gulden für mich und meine Frau besorgt; die andern 400 Gulden, die noch fehlen, müssen jedoch bis zum 15. März unweigerlich eingezahlt werden, es liegt also auf der Hand, daß ich das Geld bis höchstens zum 1. März haben muß, weil ich mir von hier aus Napoleond'ors beschaffen muß; hast Du deren so kannst Du mir dieselben senden. — Das ist die edle Handlung, die ich vor= habe: eigensüchtig, und vor Allem eigensüchtig bei der Lage unseres Vaterlandes. Doch davon still; ich ändere es doch nicht!

Muß aber schrecklich arbeiten; mein neues Buch ist jetzt zu ⅗ fertig, aber es greift schenßlich an: ich bin zu einem Schemen zusammengedorrt, und wenn Deine liebe Frau eine Lampe von rektificirtem Solaröl hinter mich stellt, kannst Du mit Deinem naturmenschlichen Mikroskop den Ernährungsprozeß in dem Leibe eines vernünftigen Menschen studiren. — Ich habe indessen unablässig an die weitere wissenschaftliche Ausbildung Deiner zehn unmündigen Kinder gedacht und deshalb an Loren geschrieben, der von hier als Direktor aller Schulen nach Gera berufen wurde und ein alter Universitätsfreund von mir ist. Willst Du aber mich selbst für diese pädagogische Aufgabe engagiren, so bin ich im Stande Sultans abzuschreiben.

Ich sollte eigentlich nicht so heiter an Dich schreiben, ich sollte die traurigen Nachrichten von unserm lieben Neubrandenburg in den Vordergrund stellen. — Es ist schlimm, daß der arme, alte, gute Adolph**) in die Grube gefahren ist, trotzdem daß er für die Schwesterkinder so treulich gesorgt hat; aber es ist gerade= zu schändlich, daß Robert Stürke, ein Mensch mit dreimal so vielen Gaben und Mitteln, seine Frau und seine eigenen Kinder auf immer unglücklich gemacht hat.

---

*) Dr. Siemerling hatte auf einer längeren Vergnügungsreise von Mar= seille aus sich nach Algier begeben, um Land und Leute kennen zu lernen.

**) Ratskellerwirth und Weinhändler Adolph Ahlers; vergl. S. 73.

Was macht der alte Fritz Hahn*) und seine Frau? Ich denke, auch Roggenbau und seine Frau müssen sehr unter dieser Schändlichkeit gelitten haben.

Wenn Du nun noch die herzlichsten Grüße von uns Beiden an Teine liebe Frau bestellen wolltest, Teinem Konrad, Volkmann und Komp.**) ab und an so einen kleinen Tenkzettel an uns verabreichen wolltest, die freundlichen Garten= damen grüßtest, die einliegenden Briefe bestelltest und vielleicht dann noch in Teinen Mußestunden einmal an mich schriebest und den Malabaren***) zu einem vernünftigen Nachbaren stempeltest, so könntest Du einmal — auch in Deinen Mußestunden — sub rosa das neugebaute Haus von dem pp. Farnow besehen und mir vorläufig schreiben, ob Bargum meint, daß es gut gebaut sei, ob es für mich paßt und wiefern, und was er schließlich dafür haben will.†) Neu= brandenburg ist ein schöner Ort, aber seit der Zeit, daß Gott selbst den Finger= zeig vor einigen Jahren dazu gegeben hat, als er die Mauer einfallen ließ, in seine Ringmauern zieh' ich nimmermehr hinein.††)

So, nun lebe wohl, bleib' mir freundlich gewogen und denke, daß Du einen wirklich guten Freund hier wohnen hast.

Eisenach, den 30. Januar 1864,
bei 15° Wärme — aber im Zimmer."

Die beiden folgenden Briefe beschäftigen sich vornehmlich mit Beschaffung und Empfangsbestätigung der zur Reise nach Konstanti= nopel nöthigen Münze:

---

*) Weiland Abvolat in Neubrandenburg. In seinem Hause herrschte eine rege Geselligkeit, da man dort Musik und schöne Künste liebte.

**) Volkmanns waren Neubrandenburger Kaufleute. Der Eine betrieb einen blühenden Tuchhandel, machte Konkurs und soll jetzt noch in Neuseeland leben. Der Andere hatte ein Cigarrengeschäft, ging auch zu Ende und ist vor einigen Jahren gestorben. Er ist „Fritzing Volkshagen" in „Schurr=Murr"; vergl. „Reuter=Studien", S. 155.

***) „Malabar" war der Bürger, Maler und Photograph Wilhelm Bahr. Er hat seinen Tod durch eine vorher verfaßte Ankündigung selbst angezeigt.

†) Der Zimmermeister Farnow erbaute vor dem neuen Thore ein Haus und hatte sich das Geld dazu von Siemerling geliehen. Als er bald, nachdem das Haus fertig war, an Schwindsucht starb, mußte Siemerling es übernehmen; das Haus und seine Lage gefiel Reuter so, daß er es gern kaufen wollte. Dies be= weist, wie ernstlich unser Dichter an die Rückkehr nach Neubrandenburg dachte; vergl. barüber „Reuter=Studien," Seite 138, 140—154.

††) Es war wirklich ein Theil der alten Ringmauer am neuen Thor ein= gestürzt, gerade da, wo Tilly bei der Belagerung der Stadt im Jahre 1631 mit seinen Kanonen eine Bresche geschossen hatte.

I.

„Es ist doch gut, wenn man so einen dreimal destillirten, contrefarirten Geldmenschen zum Freunde hat; man klopft bei ihm an, wie an den Glücksäckel Fortunatus, und siehe: Sesam thut sich auf! — nicht etwa mit Murren und Widerwillen, nein mit freundschaftlichem Gruße und herzlichen Wünschen sendet so ein Geldmensch einem armen Schlucker 500 Thaler zu den abenteuerlichsten Dingen. Es ist kaum zu verstehen, würde von der Nachwelt nie verstanden werden, wenn dieser sonderbare Geldmensch nicht zugleich ein — Apotheker wäre. Die Art ist zu allerlei Extravaganzen aufgelegt. Gott segne sie dafür, daß sie zuweilen in das graue, löschpapierene Buch des Lebens einen bunten Bilderbogen einschieben!

Lieber Bruder, ich danke Dir aufrichtig für die Geldsendung, und meine Frau thut dies nicht minder, denn wir Beide sitzen jetzt schon so ziemlich auf den Hechelzinnen der Ungeduld, denn heute über vier Wochen wird die Reise von hier abgehen müssen, wenn wir noch etwa zwei Tage in Wien verweilen wollen. Alles ist vorbereitet, und als Deine Geldsendung ankam, waren dreiviertel aller entgegenstehenden Schwierigkeiten besiegt.

Es ist gewiß nicht recht, daß ich so fröhlich an Dich schreibe, denn die Trauernachricht von des jungen Meyens Tode hat mich und meine Frau tief ergriffen, vorzüglich im Hinblick auf die Zukunft der Eltern, die mit dieser Hoffnung doch nun auch Alles verloren haben, was ihnen das Leben noch wirklich Werthvolles zu bieten hat. — Hänge Dein Zeug nicht all an einen Nagel, ist ein wahres Sprichwort; wenn der Mensch nichts weiter hat, als einen Nagel, und der reißt aus, dann ist Trostlosigkeit im Gefolge des Unglücks, und ich fürchte, die beiden Leute finden schwer in sich selbst den Trost, dessen sie bedürfen . . . .

Ihr Brambörger seid wahre Raben; seit ich von Euch fort bin, habe ich fast nur Trauriges, zum Theil sehr Trauriges erfahren, nur schauderhafte Dinge und Todesfälle, keine Hochzeiten, keine Verlobungen. Könnte nun ein so wohlwollender Mensch, wie Du bist, nicht zum allgemeinen Besten seine Tochter Gretchen mit irgend einem Roggenbohm oder kleinem Ahlers verloben? Das würde die Sache doch wieder ein bischen auffrischen. — Doch das hätte ich eigentlich an Deine liebe Gattin schreiben müssen, die ist denn doch in solchen Fällen die nächste dazu.“

II.

„Ganz in Eile. — Vergiß nicht, daß wir am 15. d. M. abreisen und sende das Geld ja zu dieser Zeit. Solltest Du nicht so viele Napoleons zusammengebracht haben, so macht das nichts aus, im Gegentheil, es wäre mir lieber, wenn für ca. 30 Thaler andres Gold dabei wäre. Wenn ich wiederkehre, werde ich mehr schreiben.

Sage dem Rath Roggenbau, von nun an würd's nicht mehr heißen: als ich noch in Silberberg, Graudenz, Magdeburg u. s. w. war, sondern: als ich noch in Konstantinopel, Smyrna, Athen u. s. w. war."

Nach Rückkehr von der Reise schrieb Reuter seinem Siemerling am 17. August:

„Schon zurück aus den karawanendurchzogenen Wüsteneien Hinterpommerns? Denn das habe ich bei Deinem Schweigen als gewiß vorausgesetzt, daß Du Dir, Deiner lieben Gattin und Deinem unmündigen Kindersegen die Arnhäuser Idylle gegönnt und in einer Rankingjacke in stiller Vaterfreude die ersten Wanderversuche des kleinen Peter bewacht hast. Arnhausen muß bei dem diesjährigen vielen Regen aussehen wie die Oase des Jupiter Ammon in der Lybischen Wüste; gratulire sehr dazu, zumal da es vielleicht nicht oft so vorkommt.

Diesen Brief erhältst Du durch Vollengüte; ich habe an die beiden Gebrüder geschrieben, und werden sie Dir auf anständige und freundliche Anfrage den Inhalt meines Briefes mittheilen, indem daß ich nicht gern dasselbe zweimal schreiben mag, auch keine Heimlichkeiten an sie geschrieben habe Merke bei diesem letzten Satz, daß die platidentsche Konstruktion noch nicht von mir vergessen ist!

Hinstorff war hier und hat mir gesagt, daß er die 2938 Thaler, worüber Du einen Wechsel von mir erhieltest, an Dich gezahlt hat. . . Gleich zu Anfang des neuen Jahres werden wieder Auflagen nöthig und zwar vorläufig ihrer sechs, jede zu 750 Thaler, macht 4500 Thaler, dazu ein neues Buch zu 1800 Thaler, also 6300 Thaler, und die zu den mir schon zustehenden Forderungen, würde für das nächste Jahr gegen 12000 Thaler machen. Näheres besprechen wir zu Neujahr, dann werde ich Euch mit meiner Frau besuchen. Diesen Sonntag wird uns die Freude, unsern alten guten Peters mit Familie bei uns zu sehen.

Für Dich persönlich: Mache Dich für dies Jahr auf eine recht artige Summe gefaßt, die Du in meinem Namen von Hinstorff einzukassiren hast. Ich habe riesiges (Fritz Voltmann!) Glück; es werden neu aufgelegt: Olle Kamellen I, II, III, IV und Kein Hüsung, also fünf neue Auflagen und zwar statt sonst zu 2000 Exemplaren jetzt zu 2500 Ex., welches für jede 750 Thaler abwirft, in Summa 3750 Thaler. Läuschen un Rimels I sind schon gedruckt, und habe ich darauf noch 400 Thaler zu fordern, ferner für den jetzt erscheinenden Band Stromtid 1800 Thaler und Zinsen in Summa 261 Thaler, also 6211 Thaler, eine schöne Summe für meine Schreiberei; aber es wird wahrscheinlich noch ein Tausend Thaler mehr, denn es werden außerdem illustrirte Auflagen erscheinen, und· der fünfte Theil von Olle Kamellen muß auch noch gedruckt werden.·

Zwei Tage darauf erfreute er „Onkel" Hahn mit einer Epistel:

„Mein gut Hähning.

Rein, das sollen Sie doch nicht sagen, daß Ihr alter Freund, Fritz Reuter,

Fritz Reuters Villa bei Eisenach.

stets nur an Sie schreibt, wenn er Ihre Güte mißbrauchen will; ich will doch auch 'mal ohne solche eigensüchtigen Wünsche mit Ihnen verkehren. Advokat Moll sagte mir, daß Sie Michaelis Ihren Gambrinusthron in Malchin aufrichten würden. Keiner kann Ihnen mehr Glück und Segen zu Ihrem Unternehmen wünschen als ich, den Sie so oft zum herzlichsten Danke verpflichtet haben. Diesen Winter, nach Neujahr, werde ich mich in Mecklenburg wieder sehen lassen, und wenn ich Sie nicht mehr in Neubrandenburg treffe, so werde ich Ihnen und Karl Krüger einen Wink geben, wann ich in Stavenhagen zu finden bin; die Eisenbahn wird Sie dann zu mir führen, oder, wenn's besser paßt, mich zu Ihnen.

Mir geht's sehr gut; ich erlebe Auflagen nach Auflagen, und wenn mein Verleger, der hier war, nur seine Zahlungstermine richtig einhält, so bin ich auch mit recht sehr schönen Geldmitteln hinreichend versehen. An Besuchen, auch von Mecklenburgern, fehlt's mir nicht, und da ich jetzt gar nichts thue, nur bummle, so ist mir das sehr angenehm. Moll hat mir viel von Neubrandenburg erzählt; aber — weiß der Teufel! — ich erfahre von dort meistens unangenehme Nachrichten, Nachrichten von untergegangenen Größen, wie nun wieder von Fritz Vollmanns[*] genialem Denunzianten=Treiben. Wenn man nun an diesen Burschen, an Stürke, Gelineck und J ... denkt, mit denen man doch früher verkehrt hat, so verdient doch nur der Letztere unser aufrichtiges Mitleid, denn man mag sagen, was man will, er war ein gescheuter Mensch und ein ehrenwerther Charakter. Schade um den Mann! und schade, daß ich ihn mit der obigen Sorte in einem Athem habe nennen müssen!

Nun noch einige Gratulationen! Schondorf[**]) gratuliren Sie zu seinen schönen Aussichten auf die Güstrower Stelle und zu seinen andern schönen Aus= sichten; Wilhelm Hahn[***]) zu den gepflückten Rosen und den geflickten Hosen; Holländer zu seinem Vatersegen, denn wenn ihm seine liebe Frau auch augen= blicklich nichts derartiges geschenkt hätte, so weiß ich doch, daß er über kurz oder lang selbst Siemerling darin den Rang ablaufen werde; und zuletzt gratuliren Sie Kallies zum Podogra, sagen Sie ihm, aller Anfang ist schwer, er würde es aber schon mit der Zeit gewohnt werden. Nun leben Sie wohl, mein gut Hähning!"

---

[*] Unter dem Namen Fritzing Vollshagen, „ein echter Hawanna=Zigarren= Importhör in Bramborg", vom Inspektor Bräsig (Schurr=Murr) als Bürge vorgeschlagen.

[**] Ihm widerfuhr das gleiche Vertrauen seitens Bräsig, als Jöching Lehn= dorf, „ein richtiger Musik=Komposithör". Johannes Schondorf, gegenwärtig Or= ganist in Güstrow, hat verschiedene Lieder Reuters, u. a. aus Hanne Nüte, in Musik gesetzt.

[***] Kämmerer in Neubrandenburg, ein Freund, doch kein Verwandter des Adressaten.

In dieser Zeit hatte ihm Karl Büchner aus Gießen Vorschläge wegen Abfassung und Veröffentlichung eines Glossars zu seinen plattdeutschen Schriften unterbreitet, worauf Reuter sich am 14. August 1864 über die Schwierigkeiten also äußerte:

„Hinstorff ist gestern abgereist, und Beide sind wir mit Ihnen der Meinung, daß die Herausgabe eines Glossars nicht allein wünschenswerth, sondern vielleicht auch nothwendig sein dürfte. Aber wie soll das zweckmäßig eingerichtet werden? Hebel, Malß und Claus Groth haben eigentlich jeder nur ein Buch geschrieben, welches der Erklärung bedarf, und deshalb haben sie diesen Büchern zu Ende ein Glossar angehängt. Mit mir ist das anders: wenn ich in nächster Zeit „Kein Hüsung" in die Reihe meiner sämmtlichen Schriften einrangirt haben werde, so liegen schon eilf Bände vor, die alle der Erklärung bedürfen: und wollte ich nun jedem Worterklärungen beigeben, so wären endlose Wiederholungen nicht zu vermeiden, auch würden die Bücher dadurch unnöthiger Weise umfangreicher.

Wir sind also der Meinung, daß es zweckmäßig sein dürfte, für alle Bücher zusammen ein eigenes Glossar herauszugeben. Ob dies nun aber in der von Ihnen gewünschten witzigen Malß'schen Weise geschehen wird, ist mehr als zweifelhaft. Ich selbst nämlich kann mich der Arbeit nicht unterziehen, da ich augenblick keine Zeit dazu habe; mein Verleger wird also einen passenden Mann dazu suchen, dessen Arbeit ich jedoch revidiren und berichtigen werde. Es wird aber wohl nichts weiter daraus werden, als eine einfache Uebersetzung der schwieriger zu verstehenden Wörter, z. B. Frittbohrer — Handbohrer; Kraus — Krug; Swartsuer — ein Gericht, zu welchem das Blut der geschlachteten Thiere und einige abfällige Stücke Fleisch verwendet werden, und welches in Süddeutschland mit dem Namen „Klein" bezeichnet wird (Hasenklein, Gänseklein); olle Kamellen — alle Kamillen (alte, längst bekannte, halbvergessene Geschichten)..."*)

Im Reuter'schen Nachlaß hat sich ein wohl nach einer Vorlage des Dichters geschriebenes Glossar zu den „Läuschen un Rimels" vorgefunden. Frehses Wörterbuch erschien 1867 bei Hinstorff; es ist, wie später die Erläuterungen zur Volksausgabe, nach obigen Grundsätzen verfaßt.

Die in der Erzählung „De Meckelnbörgschen Montecchi un Capuletti" ergötzlich geschilderte Reise nach Konstantinopel hatte Reuters Sehnsucht nach der nordischen Heimat nur noch gesteigert. Neubrandenburg sah er im Januar 1865 wieder und konnte sich durch den Augenschein davon überzeugen, daß trotz alledem die Stadt

*) Aus der Handschriftenabtheilung der Königlichen Bibliothek zu Berlin.

noch auf dem alten Flecke stand und in ihren Mauern viele Menschen
beherbergte, die ihm in treuer Anhänglichkeit zugethan waren. Liebe
und Verehrung machten seinen Weg von einem Ort zum andern
zu einem Triumphzuge.

Bald darauf stellte sich bei dem Gefeierten das Bedürfniß nach
Ruhe, Schonung und Pflege ein. Kaltwasserkuranstalten hatten schon
oft eine heilsame Wirkung auf ihn geübt. So fuhr er nebst Gattin
Mitte Juni 1865 nach Bad Laubbach bei Koblenz. In diesem
irdischen Paradiese ging es ihm sehr wohl; er sah Stolzenfels,
Lahnstein, Ehrenbreitstein vor sich liegen und lustwandelte täglich
am Rheinstrom. Mit ihm theilten Holländer, Italiener, Schweden,
Amerikaner und Deutsche aller Art die Herrlichkeit. Unter den Letzteren befanden sich hervorragende Männer, die sich bald um ihn
schaarten, namentlich Friedrich Oetker aus Kassel, der Historiker und
kurhessische Abgeordnete, Rudolf Kögel, jetzt Oberhof- und Dom-
prediger und Generalsuperintendent a. D. in Berlin, Adolf Tellkampf, Professor und Schuldirektor in Hannover. Das Cotta'sche
„Morgenblatt für gebildete Leser" brachte am 24. September einen
anonymen (von Oetker herrührenden) Aufsatz „Aus Laubbach, Ende
August", für die Lebensgeschichte unseres Poeten nicht ohne Werth.
Das Interessanteste daraus möge hier stehen: „Von angesehenen
Deutschen ist besonders Fritz Reuter, der berühmte Verfasser von
„Olle Kamellen", zu nennen, der sein Eisenacher Schweizerhäuschen
für die Dauer des Sommers mit dem hiesigen vertauscht hat. Ein
eigenthümlicher Zufall war es, daß der ausgezeichnete Humorist hier
mit einem seiner Jugendleidensgefährten, Grashof, zusammentraf."
Nach einer Schilderung der Lebensweise der Badegäste und nach
einer Beschreibung der reizenden Spaziergänge, zumal in den von der
hochseligen Kaiserin-Königin Augusta angelegten, von Koblenz aus sich
erstreckenden Rheinanlagen, heißt es: „Zu einem besonderen Feste
giebt alljährlich der in die letzte Hälfte des August (27.) fallende
Geburtstag des Dr. Petri Veranlassung, bei dem zur Ehre des sorg-
samen „Genesherrn", wie ihn die Holländer nennen, aber auch ebenso
sehr zum eigenen Vergnügen alle Speise- und Trankvorschriften der
„Hausordnung" auf kurze Zeit außer Acht gesetzt werden. In glän-

zender Weise werden dann von den Badegästen die Gebäude mit
Fahnen verziert, die Säle mit Kränzen und Laubgewinden geschmückt,
die Anlagen erleuchtet, die Badewärter und Wärterinnen gastlich
bewirthet. Das heiterste Leben aber entwickelt sich beim Festmahl,
zu dem der Doktor und seine Familie geladen werden. Besonders
verherrlicht wurde das diesjährige „Doktorfest" durch einen liebenswürdigen humoristischen Trinkspruch Reuters, welcher den alten
Vater Rhein, müde des ewigen Wein- und Liebegedudels, sich erinnern läßt, daß er von Rechtswegen ein Wassergott ist; einen
Wassertempel will er sich erbaut und einen Hohenpriester darin be-
stellt haben: der Tempel ist Laubbach, der Hohepriester Dr. Petri."
Hiermit schließt der ganze Artikel. Den in launigen Knittelversen
verfaßten Trinkspruch enthalten meine „Reuter-Reliquien" (S. 180
folg.), den Wortlaut eines Transparentes sowie des Dichters Toast
auf seine Tischnachbarin meine „Reuter-Studien" (S. 29 folg.).

Bisher unbekannt ist das von Alt und Jung gesungene Weihelied:

Heil Dir, dem Keiner gleich,
Herrscher im Wasserreich,
 Heil Petri Dir!
Heute beim Becherklang
Preist unsers Herzens Dank
Dich mit dem Jubelklang:
 Heil Petri Dir!

Der Du die Sonne bist,
Die unsre Wonne ist,
 Scheine noch lang
Ueber das Laubbach-Thal,
Ueber uns allzumal,
Herrscher des Wasservolks:
 Heil Petri Dir!

Nicht Ho-mö-o-pathie,
Auch nicht Allopathie
 Kann hier gedeihn;
Nur die Hy-dro-pathie
Hat unsre Sympathie,
Einzig und sie allein,
 Heil Petri Dir!

Den Badewärtern, welche Blumen darbrachten, hatte Reuter
persönlich folgende Verse eingepaukt:

Die Gabe ist nur klein in unsern Händen,
Doch nimm den Dank, den wir Dir spenden,
Und sie wird größer sein.

Hofgartendirector Jühlke.

Doch wie wird erst Dein Herz sich freu'n,
Wenn wir versprechen, daß die Gäste,
Die heut versammelt sind beim Feste,
Wir waschen, douchen, reiben wollen,
Daß sie sich winden, krümmen sollen.
Nicht wahr? Dann freust Du Dich im Stillen,
Wenn wir so unsre Pflicht erfüllen.

Ein anderes hochdeutsches Gedicht ließ der Allbeliebte unter den Kurgästen cirkuliren, um dem damaligen Brunnenwärter am kalten Born, einem neunzigjährigen Invaliden, von ihm „Wassergeneral" genannt, der mit Napoleon nach Rußland gezogen, die Mittel zu verschaffen, seinen zerbrochenen Wassergläservorrath zu ersetzen. Durch Feuer ging leider das Manustript, welches den Humoristen als stets hülfsbereiten Menschen zeigt, verloren.

Damals besuchten ihn der Kabinetssekretär der Königin, Dr. Brandis, der spätere Kriegsminister General von Kameke und der Kommandant von Koblenz-Ehrenbreitstein, General von Hartmann. Mit großer Heiterkeit hielt er den ihn aus Bonn überraschenden Professoren Eduard Böcking, Karl Simrock und Privatdozent Richard Schröder die Visitenkarten hin.

„Früher," bemerkte er dabei, „mußte ich immer den Festungskommandanten meinen ersten Besuch machen, und jetzt kommen sie zu mir."

Auf Schröders Glückwunsch zum 7. November antwortete Reuter umgehend:

„Für Deinen herzlichen Geburtstagsbrief muß ich Dir doch wohl persönlich meinen Dank sagen; das wäre wohl nicht mehr als billig. Da ich es mir aber für einen unsühnbaren Frevel anrechnen würde, wenn ich daran Schuld wäre, daß denen Studiosis, die Deiner und Simrocks Weisheit Knie umsitzen, eine Stunde der Erquickung an den Brüsten der Wissenschaft geraubt würde, so habe ich zu dem Ausfluge nach Bonn den Sonntag gewählt.

Den Dank spare ich mir dort auch noch auf für die perßöhnliche Erscheinung meiner sichtbaren Gegenwärtigkeit, in welchen Hinsichten ich mich präter propter empfehle zum wohlgeneigten Apropoh als alten Freund und gehorsamsten Gönner.

Zacharias Bräsig,
immerirter Entspekter.

Reuters überaus heitere Stimmung in Laubbach war ganz natürlich. Eine ärztliche Autorität hatte ihn an Dr. Petri geschickt

mit dem Bemerken, der Kranke hätte ein unheilbares Magenleiden,
das den Tod in kurzer Frist zur Folge haben würde. Der Wasser=
doktor erkannte bald, daß der Professor sich geirrt, und theilte dies
dem Patienten mit, der sich unsäglich freute, von der Todesangst
befreit zu sein. So bildete sich rasch ein besonders vertrauliches
Verhältniß zwischen ihm und der Familie Petri. Der Doktor,
welcher außer Zeitungen und Fachliteratur nichts las, wurde durch
das Lachen und Weinen seiner Frau, die sich zuerst in Reuters
Schriften vertiefte, angeregt, gleichfalls die Bücher in die Hand zu
nehmen, und — ihm ging es ebenso. „De leiw Fru Dokting“
mußte täglich mehrmals am Schweizerhaus vorbei, wo Reuter vorn
eine Gartenstube bewohnte, deren Thür fast immer aufstand. Da
rief er ihr oft eine Neckerei zu oder ging ihr mit der langen Pfeife
entgegen und fragte, ob sie hören möchte, was er weiter an Dörch=
läuchting geschrieben, wohl wissend, wie sehr es sie interessirte. Ihr
Töchterchen, ein kleines, kluges, originelles Kind, nannte er immer
nur Puck; diesem seinem Liebling und Verzug schrieb er zur Erinne=
rung an den „großen Verehrer Fritz Reuter“ in das Album der
Mutter den niedlichen Vers:

> Du kleiner, wilder, dicker Puck,
> Nun werd recht artig und recht schmuck
> Und wachs recht in die Höhe!
> Und wenn Du schmuck geworden bist
> Und ich Dich dann 'mal wieder sehe —
> Ich meine so nach fünfzehn Jahren —,
> Daß Du mich dann recht zärtlich küß'st
> Ohn' widerstrebendes Gebahren!

Es gab Tage, da sprudelte sein Witz förmlich und sein Humor.
Er konnte gar zu herzlich lachen. Beim Mittagsessen saß er obenan
neben dem Anstaltsarzt; war nun die Gesellschaft wieder weg, so
skizzirte er einzelne Gäste, oft nur mit einem Wort, einer Eigen=
schaft, wunderbar zutreffend. Er selbst blieb ganz ernst und machte
das unschuldigste Gesicht dabei. Alles Unnatürliche, Gezierte, Ver=
schrobene war ihm verhaßt, ebenso Alles was nicht streng sittlich
war. Mit solchen Leuten verfuhr seine Satire unbarmherzig. In

Koblenz hatte er besonders viele Bewunderer; er wurde wahrhaft gefeiert. Ihm selbst widerstrebte dergleichen völlig, es war ihm lästig und unbehaglich. Es gehörte zum guten Ton, Reuter-Abende zu veranstalten und den Dichter zum Vorlesen zu veranlassen, bis Dr. Petri, auf Reuters eigenen Wunsch, es verbot, als für den Patienten schädlich. Nur einmal wurde eine Ausnahme gemacht, um nicht verschiedene Excellenzen aus Koblenz zu beleidigen; ein „Thee-Abend" sollte bei Petri sein. Die Doktorin suchte im Walde Maikräuter zur Bowle. Reuter schnüffelte sofort beim Eintreten den Duft, zeigte ein gar vergnügtes Gesicht und sagte in seiner gemüthlichen Art: „Ne wat denn, Fru Dokting, das ist doch kein frischer Maitrank?!" Als Frau Doktor Petri darauf erzählte, welche Mühe und Ausdauer es gekostet, wurde er ganz gerührt. Er las Läuschen und Rimels, die Hochzeit aus De Reis' nah Belligen, die Kindtaufe aus Hanne Nüte; die Instrumente und Vogelstimmen ahmte er vorzüglich nach. Der Gatte einer Dame durfte aus Gesundheitsrücksichten nicht dabei sein; in seiner Ungeduld kam er, sie abzuholen. Dr. Petri ging selbst hinaus und schickte ihn schlafen. Nach einiger Zeit ließ er sagen, seine Frau möchte kommen, er könne nicht Ruhe finden. Alle dachten, es wäre wohl zwölf, — aber, es war fast drei Uhr! So waren die Stunden dahingeflogen. Reuter behauptete er lese seine Sachen schlecht vor; die Anwesenden waren der entgegengesetzten Meinung.

Persönliche Erinnerungen aus Laubbach verdanke ich noch Fräulein Julie Tellkampf; ich wähle daraus die nachstehenden: Kögel saß neben meinem Vater an der Mittagstafel. „Dort am anderen Tische sitzt ein Freund von mir, Fritz Reuter. Wenn wir auch in religiöser Beziehung sehr verschiedener Meinung sind, wir verstehen uns doch recht gut. Darf ich Sie vielleicht mit einander bekannt machen?" Nach der Mahlzeit wurden mein Vater und ich durch Kögel Fritz Reuter vorgestellt, und von jetzt an waren wir Alle jeden Nachmittag zusammen. Reuter litt häufig am Hexenschuß; als ich ihm auf einem Spaziergange begegnete, versuchte er ganz komische Stellungen zu machen und fragte: „Was sagen Sie zu den Sprüngen dieses Elephanten?" Wir sprachen von „Olle Kamellen". Auf meine Erkun-

8*

bigungen, ob Infpektor Bräſig wirklich gelebt hätte, ſagte Reuter: „Nein, aber ich habe meine beiden beſten Freunde in ihm geſchildert. Sluſuhr und Pomuchelskopp indeß haben wirklich gelebt, und ich habe ſie ganz getreu beſchrieben, um ſie damit zu geißeln. Mit wahrem Vergnügen aber habe ich den alten Moſes genau abgezeichnet." Ein Obertribunalsrath aus Berlin beſuchte Laubbach. Dieſer ließ ſich umſtändlich die Feſtungszeit von Reuter erzählen und wurde ſo aufgeregt und empört über viele Einzelheiten, daß er einen ausführ= lichen Bericht ausarbeitete und zu den Akten legen ließ, damit eine ſo ſchmähliche Behandlung, wie Reuter und Genoſſen ſie erduldet, nie wieder vorkommen könnte. Morgens früh unmittelbar nach ſeinem eigenen Frühſtück trat Reuter ans offene Fenſter und rief und pfiff die Vögel herbei, um ſie zu füttern. Auf ſeine Stimme kamen ſie ſchaarenweis; lächelnd zeigte er mir „Lotting un Kriſchäning", ſeine Lieblinge. „Ich kann nicht arbeiten, ehe ich nicht die Vögel verſorgt habe," ſagte er. Gleich nachher ſetzte er ſich an ſeinen Schreibtiſch und beſchäftigte ſich von zehn bis ein Uhr mit „Dörchläuchting". Gern las er aus dem Manuſkript vor, das Kögel, Oetker und Tell= kampf ſehr kritiſirten. — — —

Seinem Siemerling ſchrieb er am 31. Auguſt:

„Du erhältſt dieſen Brief vom Rhein, wo die Stöcke voller jetzt ſchon reifer Trauben und den Winzern die Himmel voller Geigen hängen. Ich bin nämlich ſeit acht Wochen in der Laubbach und lebe hier wie die Lilie auf dem Felde, ich arbeite nicht und ſpinne nicht, und unſer himmliſcher Vater ernährt mich doch. Mir geht es hier ganz wunderſchön, und wenn ein häßlicher Rheumatismus mich nicht im Kreuze quälte und die Faulheit nicht entſchieden Oberhand nähme, ſo wüßte ich nicht, warum ich nicht ſpringen und tanzen ſollte, wie Dein Konrad und Lorenz, oder lachen, wie Dein Peter. — Wenn ich überall etwas thue, ſo ſchreibe ich an „Dörchläuchting" und denke natürlich dabei ſtündlich an Neu= brandenburg und an die luſtigen Nachkommen von Dörchläuchten und dem Konrektor Bodinus, wenn's auch nicht ihre natürliche, ſondern nur ihre lokale Nachkommenſchaft iſt.

Ich weiß jetzt gar nichts mehr von Euch, die Bollen ſchreiben auch nicht mehr, und paſſirt muß doch was Neues ſein, weshalb wäre ſonſt Brandenburg Neubrandenburg. Ich will daher einige Fragen ſtellen. Was machen Bolls, Hagemann, der Stadtrichter, der ganze Magiſtrat, die zweite Frau Bürgermeiſterin, die drei Volksmänner, Uhrmacher Märker? was machen aber vor Allen die Mit=

Reuters Villa in Eiſenach. (Arl

ritszimmer und Empfangssalon.)

glieder der Viktor Siemerling'schen Familie? (Bitte Deine Frau um Entschuldi=
gung, daß ich ihren Namen mit einigen der vorstehenden Personen in Berührung
gebracht.) — Also schreibe einmal, und damit Du eine geschäftliche Veranlassung
dazu hast, will ich sie Dir bieten.

Ich schrieb Dir vor einigen Monaten, daß ich behufs eines Hausbaues
gegen den Herbst hin Geld gebrauchen würde.*) Wenn nun auch der angegebene
Grund nicht mehr der richtige geblieben ist, da ich in diesem Jahre wegen meiner
Abwesenheit zu einer so himmelhohen Unternehmung nicht vorschreiten werde, so
gebrauche ich doch zu einer andern 2000 Thaler und frage bei Dir an, ob Du
mir dieselben im Laufe des Septembers etwa bis zum 15. auszahlen kannst,
jedenfalls aber vor dem 28. Solltest Du so freundlich sein wollen, so sende diese
2000 Thaler an Hermann Grashof in Lübeck."

Der Plan, in Neubrandenburg den Herd wieder aufzurichten,
war endgültig aufgegeben, statt dessen der Bau einer Villa im
Johannisthal vor dem Thore Eisenachs, unmittelbar am Fuße der
Wartburg, beschlossen, jedoch durch die Kur am Rhein und durch die
drohenden Kriegswolken einstweilen noch aufgeschoben.

Hinstorff mahnte wegen Ablieferung, damit das neue Werk
noch auf den Weihnachtsmarkt käme, und steckte sich deshalb auch
hinter Quandt, dem Reuter Ende Oktober 1865 aus der Laubbach
erwiderte:

„Es ist gar zu wohlthuend, auf Menschen zu stoßen, die ohne Rücksicht auf
ihre eigene Ruhe und Bequemlichkeit genug Zeit und Herzensgüte finden, die
Angelegenheiten Anderer in jeglicher Weise zu fördern. Sie gehören zu dieser
Art von Leuten; und wenn in dem von Ihrem Briefe angedeuteten Falle die
Mühe auch dieses Mal vergeblich ist, so sind Sie gewiß nicht daran Schuld.
Hinstorff hat den Teufel gesehen mit seinem Drängen. Was beschwert er Sie
noch mit allerlei Quängeleien, deren Nutzlosigkeit er ja doch schon längst durch
mein Schreiben erfahren hat?! Es ist mir unmöglich, bis zu dem vorgeschlagenen
Termin fertig zu werden, ich kann die Bogenzahl gar nicht berechnen und darf
diesmal unter keinen Umständen mein Manuskript vor seiner vollständigen Voll=
endung in den Druck geben. Die Fäden der Erzählung kreuzen sich zum Schlusse
so sehr, daß mir leicht was Menschliches passiren könnte, d. h. ich könnte etwas
Wesentliches vergessen."

Inzwischen hatte die junge Leipziger Verlagsbuchhandlung von
Quandt und Händel ihr Erstlingswerk in die Welt gesetzt: „Das

---

*) Ein solcher Brief ist nicht vorhanden; vielleicht irrt sich Reuter hier und
hat die Sache bei seinem Besuch in Neubrandenburg mündlich besprochen.

Wesen der Wärme von Paul Reis". Für die Zusendung eines Exemplars bedankte sich Reuter am 10. November 1865:

„Das mir als Erstgeburt Ihres Verlags zugesandte Buch habe ich mit dem höchsten Interesse wahrhaft verschlungen; ich kann nur den Wunsch aussprechen, daß Sie Beide stets so gute Griffe aus dem großen Herzentopf der Literatur thun mögen. Hinstorff hat mir ein umfangreiches plattdeutsches Glossarium, von seinem Schwiegersohn verfaßt, zur Durchsicht und Verbesserung zugesandt; ich habe jetzt keine Zeit dazu und habe es noch nicht angerührt; auch aus dem Grunde, weil ich vorher von Ihnen zu erfahren wünschte, wie es mit Ihrer dahin einschlagenden Intention steht.*) Wir haben uns entschlossen, noch bis Weihnachten in der Laubbach zu bleiben, dann wollen wir einen Abstecher zu Peters nach Siebenbollentin machen, dort bis Ende Januar bleiben und noch circa vier oder sechs Wochen auf hier zurückkehren, dann nach Eisenach. Ich bin außerordentlich wohl, kann Bäume ausreißen und will das Eisen schmieden, so lang' es noch warm ist. Dörchläuchting wird wohl so gegen Weihnachten oder bald nachher fertig werden; ich will das Ding nicht übereilen, es ist schon ein heiklicher Stoff, und diesmal fürchte ich mehr als je den scharfen Zahn der Rezensenten. Was der 2c. Glagau über mich zusammen geschrieben, weiß ich noch nicht, werde es aber wahrscheinlich heute Abend erfahren, da ich mir das Ding aus Köln verschrieben habe.**) Ich bin nach Ihren Andeutungen verdrießlich darüber; äwer wat sall Einer dorbi dauhn? Der erste Band der illustrirten Stromtid ist in meinen Händen, sehr gut ausgefallen!"***)

Nach einer winterlichen Reise durch Vorpommern und beide Mecklenburg besuchte das Reuter'sche Ehepaar nochmals Laubbach, von wo aus der Dichter seinem „lieben Quandting" den Empfang besorgter Bücher am 1. März 1866 bestätigte:

„Was denken Sie, alter Freund, von mir, daß ich ein so saumseliger Schuldner geworden bin? Aber — gottlob! — ich habe eine große Menge von Entschuldigungen für meine Nachlässigkeit, obenan steht allerdings die natürliche Faulheit, die Alles auf die lange Bank schiebt. — Denken Sie sich, wir sind nach einer Abwesenheit von acht Wochen, die wir in Pommern, Mecklenburg und Berlin hinbrachten, wieder zur Laubbach zurückgekehrt, werden aber hier nur noch kurze Zeit verweilen und das Osterfest in Eisenach feiern, wo wir denn auch

---

*) Blieb unausgeführt.
**) Otto Glagau's von Unrichtigkeiten wimmelnde Schrift „Fritz Reuter und seine Dichtungen" war Ende Oktober 1865 erschienen.
***) Die Zeichnungen stammen von Professor Ludwig Pietsch; vergl. „Reuter-Reliquien" S. 79 u. b., „Reuter-Studien" S. 153.

hoffen können, Sie bei uns zu sehen. Nicht wahr, Sie kommen dann? Meine Frau grüßt allermeist, all wat sei kann. Ich auch!"

Ende April oder Anfang Mai 1866 war Reuter wieder in Thüringen. Der ärztlichen Vorschrift gemäß machte er weite Spazier=gänge über die Hügel und Höhen durch das im saftigen Grün prangende, waldumrauschte Thal; mit Lust schritt er dahin unter den Wipfeln der Eichen und Buchen, seine Brust dehnte sich, und er jubelte, wenn die Sonne durch das junge Laub lachte, wenn Vogel=gezwitscher klang durch die Stille des Forstes. Da dichtete er an einem schönen Maienmorgen das kleine Stimmungslied:

> Oh gräune Wald, oh Vagelsang!
> Un wier dat Hart ok noch so trurig,
> Fäuhlt't sik von alle Welt verlaten:
> Tin helle Klang, din frische Athen,
> De trösten, heilen, richten webber,
> Wat legg in Angst un Bangen nebber.

Ja, in Angst und Bangen lag nur zu bald das deutsche Volk: es entbrannte der Bruderkampf zwischen Preußen und Oesterreich. Thüringen, dem Kriegsschauplatz nahe, wurde von den durchmarschi=renden Truppen, sowie von den hülfsbedürftigen Kranken und Re=konvalescenten in Mitleidenschaft gezogen. Am 30. Juni schickte Reuter seinem Siemerling eine anschauliche Schilderung, die mit der Be=trachtung schließt:

"Danke Gott, daß Du weit vom Schuß bist; denn der Krieg ist wahrlich kein Spaß, und wenn mich die fortwährende Aufregung auch munter erhält, so habe ich doch Stunden, wo mich der Ernst der Zeiten sehr trübe stimmt."

In jenen Tagen bekam er die Aufforderung von Quandt, ge=meinsam mit ihm die Mecklenburgischen Landsleute öffentlich um Gaben zur Pflege der Verwundeten zu bitten. Gern war er zu thatkräftiger Theilnahme an dem Liebeswerk bereit.

Dem Professor Tellkampf in Hannover schrieb er u. a.:

"Wir haben hier in diesem Sommer sehr viel erlebt, denn, wie Sie wissen, entspann sich der Kampfplatz' (Falstaff!) in unserer unmittelbarsten Nähe. Denken Sie sich, Ihre lieben Landsleute wollten oder sollten uns in Brand schießen!

Wir mußten auf Befehl der Kreisdirektion Wasser auf die Böden schaffen; ein jämmerlich unverständig Geschrei von Plünderung ging durch die Straßen, und als ich von einem Gange durch die Stadt zurückkehrte, kam ich darüber zu, wie meine Wirthin meine Frau beschwor, unsere Schätze mit den ihrigen in dem Keller zu vergraben. ‚Was?‘ sagte ich. ‚Plündern? — Hören Sie, ich kenne da in Hannover einen alten, würdigen Herrn mit seiner Tochter Julie, solche Art Leute plündern nicht. Und damit Sie sehen, daß dies mein Ernst ist, hier!‘ Damit stak ich meinen Schlüssel in den Geldschrank, bat meine Frau, Wein herauf zu holen, und ich selbst ging in die Stadt und kaufte Brod und Fleisch, ‚denn die armen Kerle werden hungrig sein,‘ sagte ich. Den Tag darauf war die unselige Schlacht von Langensalza. Später habe ich mich zum Verpfleger der Verwundeten aufgeworfen; ich erließ einen Aufruf an meine Mecklenburger, die demselben reichliche Folge gaben, und da habe ich denn 9000 Thaler und eine Menge Viktualien und Utensilien zu vertheilen gehabt — Ihre Landsleute haben in Langensalza auch ihr Theil erhalten —, was mir denn viele Reisen, Lauferei und Schreiberei gemacht hat, bis ich endlich jetzt mit der Abrechnung fertig geworden bin und mir auch schon freundliche Entlassung zu Theil geworden ist.“

Im Herbst, als Friede und Ruhe innen und außen wieder eingezogen waren, konnte unser Dichter einem lange gehegten Lieblingswunsche näher treten, dem Hausbau.

Hatte er seine Mieths-Etage einen wahren Taubenschlag, Hôtel Reuter genannt, worin das Logirstübchen selten leer stand, so sollte es in seiner Villa erst recht nicht an Gästen mangeln.

Villa Reuter! Wer kennt sie nicht, der je den Schritt nach Thüringen gelenkt? Jeder Führer, der gedruckte wie der lebendige, jeder Kutscher, jeder Bürger Eisenachs zeigt sie dem Frembling, er mag darnach fragen oder nicht. Und jetzt, wo sie nach dem Heimgange von Fritz und Luise der Deutschen Schiller-Stiftung geschenkt, neuerdings in den Besitz der Stadt Eisenach übergegangen und gewissermaßen Nationalgut geworden ist, wird ein Reuter- und Wagner-Museum*) darin eingerichtet, das alljährlich eine Legion von Reisenden anlocken dürfte.

------

*) Im Jahre 1869 hatte Reuter scherzhaft an den Bildhauer Afinger geschrieben, der, um seine Büste zu modelliren, sich angemeldet hatte: „Sie werden bei uns den Professor von Budkowsky, der mich gemalt hat, finden; so wären dann drei freie Künste, die Plastik, die Malerei und, wenn ich so frei sein darf, auch die Poesie vertreten. Es fehlt nur noch ein Jünger der heiligen Cäcilia, ein Musiker, dann wäre das vierblättrige Kleeblatt fertig, und da habe ich daran gedacht, ob

Villa Reuter in Eisenach. (Gartenterrasse auf der Wartburgseite.)

Die Genesis des Grundstück-Erwerbs und des Baues ist gar nicht uninteressant und bietet ein Miniaturgemälde voll reizender kleiner Züge.

Seinem kurz vorher als Nachfolger Lennés zum Hofgartendirektor in Sanssouci ernannten Freunde Ferdinand Jühlke*) schrieb er darüber am eingehendsten und bat um seinen erprobten Rath, unter Beifügung von Grundriß und Skizzen, zuerst am 13. Dezember:

„Nun mach' Dich auf ein langes und für Dich vielleicht langweiliges Schreiben gefaßt! Als ich Dich zuletzt in der Laubbach sprach und Du in Deiner altbekannten Freundlichkeit mir Deine Hülfe bei Anlegung eines Gartens zusagtest, hatte ich ein anderes Areal im Auge, als das, was ich schließlich gekauft habe . . . Mein Garten kann etwa 1½ Morgen groß sein, und viel von Anlagen kann natürlich darin nicht die Rede sein, zumal Lage, Bodenbeschaffenheit, Oberfläche und meine eigenen Neigungen mir das Anzulegende gewissermaßen strenge vorschreiben. Er bildet ein Dreieck, dessen eine Seite nach Osten, die Vorderfront nach Süden, und die dritte längste Seite nach Nordwest liegt. Diese letztere und auch ein Theil der Ostseite ist mit schönen, etwa mannesdicken gut bestandenen Bäumen (Eichen, Ahorn und Eschen) begrenzt; und da das ganze Areal mit Ausnahme eines Streifens im Niveau des Hauses ein ziemlich steil

*) Schon Anfangs der fünfziger Jahre hatte Reuter den Besuch Jühlkes aus Eldena erhalten, der mit seinen Schülern einen Ausflug nach Neubrandenburg unternahm. Beide wurden gleich gute Freunde. Als Jühlke 1856 als Direktor des Gartenbauvereins nach Erfurt ging, aber vergessen hatte, Reuter dies mitzutheilen, sandte derselbe eine launige Epistel: „Ungetreuer Jühlke! Ausgerissener Pommer! Falscher Sächser! Ich könnte tausend Anklagen auf Ihr schuldiges Haupt herabrufen, unter denen die, daß Sie ohne Abschied von Ihren Freunden geschieden sind, nicht die kleinste sein würde; aber — wie Sie wissen — ist Edelmuth dem Pommer angeboren und Seelengröße die Lust, in der er lebt, darum verzeihe ich, mache Ihnen keine Vorwürfe, sondern eine Bestellung . . ." Durch Reuters Uebersiedelung nach Eisenach wurden sie sich räumlich näher gebracht und besiegelten die alte Bekanntschaft mit dem vertraulichen „Du". Jühlke hatte damals sein „Gartenbuch für Damen" an Reuter geschenkt, welches, wie jener scherzhaft äußerte, auch den Titel: „und für Herren" tragen dürfte. Ihm wenigstens vortrefflich zu statten käme. Als Gegengabe folgte der zweite Theil „Stromtid" mit dem Wunsche, daß der Inhalt nur halb so viel Vergnügen machen möge, als der Geber von dem wirklich reizenden Gartenbuche gehabt habe.

von Norden nach Süden abfallender Berg ist, so habe ich die geschützteste Lage von der Welt. Auf der einen Seite, nach der Wartburg zu, ist der Großherzog mein Nachbar. Die Ostseite ist durch einen steilen Fußweg, die sogenannte Steinrutsche, von der Villa Albina geschieden, die Südseite durch einen Fahrweg von einem schönen grünen Thal, welches der Großherzog bis zur Wartburg hinauf in einen Park verwandeln will. Ich habe also nicht nöthig, mir einen solchen anzulegen, was bei der Kleinheit des Raums auch etwas lächerlich ausfallen würde. Uebrigens halte ich alle begleitenden Nebenumstände für durchaus günstig; selbst der Boden, der etwas kiesig, enthält bei sehr trockenem Untergrund Lehm genug, um ihn nach meiner Meinung durch tüchtige Düngung gut auf den Strumpf bringen zu können. Der Fels ist ebenfalls trocken, was für das Haus gut ist.

Nun zu dem Innern des Gartens! Der Haupteingang kommt von der Steinrutsche aus und führt mit einer sehr sanften Steigung zum Hause und der Rampe, deren Höhe durch die Lage bedingt ist, und die nun unter Deinen Auspizien eingerichtet und verschönert werden soll: ebenso der Rasenplatz und die Rasenböschungen. Die Terrassen sind schon vorhanden und müssen nur noch mit Futtermauern versehen werden, um vortreffliche Plätze für Spaliers abzugeben. Die Terrasse links vom Hause ist so gelegen, daß wir aus dem Speisezimmer im zweiten Stock zur ebenen Erde auf dieselbe hinaustreten können; und um nun in den heißen Nachmittagen des Sommers ein recht kühles Plätzchen zu haben, denke ich eine Grotte in den Fels sprengen zu lassen, die mit zweckmäßigem Pflanzenwuchs angekleidet werden muß. Ebenso ist der Platz weiter oben sehr kühl, mit schöner Aussicht. Der steile Fels hinter dem Hause ist durchaus nicht zu bekleiden, weil zu ebener Erde unten reiner Fels ist, auch nicht Sonne und Mond dahin scheinen wird, er macht sich aber mit seiner röthlichen Färbung so übel nicht. Nun komme ich zu zwei Räumlichkeiten. Den hinteren Platz habe ich zum Gemüseplatz bestimmt, d. h. es sollen Spargel- und Erdbeerbeete angelegt werden, auch denke ich dort Zwergobst anzupflanzen; hohe Stämme passen nicht, weil sie mit der Zeit uns die Aussicht auf die Wartburg nehmen würden. Da aber immer noch Land übrig bleiben wird, wenigstens die Hälfte, so wollte ich vorn Georginen, Levkoyen und Rosen oder sonst etwas Passendes dorthin bringen, vielleicht wäre auch dort noch ein Rasenstück anzulegen. Das mußt Du wissen. Nun kommt eine Frage, durch deren baldige Beantwortung Du mich sehr erfreuen könntest, denn alles Uebrige hat Zeit, weil ich durch den erst im nächsten Frühling beginnenden Bau behindert bin, irgend etwas anzulegen; die Frage ist, was fange ich mit dem kahlen Berge an? . . . Ich habe mir gedacht: ich will die Bestie terrassiren und die Böschungen mit gestochenem Rasen ablegen lassen, ihn dann auf den Terrassen recht gehörig abdüngen lassen und Zwergbäume darauf pflanzen, unten Kernobst, oben Steinobst, namentlich Kirschen, ganz oben, am Holzsaum, Haselnüsse und Rosenäpfel. Hierbei wirst Du nun vielleicht lachen, und ich nehm's Dir

nicht übel, denn ich bin mir selbst bewußt, daß meine alte Lust an der Obst-
baumzucht und -Pflege mir vielleicht einen dummen Streich eingeben könnte;
aber ich rechne so: erstens wachsen dort jetzt schon einzelne Pflaumenbäume recht
gut, zweitens wird durch das Terrassiren die fruchtbare Erde mehr auf einen
Haufen gebracht, und drittens muß der Dünger doch auch das Seine thun. Die
Rasenböschungen, weil sie steiler werden, würden auch vielleicht durch die senk-
rechten Sonnenstrahlen nicht so viel leiden, als das jetzt bei dem Rasen der
Fall ist, und ensin muß begossen werden, dat helpt denn nich! — Den Garten
ganz hinten, der blos zum Gemüsebau dienen und nur in seiner höchsten Spitze
der wunderschönen Aussicht wegen eine Mooshütte oder dergleichen erhalten
soll, habe ich für den Fall gekauft, daß mir der Fußsteig vom Magistrat zu-
gesprochen wird, weil er nur dann unmittelbar mit meinem Garten zusammen-
gelegt werden kann. Derselbe ist ziemlich gut in der Reihe und bei weitem nicht
so steil wie das Stück daneben. Dies sollen blos vorläufige Besprechungen sein,
sintemal das Haus erst den nächsten Sommer gebaut werden soll und erst im
Frühjahre 1868 der Garten zum größten Theile angelegt werden kann. Nur
Spargelbeete und den Berg, auch Gebüsch-Anpflanzungen am Rande der Baum-
parthien könnte ich schon in diesem Frühling anlegen. Welche? und woher zu
beziehen? Für den Fall, daß Du meine Ansicht mit der Obstbaumanlage auf
dem Berg billigst, müßte ich mich nach guten Zwergbäumen umsehen; wo kriege
ich die? und wo gute dreijährige Spargelpflanzen? — Dein schönes Geschenk,
das Gartenbuch für Damen, kommt gar nicht vom Tisch, es ist für mich wirklich unschätzbar, weil es sich so eingehend auch für kleinere Gärten erweist. — Nun
komme ich noch mit einer besonderen Anfrage und Bitte. Ich möchte mir wohl
einen Menschen halten, der etwas von der Gärtnerei versteht. Du hast vielleicht
Gelegenheit, einen solchen alten, unverheiratheten Gesellen zu finden, der treu
und ehrlich ist. Gut soll er's haben — leben und leben lassen!"

Der folgende Brief ist datirt vom 4. Februar 1867:

„Mein lieber alter Freund, hiebei empfängst Du eine authentische Aufnahme
von meinen beiden Gärten und von der Lage meines zukünftigen Hauses. Ich
bin von meinem ursprünglichen Plane nur in so weit abgewichen, daß ich das
Gewächshaus lieber nach der andern, der Wartburg zugekehrten Seite, dort, wo
„Terrasse" angemerkt ist, unterhalb dieser Terrasse hinverlegen möchte, um die
Seitenansicht des Hauses nach der Stadt zu nicht zu verdecken. Am schönsten freilich
wäre diese Anlage, wenn sie oben auf der Terrasse in unmittelbarem Zusammen-
hange mit dem Speisezimmer beschickt werden könnte, man könnte sich dann einen
bescheidenen Wintergarten daraus schaffen. Da das Gewächshaus zu unseren speziellen
Bedürfnissen eingerichtet werden soll, so braucht es nur klein zu sein; aber ich
wünschte es doch so geräumig, daß es nicht durch seine Enge dem Besucher lästig
werde; auch möchte ich gern an der Hinterwand eine Anzahl von Vogelkäfigen
anbringen können. So weit das Haus reicht, auch meinetwegen noch ein bis

zwei Ruthen weiter gen Westen bis vorn zu dem Eingang des Gartens nach
Osten, soll ganz nach Deinem Ermessen zu Rasen und Blumenparthien angelegt
werden. Der Raum ist nur klein und wird Dir den Unterschied zwischen Königs=
Anlagen und Schriftstellers=Anlagen recht deutlich zu Gemüthe führen."

Jühlke ließ es nicht an dem gewünschten Beistande mit Rath
und That fehlen. Die gärtnerische Schöpfung beschäftigte unseren
Dichter jetzt fast ausschließlich. Er glaubte sich in seine Landmanns=
zeit zurückversetzt und war nur mit Mühe zu bewegen, in Rücksicht
auf seine Gesundheit in ein Bad zu gehen; um recht nahe zu bleiben,
wählte er Liebenstein in Thüringen. Zufällig mußte Jühlke damals
eine Reise nach Erfurt machen, die er im Interesse seines Freundes
auf Eisenach ausdehnte; aber auch in dessen Abwesenheit nahm er
das Terrain und die Bodenbeschaffenheit in Augenschein und gab
schriftlich die besten Rathschläge. Reuter dankte erst am 17. Dezem=
ber 1867:

„Du bist doch ein prächtiger Kerl! Du denkst an Deine Freunde, auch wenn
sie sich bei Dir nicht in Erinnerung bringen; mit aufrichtigstem Herzen danke ich
Dir für diesen neuen Beweis Deiner Treue.

Ja, mit meinem Garten, den Du, beiläufig gesagt, nicht ganz gesehen hast,
bin ich noch weit zurück; es werden aber noch vor Weihnachten die Terrassen für
Spalierbäume fertig, ebenso die Hauptterrasse vor dem Speisezimmer, und dann
kann hoffentlich mit den nöthigen Erdarbeiten begonnen werden. Dein Plan wird
sich bei der beschränkten Ausdehnung des ebenen Landes wohl nur theilweise aus=
führen lassen, und werde ich erst Anfangs März damit beginnen können, da ich
vorher noch eine Reise nach Berlin und Pommern machen muß. Daß ich Dich
dann in Potsdam auch ohne Deine freundliche Einladung besucht haben würde,
ist selbstverständlich. Ich studire jetzt eifrig Dein neues Verzeichniß und nehme
Deine so liebe Hilfe mit herzlichstem Danke an. Laß Dir's nur im Kopfe herumgehen,
was wohl theilweise für Gesträuch im Schatten von größeren Bäumen wächst . . ."

Aus der Reise wurde diesmal nichts, weil Reuters Gegenwart
beim letzten Auspuzen des Hauses und beim Anlegen des Gartens
unentbehrlich war; er beobachtete mit Glück und Stolz, mit Lust und
Behagen, wie sich der Schmetterling aus der Raupe schälte. Seinem
Jühlke schickte er eine lange Liste der passendsten Bäume, Sträucher
und Pflanzen. „Ich habe indessen noch ein paar spezielle Wünsche
hinzuzufügen. An den großen Pfeilern, die meine Loggia tragen, möchte

Fritz Reuter mit seinem Joli.
(Letzte photogr. Aufnahme vor des Dichters Tode.)

ich gern ein Stückerner vier Glycinia chinensis (blaue) und eben=
soviele Bignonia radicans (Tecoma) pflanzen und in die geschützten
Ecken meines Hauses einige Exemplare der mir sehr lieben roth=
blühenden Akazie; und dann — um das Praktische nicht über all das
Schöne zu vergessen — schick' mir vielen wilden Wein, allerlei Arten ...
Fast alle Aepfelbäume stehen in schönsten Prachtknospen. Ach, die
Freude! Aber warum mußte mir diese Freude von ruchloser Buben=
hand so zerstört werden? Fast alle diese kleinen Bäumchen sind mir
vom Diebstahl, um Pfropfreiser zu gewinnen, der vorjährigen Holz=
triebe beraubt worden, so arg, daß ich die armen Krüppel schon aus=
reißen wollte. Es ist das eine Barbarei, die mich tief verstimmt hat. —
Wenn Du mir den verheißenen Beweis Deiner alten treuen Freund=
schaft senden willst, so sende ihn per Eilgut." Wenige Tage später
ging eine Auswahl der verschiedensten Gehölze von der Station Wild=
park nach Eisenach. Des Dichters Gattin schrieb alsbald dem gütigen
Geber: „Mein Reuter, der von Morgens bis Abends in seinem Garten
kommandirt und hantirt, beauftragt mich, Ihnen seinen herzlichsten
Dank zu sagen für die wunderschönen Sträucher. Sie glauben nicht,
wie erfreut der alte Mensch war, und wie unser neuer Gärtner mit
freudigem Erstaunen mehrmals ausrief: Das sind Sämlinge!"

Während Reuter vollauf mit dem Bau und der Ausschmückung
seines Poetenheims und der Anlage seines Paradiesgärtleins be=
schäftigt war, sollte ihm eine Ehrung zu Theil werden, welche ihn
veranlaßte, ein in Stavenhagen zu errichtendes Krankenhaus zu
unterstützen. Ein solches war schon der Lieblingsplan seines längst
verstorbenen Vaters, des Bürgermeisters, gewesen. Jetzt verwirk=
lichte sich sein Herzenswunsch; und der Sohn hielt es für seine
Pflicht, pietätvoll als Einer der Ersten eine namhafte Summe bei=
zutragen. Dieser schöne Charakterzug kam bisher nicht zu allgemeiner
Kenntniß; er zeigt sich in reinen, erwärmenden Strahlen in dem
folgenden inhaltsreichen Briefe*) an seinen alten Schulkameraden,
den praktischen Arzt Dr. Michel Liebmann zu Stavenhagen:

---

*) Denselben erhielt ich, Dank der Vermittelung des Literarhistorikers
Gotthilf Weißstein, von dem trefflichen Schauspieler Moritz Moritz, einem Neffen

„Mein lieber treuer Bruder,

Weiß Gott, mit wahrem Schauder setze ich mich täglich an den Schreibtisch, um eine fast erdrückende Korrespondenz abzuwickeln, aber heute Morgen ist es anders, heute Morgen ist es eine Freude für mich.

Wie ich aus den Mecklenburgischen Zeitungen ersehen habe, habt Ihr Stemhäger einen langgehuten Wunsch meines verstorbenen Vaters, die Errichtung eines Krankenhauses, der Erfüllung nahe gebracht, und da wollte ich doch auch gern mein Scherflein beisteuern. — Der gütige Gott hat meine Schriftstellerei reichlich gesegnet, so daß ich nach menschlichem Ermessen wohl ohne Sorge in die Zukunft schauen kann; und nun läuft mir da gestern ein hübsches Gold-fischlein in mein Netz, und das, denke ich, soll Euch für das Krankenhaus zu Gute kommen. Mir ist nämlich die große Ehre geworden, daß mir die Teutsche Nation durch das Comité der Tiebge=Stiftung in Dresden einen Ehrenpreis von 100 Dukaten übermittelt hat*). Und von dieser Summe habe ich für meine liebe Vaterstadt die einliegenden 250 Rthlr. preuß. Cour. zu dem oben angeführten Zweck bestimmt, der Rest wird in ähnlicher Weise verwendet werden; ich halte es nämlich für Unrecht, eine solche ehrenvolle Gabe für Fleisch und

---

des Adressaten und Mecklenburger von Geburt. Als Moritz, in Erfurt gastirend, einst einen Abstecher nach Villa Reuter machte, hieß es: der Dichter wäre nicht zu sprechen. „Sagen Sie, ein Neffe des Dr. Liebmann aus Stavenhagen überbrächte Grüße!" Und siehe da, Fritz Reuter empfing den Besuch aufs Herz-lichste, erkundigte sich eingehend nach dem Onkel, freute sich an dem Talent des jugendlichen Mimen und rief lebhaft aus: „Süh, süh, dat is ja prächtig! Sie können noch ein zweiter Davison werden!" Diese aufmunternden Worte waren ihm ein Sporn und Leitstern. Herr Moritz, Mitglied des Oldenburger Hof-theaters, ist ein nicht unbedeutender Künstler geworden.

*) Die Anregung war durch den Romanschriftsteller und Kritiker Dr. Gustav Kühne geschehen. Dieser 1888 verstorbene Veteran des „jungen Teutsch-land" begründete seinen Antrag folgendermaßen: „Eine poetische Erscheinung, die wir krönen, muß, wo nicht eine unantastbare, doch eine kultur= und literar-geschichtlich bedeutsame, eine in die Entwickelung Teutschen Schriftthums epoche-machend eingreifende sein. Ich sehe eine solche in Fritz Reuters Werken, gleich sehr in denen gebundener wie ungebundener Rede . . . Sein Leben, das er in „Ut de Franzosentid", „Ut mine Festungstid" u. a. erzählt hat, weist einen geprüften, gediegenen Charakter auf. Der Erfolg seiner Schriften ist in ganz Niederdeutschland ein entschieden durchdringender." Reuter dankte am 24. März 1867: „Die Ehre werde ich zeitlebens im warmen Herzen pflegen, und auch die Gabe soll nicht für den profanen Gebrauch des gewöhnlichen Lebens verausgabt werden; ich habe dieselbe dem größten Theile nach als Beisteuer zur Errichtung eines Krankenhauses in meiner kleinen und armen Vaterstadt Staven-hagen eingesandt . . ."

Brod und Hosen und Röcke zu verwenden, wenn man's nicht gerade hochnöthig hat. Nicht weil Dein und Deines Schwiegersohnes*) Name in dem betreffenden Zeitungs-Artikel genannt wurde, sondern weil ich seit langen, langen Jahren Dein treues, ehrenvolles Wirken in Deinem Berufe und Deine Liebe und Freundschaft für mich kenne, sende ich diese Gabe an Dich. — Dir, dem Juden, der in trübster Zeit, in Noth und in Tod treu zu mir gestanden hat, verdanke ich viel mehr, als manchem durch seinen Glauben aufgeputzten Christenmenschen.

Nun kommen sie, Viele, ach sehr Viele! Es sind die bravsten Leute und aufrichtigsten Freunde darunter; aber damals, als es Noth that, da hatte ich wirklich keinen, der mir so treu zur Seite stand, wie Du.

Nun grüße mir Deine liebe Anna von ihrem alten Onkel und von dessen Frau, streich' ihr in deren Namen das schöne Haar von der weißen, hohen Stirn und dann geh' zu den Meinigen, grüß' sie ebenso warm und dann zu dem ehrenhaften, lieben Pastor Niederhöfer und dank' ihm für seine Treue in meinem Namen.

So, nun, Ihr lieben Stemhäger Kinder, genießt es in Gesundheit — hätte ich beinahe gesagt, wenn's nicht für schwere kranke Tage gesandt wäre.

Dein alter Freund

Eisenach, d. 24. März 1867. Fritz Reuter.

*) Der jetzt in Berlin lebende Sanitätsrath Dr. Reß, Gatte von Anna Liebmann. Ihr Vater war von Jugend auf mit Reuter befreundet gewesen, hatte mit ihm auf derselben Schulbank in Friedland gesessen und sich nachmals in Stavenhagen als praktischer Arzt niedergelassen. Zur Zeit, da Fritz Reuter von einer Festung zur andern geschleppt wurde, tröstete Liebmann den armen Vater, und wenn letzterer in seinem strengen Sinn bitter und hart sich über seinen Sohn äußerte, dann war Liebmann derjenige, welcher den unglücklichen Freund warm in Schutz nahm; „er hat viel mit dem alten Manne durchgesprochen," meldet mir eine Verwandte. Dr. Liebmann ist der Doktor So und So (im 3. Theil der Stromtid, 43. Kapitel), welcher dem Notar Slus'uhr schriftlich bezeugt, daß die von Bräsig verabreichten Hiebe ihm nicht geschadet haben. Ein ähnliches Attest soll er wirklich einem „durchgeprügelten Stemhäger" ausgestellt haben. Seine Tochter, die besonders schönes blondes Haar hatte, das sie als junges Mädchen in langen Zöpfen trug, ist „de lütt Akzesser", auch „de lütte Anna", Luise Hawermanns Freundin, aus der Stromtid, wo es Kap. 34 heißt: „De Vader von de lütte Anna was en Dokter, un en Titel hadd hei gor nich; äwer hei hadd wat Beteres, hei hadd en Hart för de Armauth." Damit stimmt die Erzählung eines hochbetagten Einwohners von Stavenhagen überein, daß bei Dr. Liebmanns Leichenbegängniß (Dezember 1874 oder Januar 1875) die Bürger hinter seinem Sarge gegenseitig sich zugerufen haben: „All tausamen, wie wi hier gahn, — schüllig sünd wi em all wat!" Es ist dies bezeichnend für sein aufopfernd uneigennütziges, segensreiches Wirken als Arzt und Mensch.

Der betreffende § des Tiedge-Instituts lautet, wie mir nachträglich von Freundes Hand gemeldet wird, wörtlich: „Nach dem Ermessen des Comité soll eine von ihm zu bestimmende Summe von Zeit zu Zeit, je nachdem es es für angemessen findet, demjenigen dichterischen Werke zuerkannt und an dessen Verfasser verabreicht werden, welches unter den in den letztverflossenen fünf Jahren im Druck erschienenen als ein vorzügliches, von allgemein anzuerkennendem Werthe in Beförderung der höheren geistigen Interessen der Menschheit, sei es in gebundener oder ungebundener Rede in Teutscher Sprache, anerkannt wird." — Gott Lob! Etwas Aehnliches, knapp daran Heranreichendes hätte ich nur erreicht; aber abschreiben kann ich noch immer nicht, so viele Mühe sich mein alter Vater dabei gegeben hat. Sieh' bloß die obige Schweinerei an*)!"

Dieser Brief ist ein Beispiel für viele, wie treu und theilnehmend unser großer Humorist und Volksschriftsteller seiner norddeutschen Heimat und seinen Landsleuten auch in der Ferne anhing.

Einen Tag später schrieb er dem Hofrath Alexander Ziegler in Dresden, Vorstandsmitglied der Tiedge-Stiftung:

„Sie haben ganz recht, wenn Sie vermuthen, daß ich die schöne Gabe nicht in meinem persönlichen Nutzen verwenden würde. Bei dem reichen Segen, den mir meine Schriftstellerei eingebracht hat, wäre es eine Sünde gegen die Manen des liebenswürdigen Stifters, wenn ich mir dafür Fleisch und Kartoffeln kaufen wollte. — Nein, was vom Teutschen Volke dem Unverdienten so ehrenvoll gespendet ward, soll dem größten Theile nach den Bedrängten des Teutschen Volkes wieder zufließen.

Ich habe 250 Thaler nach meiner Vaterstadt Stavenhagen, einem kleinen bedürftigen Gemeinwesen, geschickt, als Beitrag zur Errichtung eines Krankenhauses, das mein seliger Vater schon so gern erbaut hätte, wenn es möglich gewesen wäre. 25 Thaler sind für den durch beide Augen geschossenen p. Weber in Wittenberg abgegangen, für den namhafte Persönlichkeiten in den Zeitungen einen Aufruf erlassen haben, und die letzten 50 Thaler habe ich für Sie und Ihren Babylonischen Thurmbau reservirt und hoffe, daß Sie sich den Betrag persönlich bei mir abholen werden. — Aber ich bitte Sie, wie kommen Sie zu einer solchen Ironie, einen halsbrechenden Thurm auf den Namen eines Menschen taufen zu wollen, der Schwindels wegen nicht im Stande ist über eine Planke zu gehen, wenn sie 10 Fuß vom Boden ist? — Nein, unter keinen Umständen werde ich bei diesem Ungeheuer die Pathenstelle übernehmen. —

*) Ein Tintenkleds. Im Allgemeinen sind Reuters Briefe sehr sauber geschrieben, wie er denn überhaupt eine leichte und leserliche Handschrift hatte.

Fritz Reuter im Sarge.

Leben Sie wohl, lieber Freund, ich hoffe, ich sehe Sie bald; heute ist der Frühling in den Thüringer Wald eingezogen.

> Die Vögel, sie feiern ihn mit Gesang,
> Dann weilt Alexander doch auch nicht lang."

Um Pfingsten pflegte nämlich Dr. Alexander Ziegler nach seinem in Ruhla gelegenen Landhaus zu ziehen. Dort auf dem Ringberge errichtete er damals, zum größten Theile aus eigenen Mitteln, einen Thurm, der einen sehr schönen Blick auf das lang= gestreckte Thal der Ruhl und drüber hinaus gewährt. Der Erbauer hat, da Reuter launig dankend ablehnte, ihn „Alexander=Thurm" ge= heißen*).

Sein Bruder war der Bankier Severus Ziegler in Eisenach, der von Anbeginn an unserm Dichter und seiner Gattin mit Rath und That zur Seite stand. Der private und geschäftliche Verkehr mit demselben rief allerlei ergötzliche Episteln und Verse hervor; neu ist ein „pekuniäres" Poem, das keines Kommentars bedarf:

> Mein lieber Freund, es erfolgen allhier
> Ein Thaler und zwei gute Groschen
> Für meine Frau ihre Filzgaloschen;
> Sie danket Dir vielmal dafür.
> Ich thue desgleichen für die besorgten Talons
> Und vor Allem für die sehr lieben Coupons,
> Bitte Dich aber, diese fünfzölligen
> Sowie den mitfolgenden, nächstens fälligen
> Pommeraner ins Praktische zu übersetzen
> Und mich mit Silberklang zu ergötzen.
> Leb' wohl, ich grüß' Dich und so weiter —
> Mit höchster Achtung
>
>   Dein Fritz Reuter.

Eisenach, den 21. Januar
Im 1868 sten Jahr
Nach dem, in welchem uns das Heil geschenkt.
Hony soit, der Uebles von diesen Versen denkt!

Man sieht, Reuter war guter Laune bei aller Unruhe und

---

*) Gefällige Mittheilung des Hofraths Professor Dr. Hugo Weber, Gymnasial= direktor in Eisenach, der mir auch obigen Brief aus der Gymnasialbibliothek an= vertraute und meine Reuter=Forschungen unermüdlich förderte.

Arbeit während des Hausbaus und trotz des nicht geringen Aergers, den die oft lässigen Handwerker verursachten.

Die Richtfeier hatte im Juli, die technische Besichtigung im August 1867 stattgefunden. Das Landhaus, nach der Zeichnung des Architekten Professor Bohnstedt in Gotha, stand im nächsten Frühjahr fertig da, das Muster einer Römischen Villa, worüber sich der Großherzog von Weimar anerkennend aussprach. Der hohe Herr meldete sich bald zum Besuch an, den er mehrmals ganz zwanglos wiederholte; später sandte er sein Portrait mit folgenden Zeilen: „Bei einem Nachbarbesuche sagte ich Ihnen, mein lieber Reuter, ich würde mein Bildniß in Ihre Nähe stiften. Gönnen Sie diese, ich bitte, dem Bild und glauben Sie sich selbst, wenn Sie das Bildniß ansehen, daß es Jemanden vorstellt, der Ihnen von Herzen zugethan ist, nämlich Ihren treuen Nachbar Karl Alexander."

Am ersten April 1868 hielten Fritz und Luise Reuter ihren Einzug in das reizende Daheim im Johannisthal, vorm Frauenthor der Stadt „Isenac", an der anderen Seite am Fuße der Wartburg gelegen, da wo die breite Fahrstraße zur Veste hinaufführt.

Die in stilvoller Renaissance gehaltene, solid gebaute Villa — es ist z. B. nur Eichenholz verwandt — mit ihrem glänzenden, von künstlichen Blattpflanzen in Vasen gezierten Zinkdache präsentirt sich von allen Seiten sehr malerisch, sowohl wenn man aus der Stadt kommt, als auch beim Heruntersteigen von der „Hohensonne" und der Burg. Ueber dem Eingange der Hauptthür prangt in bunten altdeutschen Lettern der volksthümlich gewordene Spruch:

> Wenn Einer kümmt un tau mi seggt:
> „Ick mal dat allen Minschen recht!"
> Denn segg ick: „Leiwe Fründ, mit Gunst,
> O lihrn S' mi doch dej' swere Kunst!" *)

---

*) Dieses Wort von Fritz Reuter liest man auch in der Tischlerwerkstatt des Rauhen Hauses zu Hamburg. Anregung zu den Versen gab vielleicht der Spruch auf der Wartburg:

> Lieber, sag' doch, wo ist der Mann,
> Der Jedermann gefallen kann?
> Niemand ist er genannt,
> Nunquam ist sein Vaterland.

Ein Porzellanschild trägt die Inschrift:

Dr. Fritz Reuter.
Vormittags nicht zu sprechen.

Das war eine nothgedrungene Abwehr den überlästigen Besuchen neugieriger Fremden gegenüber. Noch heute sind diese beiden Wahrzeichen zu lesen, wie denn Alles, selbst das Unscheinbarste, von der Wittwe mit zarter Pietät in unverändertem Zustande erhalten ward: wir möchten glauben, der Dichtergenius, welcher hier sechs glückliche Jahre gelebt, walte noch in dem Hause.

Wenn wir in das Haus treten, so werden wir in diesem Wahn bestärkt. Vorüber an den im Erdgeschoß befindlichen blitzblanken Wirthschafts- und Dienstbotenräumen steigen wir die von bunten Glasfenstern eigenthümlich beleuchtete Treppe in der Rotunde herauf und sind im Flur des ersten Stocks. Durch eine Doppelthür gelangen wir in das größte Zimmer, den Salon. In der Mitte ein runder Sammetfauteuil, von Blattpflanzen überschattet und ein Glaskronleuchter darüber. Sammet=Sophas und =Stühle, Marmortische, ein kostbarer Flügel, an den Wänden die grünumrankten Büsten des Deutschen Kaisers Wilhelm I und seines Schwagers Karl Alexander, da er jung war, — Alles athmet Geschmack und Eleganz. Draußen vor der Glasthür erhebt sich der von Dorischen Sandsteinsäulen getragene Balkon mit prachtvoller Aussicht in die Thäler. Die Stube rechts gehört der Hausfrau; ein wahres Raritätenkästchen entzückender Kleinodien ist diese Kemenate. Ins Erkerfenster schaut die Wartburg hinein, zu beiden Seiten stehen unter blühenden Topfgewächsen die von Afinger geschaffene Marmorbüste Reuters auf schwarzem Sockel und des Großherzogs von Weimar Bildniß auf einer malerisch drapirten Staffelei. Tische und Sessel voll von Prachtwerken; Gemälde, eines den Reuterfelsen bei Elgersburg im Thüringerwald darstellend, Bleistiftzeichnungen von Reuters eigener Hand aus der Festungs=, Strom- und Schulmeisterzeit, eines bringt uns ihn selbst vor Augen, wie er dasitzt, der kräftige Mann, mit seinem üppigen Haupthaar und Barte, seinem vollen frischen Gesichte, gut und freundlich dreinschauend. Dort das von Vincke gestiftete Hausbuch mit seinen literarischen Schätzen,

9*

welche berühmte Gäste einschrieben.*) — Drüben, links vom Salon, wandern wir ins Arbeitszimmer des Schriftstellers, weiche Teppiche dämpfen überall unsere Schritte. Wie einfach hier Alles im Vergleiche zu dem Glanz der anderen Gemächer! Durch ein einziges hohes Fenster fällt helles Licht auf den daran stehenden niebrigen Schreibtisch von Mahagoni, das Andenken an einen verstorbenen Freund. Dort schuf der Unvergeßliche, im Korblehnstuhl sitzend, vor sich Papier, Feder und Tinte, zur Seite den Pfeifenständer mit den silberbeschlagenen Meerschaumköpfen seiner besten Freunde, aus denen er abwechselnd rauchte, daneben die Fibibusse, von Agricolas Kindern geschnitten. Wohlwollend guckt aus seinem Goldrahmen „Dörchläuchting“, Herzog Adolf Friedrich IV. von Mecklenburg-Strelitz, ein altes Originalgemälde, das ihm aus seiner Heimat gelegentlich einer Auktion verehrt ward, und welches er in Weimar hatte restauriren lassen. Ein Gruppenbild, Photographie, zeigt die Züge verschiedener Deutsch-Amerikaner, die ihrem gepriesenen plattdeutschen Landsmann zu Weihnachten ein Geschenk damit machten; 's war eine Ueberraschung, denn es traf über Hamburg just am Heiligabend als Julklapp ein. Am Fenster hängt Bismarcks Portrait aus jüngeren Jahren, darunter das der Gebrüder Grimm, außerdem an der dunkelgrünen Tapete mehrere Stiche nach Knaus und zwei lebensgroße Oelgemälde „Fritzing und Luising“, von Bublowskys Hand nicht eben künstlerisch ausgeführt. In den beiden Glasbücherschränken eine kleine Bibliothek, Dickens und Scott fehlen nicht; auf dem ersten Schrank ein Gypsabbruck von Afingers Ernst Moritz Arndt-Statue. Zwei Sophas und Tische, ein englischer Kamin — und wir gewinnen ungefähr eine Vorstellung, wie's in dem Raume aussieht, wo der unsterbliche Geist seiner Muse huldigte. Noch heute ist Alles und Jedes unverändert, nur die meisten Pfeifenköpfe mit silbernen Deckeln hat die Wittwe an die alten Freunde zum Andenken geschenkt, und der Korbstuhl steht oben in einem verschlossenen Stübchen, wo auch Reuters Bett, sein Rollstuhl, seine Kleidung verwahrt sind. Aber im Uebrigen blieb auch das Geringste hier unangetastet. Man könnte meinen,

---

*) Veröffentlicht in „Reuter-Studien“ S. 219—236.

Frih Reuters Grab in Eisenach.

jeden Augenblick würde Reuter hereintreten, sich eine Pfeife anzünden, Dörchläuchting anlächeln, sich ans Pult setzen und — ein neues Buch schreiben.

Nebenan, nur getrennt durch eine portièrenverhangene Thür, ein kleines Gemach im Fünfeck, einer Miniatur=Kapelle ähnlich. Hier steht, von Lorbeer, Palmen und Lichtern umgeben, Reuters lebens= große Photographie, plastisch und drastisch, voller Leben und Wahr= heit, auf den Lippen ein herzliches Lächeln, in den Augen ein heiteres Blinzeln, als wollt' er sagen: „Hab' just eine Idee, so und so, aber — vielleicht ließe sich's noch besser, noch gelungener gestalten. Ne, wat denn?"

Und wieder daneben, in dem rückwärts nach dem Felsen zu ge= legenen Zimmer, ist die Schlafstube, wo eine große reine Seele ihren letzten Odem aushauchte.

Wir gehen noch einmal durch den Flur und treten am anderen Ende in den Speisesaal. Antik eichen die Wände, Stühle, das Buffet, der Eßtisch, die Bilderrahmen. Unwillkürlich bleibt unser Blick haften auf einem keck hingeworfenen Aquarellbild. Es ist von Schlöpke Meister= hand. Der Maler war im November 1867 Reuters Gast, Ostern sollte die Villa bezogen werden. Er sah aus dem Schweizerhause hinab in die verwelkende, hinsterbende Natur, über den alten Kirch= hof weg, bis zum Wartenberg, wo im Oktober jährlich die Freuden= feuer zur Erinnerung an die Schlacht bei Leipzig abgebrannt werden. Schnell erfaßte sein Künstlerauge die charakteristische Scenerie, und eben so rasch zauberte er die farbenprächtige Landschaft aufs Papier. „Zum Andenken an das alte Heim!" — Reuter war gerührt: „Das soll in unser Speisezimmer an die Wand, werd' einen eichenen Rahmen machen lassen, damit es zu dem Uebrigen paßt!" So geschah es. Und dort — jene heimliche Schrankthür? Sie birgt das Allerheiligste der Hausfrau, nämlich die „Privat= und Proviantspeisekammer für den Hand= und Mundgebrauch." Lowisa ipsa fecit. — Auf der ent= gegengesetzten Seite eine verschlossene und dunkel verhängte Thür: durch dieselbe ist Niemand geschritten, seitdem hier Fritz Reuters Leichnam hinausgetragen wurde, Mittwoch den 15. Juli 1874, hinaus, erst durch den kleinen Glaspalast, im Sommer traulich zum Wohnen, im Winter für die seltenen Treibhauspflanzen eine warme, sonnige Unterkunft, hinaus durch den Garten, am Springbrunnen vorbei und an den Grotten, — die Eichen und Buchen flüsterten traurig, Nelken, Rosen und die weißen Lilien (wie hatte er sie gern!) dufteten berauschend — die Stufen hinunter, vorbei an der von seiner Lieblingsblume, der blauen Clematis, umrankten Säulenhalle.

Und oben im zweiten Stockwerk? Es enthält größere und kleinere Stuben für Gäste. Wie viele, berühmte und unberühmte, aber lauter befreundete und treu anhängliche Menschen haben dort glückliche Monate, Wochen, Tage und Stunden verlebt! Zumal im „Wartburgzimmer", von dessen Fenster aus die Veste daliegt so nah, so greifbar, auf den grünen Wipfeln der Bäume ruhend, wie das Schiff auf der Salzfluth, und darüber ein weiter blauer Himmel.

Ja, wie Viele haben hier gewohnt und dem lieben Reuter'schen Ehepaare die Zeit verschönern helfen! Und dann zogen sie hinaus, gemeinschaftlich, in die reichgesegnete, anmuthige Landschaft, in die Thäler, in die Landgrafenschlucht, doch vor Allem auf die Burg. Dort feierte der alte Burschenschafter mit Greisen und Jünglingen am 18. Oktober 1867 die fünfzigjährige Wiederkehr des denkwürdigen Wartburgfestes von 1817, dort brachte der Poet mit gleichgesinnten Sangesbrüdern manch herrlichen Abend zu, und mehr als ein treffliches Lied entstand so, auch auf Luther. Heimgekehrt saß man wohl noch spät beisammen, trank goldigen Rheinwein, sang und sagte von Allem, was große und edle Herzen und Köpfe bewegt.

Das waren sechs Jahre der Wonne, die Reuter in seiner Villa durchkostete. Und welche Freude bereitete ihm die Arbeit im Garten zwischen den Blumen und Obstbäumen, die er selbst beschnitt, oculirte, veredelte! Wie war er hier auf Verbesserung und Verschönerung bedacht, auch auf Vergrößerung! Eines Tages kam er strahlenden Antlitzes. „Wising!" rief er, „ich bin Großgrundbesitzer! Ja, sieh nur und staune!" und dabei holte er ein Papier aus seiner Tasche. „Da, hab' oben noch das Stück Land zugekauft, nun hat mein Grundstück einen netten Umfang, mußt dafür heut auch etwas extra zu Mittag spendiren!"

Wie ein Kind freute er sich über sein Tuskulum und führte die

Freunde von nah und fern durch Haus und Garten, All' und Jedes zeigend und erläuternd. Einer Familie blieb es unvergeßlich, wie Reuter plötzlich seine Frau sanft in eine Fensternische und an seine treue Brust zog. Eine Thräne rollte ihm die Backe hinunter, indem er sagte: „Ach, Wiſing, wunderschön ist's hier! Aber, nicht wahr, schön war's doch auch in der Dachstube?!"

Ihre Ehe blieb bekanntlich kinderlos. Aber den Hausstand be= lebte ein allerliebstes Hündchen, das Beide in ihr Herz geschlossen hatten und „Joli Reuter" benamsten. Sogar Paul Lindau huldigte gelegentlich seines Besuches dem höchst aufgeweckten, gelehrigen und stimmbegabten gelben Affenpinscher in einem Lobhymnus. Neben Joli ist Allen noch in bester Erinnerung die originelle Lisette, ein ältliches Thüringer Bauermädchen, genannt die dauerhafte Jungfrau. Sie war früher Dienerin bezw. Zofe bei der Herzogin Helene von Orleans, der edlen Mecklenburgischen Fürstentochter, gewesen, die nach der Französischen Februarrevolution mit ihren Söhnen, dem kürzlich verstorbenen Grafen von Paris, und dem Herzog von Chartres eine Zeitlang in Eisenach residirte. Der Verkehr zwischen der Herzogin, den Prinzen und Lisette gestaltete sich zu einem vertrauten, so daß sie schließlich auf allen Reisen mitgenommen wurde. Einige Jahre nach dem Tode der Herzogin kam Lisette zu Fritz Reuter. Sie ver= stand brillant, ihr erlerntes Französisch überall anzubringen; und es war höchst ergötzlich, wenn Frau Dr. Reuter sie in ihrer Sprachweise kopirte: „Fui Matam," „fui Mussjö," „plöt i?" (plait-il?) An Fest= tagen erschien sie in einer seidenen Robe weiland der Herzogin. Ihr Haß gegen Napoleon III. zeigte sich bei jeder Gelegenheit. Als einst Reuter aus der Zeitung von der Erkrankung des „Empereur" vorlas, sagte die im Zimmer anwesende Lisette: „Wenn der schterbt, denn trauer ich roth!" Jedenfalls hat sie viel zur Heiterkeit im Hause Fritz Reuters beigetragen.

Von seiner eigenen, gleichmäßig guten Laune liefern die nach= stehenden Zeilen an Wichmann vom 19. August einen fröhlichen Beweis:

„So weit hat mich der Kakodämon Korrespondenz schon gebracht, daß ich alles Briefpapier aufgeschrieben habe und entweder zu Konzept oder zu Velin greifen muß. Na, ich will Dich für Deine Freundlichkeit nicht schlecht traktiren, Du sollst nobel behandelt werden; aber erst mußt Du mir für die verzögerte Antwort Indemnität ertheilen, zumal ich ganz schuldlos bin, dieweil ich mit den Schwestern meiner Frau, die hier zum Besuch sind, eine kleine Spritzfahrt durch den Wald gemacht habe. Du wünschest zu wissen, wie es uns ergeht, und ich muß sagen, besser als ich wenigstens es verdiene. Ich habe einen schön gelegenen Garten, in welchem Alles, was ich darin gepflanzt, so ziemlich vertrocknet ist, habe ein sehr schönes Haus, welches ca. 5000 Thaler über den Anschlag kostet; aber, schad ihm nicht! Für den Garten fällt heute der schönste Regen, und auf dem Hause bin ich nichts schuldig, und so will ich mir denn meine Habseligkeit nicht verbittern lassen. Bisher ist mir der Genuß etwas durch zeitweiligen Aerger mit unseren schlechten Arbeitern und durch meine eigene schlechte Arbeit verkürzt worden; aber die Arbeiter bin ich jetzt los und die Arbeit auch, denn mein Buch ist fertig und wird ehestens erscheinen. Meine Frau ist unverrufen sehr wohl, und ich stöcere und stammle mich ja auch noch immer langsam durch die Welt; die Bewegung im Garten, der Genuß der freien Luft und Freude am Eigenen helfen tapfer mit, mich durchzuschleppen, wenn der liebe Gott nur mit seinem Segen von Korrespondenz und Verehrerinnen einhalten wollte; mit der idyllischen Ruhe ist's nichts, die Idylle ist wohl da, aber die Ruhe fehlt. Nun lebe wohl und besuche mich; von alten Freunden lasse ich mich gern stören."

Zum Winter zog es Reuter noch einmal nach den heimischen Penaten mit unbezwinglicher Sehnsucht; es war seit seiner Auswanderung der dritte Besuch in Mecklenburg und Pommern und sollte sein letzter sein.

Auf der Hinfahrt im November 1868 rastete er bei Jühlke in Potsdam. Weihnachten verlebte er bei Peters-Siebenbollentin. Den meisten Freunden und Bekannten konnte er noch einmal die Hand drücken; aber ein Wiedersehen mit Allen war unmöglich. So empfing der hochbetagte Postexpedient, Gastwirth und Landmann Blänk in Serrahn am 10. Januar 1869 aus Stuer, wo unser Dichter sich auf seiner Triumphreise gerade aufhielt, diese Absage:

„Lieber Onkel Blänk, damit Du siehst, wie sehr Du mich mit Deiner Einladung erfreut hast, will ich gleich umgehend antworten. Mit wirklich ungeheuchelter Freude würde ich Dich und meine liebe, gute Tante Blänk wiedersehen und Euch lieben alten Leuten die freundlichsten Grüße von meiner Frau bringen, die jetzt hier bei mir ist; aber „dat ginge woll, aber dat geht woll nich!" Es wird mir sehr schwer, einem so alten, bewährten Freunde und seiner eben so lieben herzigen Frau einen Wunsch abzuschlagen: da ich aber bei meiner Abreise nothwendig über Malchow reisen und an einem bestimmten Tage in Stavenhagen ein-

Frau Luise Reuter
(Wiesbaden 1879).

treffen muß, so wird sich ein Besuch in Serrahn schwerlich damit vereinigen
lassen; auch zu einem besonderen Besuche bei Euch von hier aus wird keine Aussicht sein, da ich auf die Ankunft meines Verlegers Hinstorff, der mich hier
in Geschäften sprechen will, warten muß. Nehmt meinen herzlichsten Dank für
Eure Freundlichkeit und bleibt, auch wenn wir uns nicht sehen sollten, meine
Freunde aus alter Zeit, alter böser Zeit!"

Im Februar 1869 sandte Reuter, abermals bei Peters als Gast,
einen Gruß aus dem Pommernlande an Jühlke:

„Du erhältst hierbei Riß und Anschlag zu einem Gewächshause, den Du mir
zu Gefallen wohl einmal zu Feierabendzeiten ansehen magst. Wenn ich wieder
nach Berlin komme, so zu Ende des Monats, besuche ich Dich und hole mir über
die beiden Vorlagen Deinen entscheidenden Bescheid."

Im März weilte Reuter wieder, etwa eine Woche, in der Preußischen
Residenz. Eine Hofequipage fuhr vor seinem Hôtel vor; es war
Jühlke, der eben von der Königin Augusta kam, den Freund willkommen zu heißen. Ein Tag in Sanssouci blieb ihm unvergeßlich;
am Potsdamer Bahnhof erwartete ihn eine königliche Equipage.
Behaglich lehnte sich der Dichter in die weichen Kissen zurück und
dachte unwillkürlich an die Wandlung der Dinge. Schon 1865 hatte
ein Galawagen aus Koblenz ihn, den Kurgast in Laubbach, zu einem
vom Offizierkorps der Garnison veranstalteten Festmahl abgeholt,
ihn, den einstigen Festungsgefangenen, und jetzt saß er wirklich und
wahrhaftig in einer königlich Preußischen Hofkutsche, er, der „Königsmörder". Ja, die Menschen gedachten es böse mit ihm zu machen,
aber der liebe Gott hatte es herrlich hinausgeführt, wie er dankbaren,
gerührten Herzens empfand. Hätte sein bescheidener Sinn es zuge-
lassen, ihm wäre von Seiten der Majestäten, sowie des Kronprinzen
und der Kronprinzessin, welche seine Werke mit Interesse gelesen, ein
ehrenvoller Empfang zu Theil geworden; gewiß auch bei Bismarck.*)
Wie ein Lauffeuer verbreitete sich damals der Ruf in Berlin von
Fritz Reuters Anwesenheit, daß er vor „Lobhudelei", wie er sich
euphemistisch ausdrückte, kaum athmen konnte und schließlich den ihn
förmlich belagernden Verehrern und Verehrerinnen durch schleunige
Abreise entrann.

*) „Fürst Bismarck und Fritz Reuter" betitelt sich meine zum 80. Geburts-
tage des Altreichskanzlers veröffentlichte Abhandlung.

Vom stillen Eisenach aus dankte er seinem Jühlke für die liebenswürdige Aufnahme, für den Rath, die Idee eines Gewächshauses aufzugeben, für die Anerbietungen, falls er für seinen Garten fernere Wünsche hegte. Sie anzunehmen nöthigte ihn das „hafermentsche" Klima, welches argen Schaden unter den Gesträuchern angerichtet hatte.

Troß Afrikanischer Hiße und Afrikanischem Wüstenboden, wie er sich scherzend ausdrückte, entwickelte sich und gedieh seine Schöpfung. Das üppige Wachsthum bereitete dem ehemaligen „Strom und Oekonom" täglich neue Freude, und der beim Anbruch der schönen Jahreszeit sich mehrende Besuch brachte ihm manchen Gruß und Genuß aus der Heimat und Jugend.

Eine schwere Wunde wurde indessen seinem Herzen geschlagen durch die Nachricht von dem Tode des Justizraths Schröder. Dem Sohne schrieb er am 15. Juni 1869 zum Troste:

„Lieber Richard, der Schlag, der Euch so plötlich und unerwartet getroffen hat, ist eben so unvermuthet und schrecklich in unser Haus und in unsere Herzen gefallen. Wohl hast Du Recht, wenn Du sagst, daß auch mir ein Freund gestorben sei; ich weiß am Besten, wie hoch die Freundlichkeit und das Wohlwollen des lieben Mannes anzuschlagen ist, der, als ich noch gar nichts in der Welt bedeutete, mir mit Rath und That weiter und weiter half; und das Einzige, was uns mit der Härte dieser göttlichen Entscheidung versöhnen kann, liegt darin, daß dies harmlose, friedliche, bis ins Innerste der Seele hinein heitere Gemüth eines so schmerzlosen, von langer Krankheit nicht entgegengequälten Todes gestorben ist. Wenn auch zwischen uns Beiden ein mächtiges Haltseil zerrissen ist, so hoffe ich doch, daß die übrig bleibenden so lange halten werden, bis man auch mich unter den Rasen legt."

Das Gedächtniß an Schröder bleibt für jeden Reuter-Verehrer ein geweihtes. Er war es, der dem Anfänger das Geld zur Drucklegung der „Läuschen un Rimels" lieh; ihm widmete der Verfasser den zweiten Band. Elf Jahre waren seitdem dahingerauscht, aus dem unbekannten Schulmeister und angehenden Schriftsteller war ein weltberühmter Autor geworden. Aber über all' den ihm gestreuten Weihrauch hatte er nie und nimmer seiner Freunde in der Noth vergessen, deren bester und treuester einer sein „Justizeken" gewesen.

Wie deutlich trat ihm jetzt wieder sein Treptower Lebens-

abschnitt vor Augen und damit der angenehme Verkehr im Hause
des Rechtsgelehrten und die Gestalt des jovialen Herrn selber mit
seiner Schach= und Lachlust! Und jetzt? Jetzt lag sein Gönner im
Sarge, vielleicht schon in der Mutter Erde, und Reuter konnte
seine frohen und doch so wehmüthigen Erinnerungen nur seufzend
beendigen und seinen Nekrolog nur in den Ausspruch zusammen-
fassen: „Ja, sie haben einen guten Mann begraben, und mir war
er mehr.“

Doppelt rührte ihn ein telegraphischer Geburtstagsglückwunsch
aus Treptow. Er dankte am 10. November, als am Geburtstage
Luthers und Schillers:

„Sie haben mir durch Ihre Depesche die frohe Ueberzeugung geschafft, daß
doch noch einige Fäden zwischen dem früheren Wohnort und mir unzerrissen
bestehen. Je älter man wird, desto mehr muß man auf das Wiedersehen von
alten Freunden und Bekannten verzichten; sie fallen von Einem ab, wie jetzt das
Laub von den Bäumen. Vor Allem hat in Treptow der Sensenschwinger auf-
geräumt; doch die Klage sie wecket die Todten nicht auf.“

Goethe sagt: „Wer sich entschließen kann, besiegt den Schmerz.“

So hielt sich Reuter ans fortschreitende Leben und setzte
dem Gram süßes Gedenken, dann Beschäftigung und Vergnügen
entgegen.

Der befreundeten Familie von Röder in Mecklenburg sandte
er einen Neujahrsgruß mit dem launigen Schluß:

Wenn der Frühling von den Bergen schaut
Und das Eis des Winters fortgethaut,
Wenn im Höllenthal die Blätter sprießen
Und der Spargel schlanke Pfeifen schießen,
Keiner sich vor Fliegen bergen kann,
Findet Euch in unsern Bergen an!

Dort ist Schatten, sind die Fliegen nicht,
Mächtig schauet, wie ein alt Gedicht,
Wartburgsveste auf das Thal hinunter,
Und die Sonne scheinet hell und munter
Auf des Waldes und der Wiese Kleid,
Auf Johannisthal und breit Gescheid.

Steht auch dort ein neugebautes Haus,
Viele Leute geh'n drin ein und aus;
Dorthin eilet, liebe, theure Freunde —
Bayern=Ludwig saget: „stets treu sei'nde".
Eilet, eilet! denn mein Haar wird grau,
Eilt zum Reuter und zur Reuterfrau!

Besonders gern erging er sich in Gesprächen mit August
Becker; dabei offenbarte er sich als feiner Literaturkenner, dem das
Gute nicht leicht verborgen blieb, und meist von treffendem Urtheil;
er selbst war sich der Art und Begrenzung seiner Kraft genau be=
wußt, mit den Gesetzen seiner Kunst wohl vertraut, kein bloßer
Naturdichter, der nur vermöge seines poetischen Instinkts das Rich=
tige traf.

Konnte er auch bisweilen in übermüthiger Laune jede geistige
Einwirkung der Vorgänger auf sein Schaffen weit abweisen, so war
er in ruhigeren Stunden um so geneigter, den Einfluß anzuerkennen
und mit hoher Verehrung von den Meistern zu sprechen, von
welchen gelernt zu haben er einräumte.

Goethe und Shakespeare waren die hellsten Sterne seines Himmels.
Dann Walter Scott. Reuter erzählte eines Tages, daß Julian
Schmidt — der mitunter eine Kratzbürste sei — ihn feurig umarmt habe,
da er Scott als das Vorbild genannt, von welchem er am meisten
zu lernen suche. Es bekümmerte ihn, zu sehen, wie die jüngere
Generation den Maßstab für Sir Walters Größe mehr und mehr
verlor. Den Vorwurf des allzu Altväterischen ließ er höchstens
für die Erzählungen gelten, die auf fremdem Boden spielen; die
Mehrzahl auf schottischem Grund habe unvergänglichen Werth, jede
Zeit, jede Figur sei von berückender Lebenswahrheit und von einer
vorher nie geahnten Eigenart. Gerade Scott hat den Blick für
historisches Leben erst geöffnet; wir haben seit ihm erst Anschaulich=
keit auch in der Geschichtschreibung. Hat doch der Whigistische
Macaulay erklärt, daß er durch den Tory Scott die rechte Geschichts=
auffassung gewonnen, und Ranke es unumwunden zugestanden, daß
er die entscheidende Anregung von dem Schottischen Dichter em=
pfangen. Die Wirkung auf die ganze Kultur= und Literaturperiode

Luise Reuter.
(Eisenach 1888.)

war eine unermeßliche. Ohne Scotts Vorgang lassen sich „Die Verlobten" von Manzoni, Viktor Hugos „Glöckner von Notre Dame", noch weniger die Märkischen Romane eines Willibald Alexis und Theodor Fontane denken.

In diesen Geleisen bewegte sich häufig die Unterhaltung mit Fritz Reuter. Dabei war merkwürdig, daß er durchaus nicht die- jenigen Scott'schen Romane vorzog, in welchen die Eigenthümlich- keiten des Einzelnen und ganzer Gesellschaftsklassen zum humoristischen Gegensatz gebracht wurden, wie in „Rob Roy". Sein Lieblings- roman war und blieb „Die Braut von Lammermoor". — „Da ist tragisches Verhängniß," pflegte er mit leiser Stimme nachdrucks- voll zu sagen, „das sind Schicksale!"

Er wußte diesen Roman, er wußte „Ivanhoe" auswendig. Oft hat er als „Strom" auf dem Lande bei Peters an langen Winter- abenden ganze Werke sowohl von Scott als auch von Boz=Dickens frei aus dem Gedächtnisse nacherzählt mit bewunderungswerther Plastik in der Zeichnung jeder Person und Situation.

Neben dem Schotten und Britten, deren charakteristische Schöpfungen ihm manche einsame Stunde auf den Festungen ver- kürzten und verschönten, gehörte der Amerikaner Washington Irving zu seinen Lieblingen, von dem ja auch Lord Byron äußerte, daß er den Narren an ihm gefressen. Reuter hielt nichts so hoch, als Irvings scherzhafte History of New-York by Dietrich Knicker- bocker. Damals wußte man in weiteren Kreisen noch nichts von seiner „Urgeschicht' von Meckelnborg", deren freilich unerreichtes Vorbild jene ist. Wir kennen dies Werk aus seinem Nachlaß, und hier wie dort wird weit, von Anfang der Welt an, ausgeholt. Aber auch da keine bloße Nachahmung, die durch Reuters schöpferischen Geist ausgeschlossen blieb.

Seine eigene Schaffenskraft schien zu schlummern; hatte er doch seit geraumer Zeit nichts weiter als etliche Gelegenheitspoesien verfaßt, darunter auf die Bitte der Lehrerschaft einer Provinzial- stadt zur Ueberreichung seiner Werke an einen Jubilar, gleichsam als Kollege im Gedächtniß an seine Schulmeisterjahre, das folgende Gratulationsgedicht:

Wer föftig Johr de Jungens liehrt un sleiht
Un denn noch rührig weien deiht
Un denn noch Leiw' in'n Harten hegt,
So'n Kierl is dägt!·
Doch wer sik noch up sinen ollen Nacken
Bi all sin däglich Plagen un sin Placken
De städtschen Armen lett upsacken
Un ehre bittern Thranen drögt,
Un bi sin swore knappe Tid
Tor so herüm taum Rechten süht,
Wer dat noch kann,
Un denn des Abends in de Schummerstun'n
Noch Tid un Lust hett fun'n
Tau Spaß un Witz,
Dat is en Mann;
'rum mit be Müß!
Wi kamen nu tau Di as Tine Mitkollegen,
Indem dat wi taum Besten weiten,
Wo vull Din Lewen von Verbreitlichkeiten
Un ok wo vull dat is von Segen,
Un bringen Di bit Bäukerwesen,
Dat Du kannst Abends dorin lesen
Un, wenn dat möglich is, Di doran hägen
In still Behagen un in Rauh.
Watt seggst dortau?
Un wenn de Stückschen Ti gefallen,
Denn freu Ti doran woll un bet,
Un nimm de besten Wünsche von uns Allen
Un ok von ben, de f' schrewen hett.

Nicht lange darauf sollte unseren Reuter ein welterschüttern=
des Ereigniß, die herausfordernde Kriegserklärung Frankreichs an
Deutschland, mit Begeisterung und jugendlichem Feuer erfüllen.
Er mußte weinen vor Freude: er sah die Verwirklichung seines
Jugendtraumes, um den er einst so Bitteres erduldet, nahe.
Da entflammte sein Herz zu neuer patriotischer Samariterthätigkeit
im Dienste der Verwundeten; da küßte ihn noch einmal die Muse;
herrlich erklang sein Schwanensang: „Ok 'ne lütte Gaw' för
Dütschland".

Die Dichtung erschien bei Lipperheide zu Berlin in Fak=

simile=Druck, aber unbegreiflicher Weise unvollständig. Köstliche und werthvolle Stücke stehen nicht darin. Unser Deutsches Volk hat ein Anrecht daran, seines Lieblings letzte poetische Leistung, die es dem gewaltigen Impulse des großen Krieges verdankt, unverkürzt kennen zu lernen. Hier folgt das Fehlende:

I.

Demagogen! Demagogen! reep dat hir un allentwegen,
Königsmörder! schallt dat wider, reep uns jeder Lump entgegen.
Un de allerschlichtsten Witzen würden up uns los dunn laten
As en Rudel magre Hunnen, de up nicks dressirt as faten,
Sünd verkamen un vergeten, heiwen be Thänen ut fil beten.
Un nah lange säben Johren würden endlich los wi laten,
Habben nicks nich lührt as Hassen, be von Leiw mal äwerslaten.
Oh, wo lebbig, oh, wo trurig, wat be Hatz uns hett geburen!
Minsch un Gott un Allens habb fil tau uns' Unglück dunn verswuren.
Nahrends Utsicht, nahrends Schaffen! biesterig mit blinnen Sinnen
Wüßte Keiner, wat hei wirken, wüßte nich, wat nu beginnen.
Wat helpt Hoffen, wat helpt Harren! Wat helpt Kümmern, wat helpt Sorgen!
Frische Maud, be helpt blot wider, jede Nacht hett ehren Morgen.

II.

Un de Leiw, be Wunnen täuhlet
Un de Tib, be Wunnen heilet,
    Heiww'n an uns bat ehre bahn:
Wenn de Bülg am höchsten brect' sit,
Wenn de Noth am höchsten redt' sit,
    Fründshand führt bi up be Bahn.

Fründshand is för Jrden=Knawen
Wat för't Volk be Gottshand barwen,
    Hett ehr Hand up Dütschland leggt,
Hett in Storm uns jwell de Segel,
Hett mit lisen, weiken Tägel
    Dütschland führt un vörwarts bröcht.

Hett uns vörwarts ümmer dreiwen,
Hett uns bröcht vom Dob taum Lewen
    Helden un Propheten weckt.

Grote Namen künn it nennen,
Aewer jedes Kind ward kennen,
    Wer dat Gottslicht an hett steckt.

Un da stahn wi olle Jungen;
Wornah wi 'mal ihrlich rungen.
    Is nu all ahn' uns gescheihn.
Aewer weg mit be Gedanken!
Ahne Awgunst, ahne Wanken
    Stahn ok wi as Wacht am Rhein.

III.

Dat is en gruglich Kämpen west
Von Osten, Nurden un von West,
Noch bewert unner uns be Ird
Von Mannestritten un von Pird.

Hork, still! — Uns' grise Kaiser
                spreckt:
So wied uns' braves Dütschland reckt
Un äwern Dütschen Rhein tauglikt,
Dat is, dat is min Kaiserrik.

Un wenn hei liggt up't letzte Bedd
Un Gott sin Ogen slapen lett,
Denn steiht bi em en kräftig Mann
Un tredd sin Vabers Armschaft an.

Oh, Friedrich Wilhelm, Dütschlands
                Kind!
Wo Vele all verdorwen sünd,
De richt Du in be rechte Bahn,
Denn ward Din Volk tru bi Di stahn.

IV.

„De Tiden ännern sik."

Ja, ja, 't is wahr: be Welt wankt up un nedder,
Wat west eins is, bat kümmt villicht 'mal wedder,
Wohrt för ben Wunsch de Tid bi ok tau lang,
Helpt nicks: be Welt geiht ehren scheiwen Gang.
Doch dat, wat bu 'mal in bin jungen Johren
Heit wünscht un bebt, wosör bu kräftig strewen,
Wosör bu Noth un Aengsten 'mal eins leben,
Dat föllt villicht bi ollen, grisen Horen
Di as 'ne Gawzoon Gott in binen Schot,
Un bu röppst bankbor ut: „Ja, Gott is grot!"

Hör'n Johrener viertig bunn seeten wi in Jena 'mal tru tausamen,
Sei wiren von ben Bodensee, wi von de Ostsee kamen,
Un einig seeten wi tausam, ja einig von Süd un Nurd,
Un't söll för Dütschlands Einigkeit so männiges brave Wurd.
Von ollen Tiden was be Red', von ollen un von nigen,
Wat wi woll süllen en Dütsches Rik un en Dütschen Kaiser noch krigen.

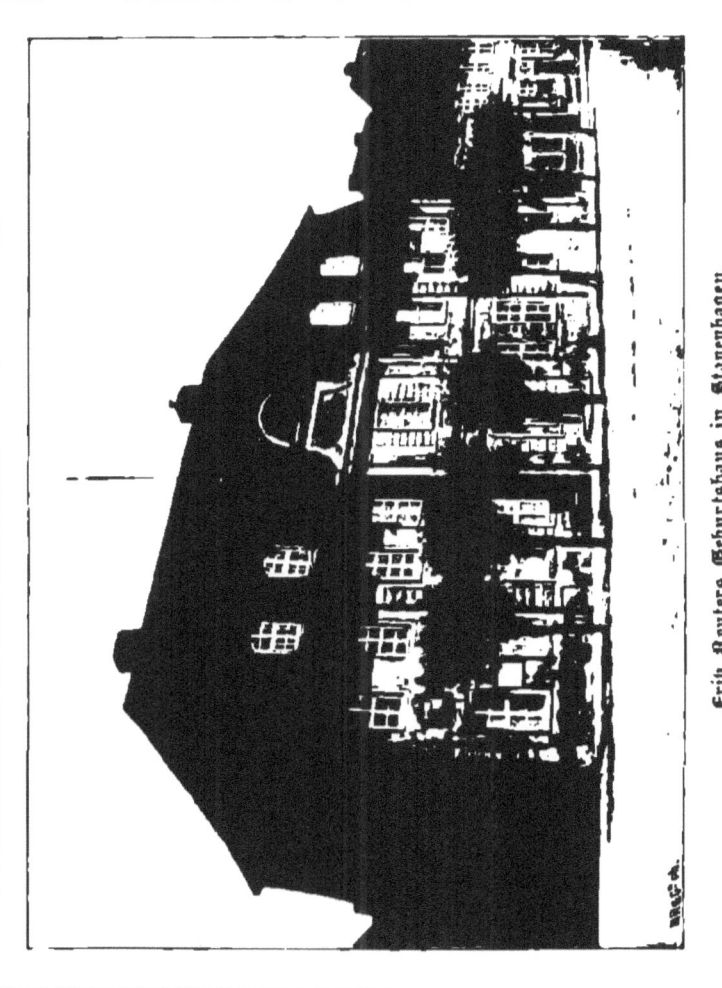

Fritz Reuters Geburtshaus in Stavenhagen.

Dunn was't mit de Einigkeit vörbi: „Wat Kaiser? wat Kaiserrit?
Wi will'n den ollen Swindel nich mihr, wi will'n be Republik.
In Frankrik fängt bat ok all an, herum tau bunnerwettern;
Hoch, Friheit, hoch! Un nochmal hoch! En frisches Seidel, Fru Vettern!"*)
So reepen Wed, un de Annern drup: „Irst möten wi einig sin,
Is Dütschland einig, is't All besorgt, de Friheit kümmt achterbrin!"
Dunn kamm en Voß herin in be Dör, de bröcht en Zeitungsblatt:
„De Fürsten hewwen bat all besorgt, sei schriwen ut Karlsbad:
Nicks Einheit hir, nicks Friheit hir! Mit Beiden is bat vörbi,
Vörbi mit Friheit un Einigkeit, wi äwer sünd vagelfri!"
So'n böses Wurd, bat smädt tausam, un webber was Einigkeit,
't is grad mit uns jung Burßen so, as 't ümmer in Dütschland geiht:
Wenn den Esel tau woll is, denn geiht hei up't Is un breckt sik dor sine Bein,
Wenn be Noth äwer kemmt, denn reckt hei be Hand un kümmt mit All äwerein.

    Dunn was bat mit Wünschen un Beden vörbi,
    Un be Hoffnung be gung in be Kratz,
    Dörch Dütschland gung denn lustig los
    De Demagogen-Hatz.
    Sei släkerten 'rümmer dörch't ganze Land,
    Sei nahmen uns hir un dor,
    Dunn grännte de heilge Polizei,
    Dunn blähte be olle Schandor.
    Herr Mühler, von Rochow un be Herr von Brehm
    De secten dunn hoch up ben Thron,
    Up ehre vier Bankslawen secten sei dor
    As Ministerial-Kommischon;
    Un wat sei nich ahnten, bat hürten sei bald;
    Herr von Tzschoppe, de was Referent.
    Un mihr, as sei wüßten, bat wüßten sei bald,
    Denn Dambach was Inquirent.

    Un keiner von All'n be sach in be Fiern
    Un hett sik bat möglich dacht,
    Tat grad von Preußen de helle Stiern
    'mal breken würd dörch be Nacht.
    Man dal, man dal mit be Einigkeit!
    Mit Friheit un Jugendbröm!

*) Name der Wirthin des von den Jenaer Studenten viel besuchten „Fuchsthurm".

Fürst Metternich, de weit Bescheid
Un Mühler un Rochow un Brehm!
Uns' Schipp was kentert, tau öbberst den Kil,
In Dods-Noth seiten wi vör,
För unsen Nacken was slepen dat Bil,
Un nahst würden't dörtig Johr.

Un dörtig Johr de süllen wi
„Kraft Oberst-Richter-Gewalt"
In Haft nu sitten fröhlich un fri,
Up Festungen männigfalt.

Up unse Festung wiren wi teihn.
„Dreihunnert Johr as mi dücht
De möten wi sitten," seggt de Ein,
„De Reknung, de makt sik ja licht."
Mit unsen vier Bukstawen dreihunnert Johr!
Recht ruhig un still un bequem,
So seiten wi vör. „Na, is dat nich wohr,
Herr Mühler, Herr Rochow, Herr Brehm?
Dat was för Dütschlands Einigkeit
Un för de Friheit tauglik,
Tau starwen wiren wi All bereit
För Dütschland un Kaiserrik."

Nun wäre es hochdeutsch weiter gegangen, aber die Fortsetzung
ist im Manuskript abgeschnitten. Schlagen wir das so halbirte Blatt
um, dann finden wir noch die folgenden hochdeutschen Verse:

V.

Aber einer hohen Göttin hatten Tempel wir gebauet:
Hoffnung, Hoffnung! reicht in Liebe Hand uns, Brüder, und vertrauet!
Und die Zeit, die ewig milde, in des Gottes weichem Kleide
Hat gerüstet, hat geholfen unserm Schmerze, unserm Leide.

Und ein Sprüchwort, geboren auf deutscher Erden —
Glaubt, Frauen und Männer, dem Wort! —
Es schalle durch Deutschland für und fort:
Die Hoffnung soll nimmer zu Schanden werden!
Das ist ein Trost! Und nie gebrochen.
Der Doktor Martin in Wittenberg, der hat das Wort gesprochen.

Diese Zeilen rühren und ergreifen doppelt, wenn man erfährt, was Reuter als Festungsgefangener niederschrieb:

Und einen hohen Tempel will ich bauen
Auf stolzen, unsichtbaren Säulen ragend,
Die Kuppel zu dem Himmel tragend,
Und will von dort hin auf die Sterne schauen;
Und laden will ich alle Matten, Müden
In meines Tempels heil'gen Ring und Runde,
Will Allen geben unverfälschte Kunde,
Will Allen geben stillen Gottesfrieden.

Oh! schön ist's drinnen, komm in meinen Tempel!
Gemalte Fenster, wie die Rosen glühend,
Und Orgelton und Silberschwäne ziehend,
Auf Alles drückt die Gottheit ihren Stempel.

Zu deinem Bild, oh Hoffnung, will ich wallen.
Oh du mit himmelwärts gekehrtem Blick,
Du läßt der Erde Freuden weit zurück
Und führst die Jünger in des Himmels Hallen.
Den Dunst verlaß ich jetzt, hin zu den Bergen wend' ich
Den leichten Schritt, und frohe Grüße send' ich
Den Gipfeln zu mit ihrem Strahlenglänzen,
Mit ihrem Blüthenduft und ihren Waldeskränzen.

Wenn dann in späten Zeiten
Mein mattes Auge bricht,
Die Arme niedergleiten
Von eigenem Gewicht;

Dann hol' ich aus dem Herzen,
Das hoffnungsreiche Blatt,
Verschwunden sind die Schmerzen,
Die 's mir getragen hat.

Wenn alle Erdensorgen
Mir längst geschwunden hin
Und auf den neuen Morgen
Gerichtet Herz und Sinn;

Ich schließ' das Buch für immer,
Faß' Hoffnung an die Hand
Und eil' im Frührothsschimmer
Hin in ein beff'res Land.

So reicht der alte Dichter, der wie Faust der Hoffnung ge=
flucht hatte, der jugendlichen Muse versöhnt die Hand. „Ich habe,"
gesteht er selbst, „sehr kämpfen und streiten müssen, und wenn Einer
Augen hat zu sehen, so wird er zwischen den Zeilen meiner Schreibe=
reien herauslesen müssen, daß ich immer Farbe gehalten habe, und

daß die Ideen, die den jungen Kopf beinahe unter das Beil ge=
bracht hätten, noch in dem alten fortspuken."

In Eisenach betheiligte Reuter sich eifrig an der Pflege der im
Felde verwundeten Krieger, besuchte die Lazarethe, nahm selber
Kranke auf und sorgte wie ein Bruder, wie ein Vater für sie.

Einer von ihnen, der damalige Oberst Emil von Conrady, jetzt
General der Infanterie z. D., bekannt als Biograph des Grafen
August von Werder und Generals Karl von Grolmann, schreibt mir
aus seiner Erinnerung Folgendes:

„Ich kam am 27. September 1870 schwer krank am Gehirnfieber in Eisenach
an. Mein Bursche Freyhold, ein hübscher, großer, blonder Pommer, hatte mich bis
dorthin gebracht und zwar in den Reuters Villa gegenüber gelegenen Gasthof
zum Löwen. In dieser seiner Stammkneipe verkehrte der Dichter alle Abende.
Kaum hatte er gehört, daß oben ein Preußischer Oberst läge, kam er gleich hinauf
und bot seine Dienste an. Seine Frau schickte Kissen, Nackenrolle, Korbstuhl.
Decken, kurz Alles was für die Bequemlichkeit wünschenswerth. Doch unsere nähere
Bekanntschaft mußte bis zu meiner Rekonvalescenz verschoben werden; trotzdem
standen wir in engster Verbindung. Reuter hatte nämlich Gefallen an meinem
Burschen gefunden, der sich oft im Gastzimmer aufhielt und plattdeutsch sprach.
Das war ja natürlich ein Genuß für den Dichter, mit einem Landsmann „platt
snaden tau könen". Es bildete sich eine Art Freundschaftsverhältniß zwischen
Beiden, in welchem Freyhold aber niemals seine Stellung als Diener dem Herrn
gegenüber vergaß, wie oft er auch, in die Herrenstube geholt, beim Glase Bier
und Cigarren von seinen Kriegserlebnissen erzählte. Er mochte mich dabei in
übermäßig glänzendem Lichte dargestellt haben, denn mit Ungeduld erwartete
Reuter die Nachricht, zu mir kommen zu dürfen. Eines Tages machte ich dann
seine Bekanntschaft, die mit Zunahme meiner Kräfte von mir immer mehr ge=
pflegt wurde. Ich kannte seine Werke schon lange, viele Persönlichkeiten aus der
Festungstid waren mir von Person bekannt. Zudem war Reuter ein glühender
Patriot geworden. Der Traum seiner Jugend, wofür er so schwer und so un=
schuldig gelitten, ein geeintes Deutschland war verwirklicht, und in einer Art
Dankbarkeit umfing sein warmes Herz jeden Vaterlandskämpfer. Seine Erzäh=
lungen waren in hohem Grade interessant, wie es bei seiner Darstellungsgabe
und seinem göttlichen Humor nicht anders sein konnte. Seine Lebhaftigkeit und
sein lautes Organ griffen mich aber zuerst sehr an, bis ich immer kräftiger wurde
und mich dem seltenen Genuß ganz hingab. „Wenn Sie erst so weit sind, koche
ich Ihnen noch einmal selbst Bierkarpfen, bat verstah ick noch," hat er mehrmals
wiederholt, weil mir diese Episode aus der Festungstid viel Vergnügen gemacht.
Kurz vor seiner Abreise hat er sein Versprechen eingelöst. Sehr aufgeregt wurde
er immer noch, wenn er von der Kommission sprach, die ihn in Berlin zum Tode

Reuterdenkmal in Jena.

verurtheilt hatte. Er behauptete, die Nemesis hätte ihn an den einzelnen Mit-
gliedern in ihrer Todesart gerächt. Wenn er erzählte, wie er als Schulmeister
für zweieinhalb Groschen die Stunde Privatunterricht, anfänglich sein ganzer
Verdienst, mit seiner Lowifing gelebt, mit welchem Zagen er an den Selbstverlag
seiner Dichtungen gegangen, wie Beide das Versandgeschäft betrieben, wie die
Bestellungen bald einen Umfang annahmen, daß er vor Packen von Druchsachen
nicht mehr zum Arbeiten gelangte, wie nach und nach die Ahnung über ihn kam,
daß er noch ein begehrter Dichter werden würde, — das konnte so herzbewegend
und so fröhlich eben nur ein Reuter erzählen. Daß meine Kräfte sehr rasch zu-
nahmen, verdanke ich nächst meiner guten Natur der Frau Reuter. Keine konnte
so wie sie starke, leicht verdauliche Suppen kochen. An sechs Wochen schickte sie
mir täglich eine solche Suppe, die auch von den Aerzten als das Beste anerkannt
wurde, was mir damals gewährt werden konnte. Als ich erst ausgehen durfte,
habe ich auch Reuters Tuskulum kennen gelernt und war öfters drüben zu Gast.
Mit Freyhold ward sein Verhältniß immer väterlicher. Als ich meine Abreise
bestimmte, hat Reuter am Stammtisch im Löwen „för den ollen Freyhold" gesammelt, und reich beschenkt mit Geld und Cigarren schied dieser mit tiefem Dank
für die Güte des Herrn Reuter. In sein Haus hatte der Dichter drei bis fünf
Verwundete zur Pflege aufgenommen. Die Pflege war so vorzüglich, daß er die
Leute nicht los werden konnte. Ich dächte, ich hätte mich ins Mittel legen müssen,
um sie als ganz genesen ihren Regimentern zurückzuschicken. Dafür nahm Reuter
gleich wieder neue Soldaten auf. Aus eigener Kraft zu Wohlstand gelangt, war
es ihm und seiner Luise stets Bedürfniß, andere mitgenießen zu lassen."

Beim Fortzuge trug Oberst von Conrady in Anlehnung an eine
Episode aus der Festungszeit in das Hausbuch ein Gedenkwort ein,
das ich bereits in meinen „Reuter-Studien" (S. 231) mittheilte.
Dessen Dankschreiben beantwortete Reuter am 28. Januar 1871 mit
Zeilen, die aufs neue seine rege, fast jugendliche Theilnahme an den
Ereignissen jener großen Tage bezeugen, sowie Einblicke gewähren
in seine politischen und patriotischen Anschauungen:

„Sie glauben gar nicht, welches helle Freudenfeuer Sie durch Ihren Brief
in unseren Herzen angezündet haben . . . Leider kann ich nicht, gleich Ihnen,
meine Epistel mit interessanten Taten ausfüllen, denn bei uns spinnt sich das
Leben in der Ihnen bekannten harmlosen Weise ab, und nur die großartigen
glücklichen Erfolge unserer Freunde und Brüder auf den schrecklichen Schlachtfeldern
bringen eine erfreuliche Abwechselung in diese Stille. — Was erlebt man nicht
Alles! — Sieg auf Sieg und nun noch ein Kaiserreich! Alle Träume meiner
Jugend scheinen sich erfüllen zu wollen, wenn auch unter Blut und Schmerz;
aber es geht wohl nicht anders: jedes hoffnungsvolle Kind wird ja in Schmerzen

geboren . . . Gleich nach Ihrer Abreise von hier hatten wir eine furchtbare Kälte — 26 Gr., die drei Tage andauerte und die Lage der armen, durchpassirenden Verwundeten zu einer erbarmungswürdigen machte. Sechs Französische Gefangene sind am Bahnhofe zu Eislumpen erstarrt mit gen Himmel gerichteten Armen aus einem Waggon herausgeholt worden; es soll ein schrecklicher Anblick gewesen sein. Diese Kälte hat freilich nachgelassen, aber es ist doch noch immer bis zu 9 Gr. kalt. — Sie können wohl denken, mit welcher innigen Theilnahme wir Ihrer in dieser Zeit gedacht haben! Wir haben die Heerzüge des 77. Regiments mit der größten Aufmerksamkeit verfolgt, haben das Abrücken desselben von den nördlichen Festungen nach dem Süden gelesen, haben gelesen von dem siegreichen Gefecht des Bataillons von Köppen vor Langres und lesen nun von den Gefechten vor Dijon contra Garibaldi, über welche von Bordeaux aus wieder die fabelhaftesten Lügen verbreitet werden. Die unseligen Franzosen müssen mit ihren Lügen zur Grube fahren; so lange sie lügen, giebt's keinen Frieden. Es ergreift Einen das tiefste Erbarmen, auch für den Feind, wenn man sieht, wie ein ganzes Volk von einigen wenigen gewissenlosen Bestien so am Narrenseile ins Elend und ins Grab gezerrt wird . . . Wir werden hier nun auch in einigen Tagen etwas, aber gelinde Aufregung genießen; es soll zum Reichstag gewählt werden. In unserem Wurstblättchen wird schon wacker pro et contra geschrieben, der Eine will Kunz und der Andere Hinz. Unsereiner steht, Gott sei Lob, außerhalb des Streites. — Meine Frau trägt mir auf, Ihnen zu sagen, daß sie es lebhaft bedauert, Ihnen keine Suppe nach Dijon oder Besançon schicken zu können, sie würde doch zu kalt werden. Wir Beide bitten Sie, Ihren treuen Freyhold zu grüßen mit dem Bemerken, daß er bestrebt sein möge, sich in der höheren Kochkunst immer mehr auszubilden. Wenn Sie Garibaldi erwischen sollten, so haben Sie doch die Güte, uns denselben hierher zu schicken, d. h. blos zur Ansicht!"

Mehr als drei Jahre lebte unser Dichter noch unter den Strahlen der neuen Deutschen Kaisersonne.

Schriftstellerische Pläne beschäftigten ihn nicht mehr, die Korrespondenz nahm ihm seine Frau meistens ab. „In früheren Jahren," so erwiderte er einer Landsmännin, die ihm ein Gestell für Federhalter gestiftet hatte, „ging es mir, wie jenem alten Venetianischen Maler, dem seine Freunde den Pinsel in die Hand drückten und ihm zuriefen: »Jacopo fa presto!« und er malte dann; mir drückte meine Frau die Feder in die Hand, und ich schrieb dann: »Federigo fa presto!« So ist es aber leider nicht mehr . . . Sie haben mir nun noch ein sehr verhängnißvolles Geschenk gemacht, denn wenn Sie mir auch durch Ihre so herzlich, wie aufmunternd ausgesprochene Anerkennung die Geschichten-Schreibfeder in die Hand drücken und

mir zurufen: »Federigo fa presto!«, so haben Sie derselben doch
dabei einen so schönen Ruheplatz angewiesen, daß das dumme Ding
sich doch ab und an sehr sträuben dürfte, die passive behagliche Lage
mit der aktiven Strapaze zu vertauschen."

Desto mehr machte er sich in seinem Eden, seinem Sorgenfrei,
wie er seinen Garten nannte, zu schaffen. Die letzten Zeilen an
Jühlke mußte er Luising diktiren, nur Datum und Unterschrift sind
eigenhändig:

> „Lieber Bruder,
>
> Vielleicht komme ich jetzt zu spät, Dein gütiges Anerbieten, mir Erdbeer=
> pflanzen zu senden, noch in Anspruch zu nehmen . . . Obgleich wir in diesem
> Jahre durch den Mord, den der heilige Pancratius an seinem Namenstage an
> allen Blüthen meines Gartens verübt hat, auch nicht eine einzige Obstfrucht
> haben, so sind wir doch mit dem Aussehen des Gartens sehr zufrieden: es ist
> ringsum grün und frisch, und die Sanssouci=Sträucher wachsen prächtig in
> die Höhe.
>
> Wir grüßen Dich und die Deinigen recht herzlich.
>
> Dein Fritz Reuter.
>
> Eisenach, d. 21. Aug. 1872.
>
> Sollte ich im Frühling nicht von dort eine Clematis Jackmanni er=
> halten können?"

Er empfing diese seine blaue Lieblingsblume, welche so schön
und reich den Balkon der Villa umrankte, an der er stets seine
helle Lust hatte.

Ja, das Wachsthum jedes Baumes, jedes Busches, jeder Blume
beobachtete und beförderte er, so lange ihm dazu die Kräfte reichten.
Als ihn die Füße nicht mehr tragen wollten, ließ er sich, bis
kurz vor seinem Tode, im Rollstuhl in den Garten fahren und saß
dort stundenlang im Schutze einer Grotte, im Schatten einer Eiche.
Rings stand Alles in herrlichster Vegetation, als der gefeierte Volks=
dichter am 12. Juli 1874 sanft entschlief. Liebende Hände legten
Blüthen der weißen Lilie und blauen Clematis aus Sanssouci in den
Sarg; Pflanzen aus Sanssouci wuchsen bald auf seiner Gruft.

Fritz Reuter hatte ursprünglich gewünscht, auf seinem eigenen
Grund und Boden, hoch oben auf dem Felsen, einem Ausläufer
des Hainstein, mit der weiten Fernsicht bis hinüber zum Breiten=

gescheid, die letzte Ruhestätte zu erhalten. Es ist nicht geschehen. Der Gemeinderath von Eisenach räumte dem berühmten Todten auf ewige Zeiten einen Platz ein an der südöstlichen Spitze des neuen Friedhofes am Wartenberg. Das offizielle Schreiben von der Hand des damaligen Oberbürgermeisters Röse an die Wittwe enthält u. a. die Stelle:

„Die Stadtgemeinde und ihre Vertretung hat es sich stets zur Ehre ge= rechnet, eine Reihe von Jahren hindurch in Ihrem verstorbenen Gemahl einen der großen Dichter und einen der edelsten Männer unserer Nation als ihren An= gehörigen betrachten zu dürfen. Dem selig Heimgegangenen wird von der ge= sammten Bevölkerung unserer Stadt stets ein treues und dankbares Andenken bewahrt bleiben."

Die Gruft ist gepflegt wie kaum eine zweite, hinten umgürtet von einer Mauer und vorn von einem künstlerisch gearbeiteten Eisengitter eingefaßt, worin Lorbeeren und Eichen sich verbinden, ein prächtiger Sandsteinbau, der die von Afinger meisterhaft modellirte Büste Reuters aus karrarischem Marmor in einer Nische birgt, darüber ein vergoldeter Kranz. Taxus, Wein und seltene Ziersträucher aus Sanssouci schmücken die Wandbekleidung und wachsen auf dem geweihten Ort. Vorn in dem ausgemauerten Grabe unter dem Teppichbeet schläft der Sänger und seit Kurzem auch seine Lebensgefährtin.

Sie, Reuters Luise, sammelte damals die Beweise der Theil= nahme beim Heimgange ihres geliebten Fritz. Der Großherzog Karl Alexander, der den Schloßhauptmann von Arnswald zum Begräb= niß entsandt und einen Lorbeerkranz und Palmen mit Rosen auf den Sarg hatte niederlegen lassen, beehrte alsbald seine „Nach= barin" mit einem Besuche und schrieb darnach:

„Empfangen Sie der Großherzogin wie meinen herzlichsten Dank für den Gruß aus der Villa, den Sie die uns rührende Liebenswürdigkeit haben, mitten in Ihrem schweren Kummer zu senden. Es wird Ihnen bereits gemeldet worden sein, daß ich vor mehreren Tagen vor Ihrer Thür war, um Ihnen persönlich zu beweisen, daß Sie nicht allein um den theuren Verstorbenen klagen. Das ganze Vaterland theilt Ihren Schmerz . . . Mir aber gestatten Sie gewiß nächstens wieder den Weg zu Ihrer Villa zu nehmen."

Fritz Reuters Denkmal in Neubrandenburg.

Die Frau Kronprinzessin Viktoria, verwittwete Kaiserin Friedrich, äußerte in einem Handschreiben:

„Die Nachricht von dem Hinscheiden Ihres Mannes hat mich mit aufrichtiger Trauer erfüllt. Mit vielen Tausenden zolle auch ich dem Dichter, dessen schöne Gebilde unser ganzes Volk ohne Ansehen des Namens oder Standes bewundert, von Herzen Dank und Verehrung für die Gaben, mit welchen sein Genius uns in reicher Fülle beschenkte … Was Fritz Reuter geschaffen, bleibt ein Eigenthum der Deutschen, auf welches sie stolz sein können, und wird, wie uns selbst, so unsere Kinder und Enkel erfreuen, erheben, mit edlen und guten Gedanken erfüllen. Sein Andenken aber wird in Segen bleiben, denn der Geist, in welchem er seines schönen Dichter-Amtes gewaltet hat und, damit mächtig eingewirkt auf Sinn und Gemüth seiner Landsleute, der Geist warmer Liebe, echter Treue, fröhlicher Biederkeit, gesunden Humors und jener hohen sittlichen Reinheit, ohne die jede Poesie hinfällig und werthlos wird, — dieser Geist, der wird und kann nicht ersterben in unserem Volke."

Paul Heyse gestand u. a.:

„Wenige von den unzähligen Freunden können die ganze Schwere des Verlustes tiefer empfinden als ich, wenn es mir auch nie vergönnt war, den theuren Mann von Angesicht zu Angesicht zu sehen. Als ich eigens nach Eisenach gereist war, um ihm endlich einmal mündlich für tausendfältige Freuden zu danken, konnte ich nicht zu ihm gelangen, da er leidend war. Ich hatte im Stillen gehofft, er werde einmal den Weg in unseren Süden finden. Nun ist er heimgegangen, und ich habe ihm nie von Mund zu Mund ein warmes Wort sagen können. Aber nur wußte trotzdem, wie hoch ich ihn hielt … Meine Liebe und Verehrung für ihn wird nie erkalten."

Und Gustav Freytag erklärte:

„Ich habe viel mit dem Verewigten gelebt. Nicht nur, wenn ich mich an seinen Büchern erquickte. Er war mir immer in der Erinnerung als ein gleichstrebender, sicherer, sester Bundesgenosse nahe, und der Stolz, mit dem ich wohl nach Art der Poeten den eigenen Beruf in unserer Nation betrachtete, stützte sich sehr auf die Ueberzeugung, daß er und ich gute Gesellen waren und ehrliche Mitkämpfer gegen die Teufel, welche engherzig sein wollen. Jetzt fühle ich mich einsamer, als je zuvor."

Zum Schluß bedeutsame Zeilen von Richard Schröder nach Empfang zweier Portraits:

„Die beiden vorzüglichen Bilder unseres lieben Reuter! Wie erkenne ich aus den Zügen des größeren Bildes den heiteren Lebensmuth, die tiefgeistige Klarheit und das unbeschreibliche Wohlwollen wieder; das ist unser Reuter in der Zeit seiner besten Kraft ... Und nun das andere, das letzte Bild! Wie liegt da eine stille Verklärung, wie hat die sonst so rauhe Hand des Todes hier leise Alles entfernt, was irdisch und sterblich war, wie erscheint hier der geistige Inhalt seines Lebens so vollkommen ausgedrückt selbst in der sterblichen Hülle seines Leibes! ... Ueber die Denkmalangelegenheit habe ich noch nichts erfahren ... So scheint es mir fast am schönsten: in Eisenach, an der letzten Ruhestätte, ein edles Grabdenkmal, errichtet von der liebenden Gattin, in Stavenhagen am Geburtshause eine Tafel, für welche die dankbare Vaterstadt gewiß Sorge tragen wird, in Jena ein von der alten und neuen akademischen Jugend und besonders von den Burschenschaften zu stiftendes Denkzeichen für den Mann, der den Idealen seiner Studentenzeit treu geblieben ist bis ins Alter und ihnen, wie kein anderer, dichterischen Ausdruck verliehen hat, — und endlich ein größeres Denkmal, von dem deutschen Volke gestiftet, in dem Geburtslande des Dichters, hart an der Grenze des ihm fast ebenso nahe stehenden Pommernlandes. Es ist wahr, Neubrandenburg, neben dem ja Stavenhagen und Treptow nicht in Betracht kommen können, liegt trotz der dort später eintretenden Eisenbahnkreuzung etwas abseits, und Fritz Reuter gehört dem ganzen Deutschland an, aber immerhin doch mehr dem Norden als dem Süden, gerade umgekehrt wie Hebel."

Diese Anregungen sind auf fruchtbaren Boden gefallen und inzwischen verwirklicht. In Amerika wurden dem unsterblichen Volksschriftsteller schon zu seinen Lebzeiten und später, noch gelegentlich der Weltausstellung in Chicago, Statuen errichtet; in Berlin harrt eines ähnlichen Schmuckes der — Hausvoigteiplatz, nachdem dort jenes Gebäude verschwunden ist, hinter dessen Mauern der unschuldige Studiosus saß, fern gehalten selbst von dem bekümmerten, vergebens an die Thür klopfenden Vater. „Das war in jungen Tagen."

Er konnte nicht weiter singen:

„In goldner Frühlingszeit,
Da mir verhüllt noch lagen
Des Lebens Qual und Streit."

Nein, seine Jugend hatte man ihm gestohlen; glücklich geworden ist Fritz Reuter, des Lebens froh erst in seinen alten Tagen.